八閩文庫

八閩文庫

要籍選刊

65

全閩明詩傳

二

[清] 郭柏蒼 楊 浚 纂

陳叔侗 點校

海峽出版發行集團
THE STRAITS PUBLISHING & DISTRIBUTING GROUP
福建人民出版社

全閩明詩傳　卷十二　弘治朝一

侯官　郭柏蒼
　　　楊　浚　錄

方良永

字壽卿，一字松崖，莆田人。與從弟良節見下。同登弘治三年進士。授刑部主事，轉員外郎，擢廣西按察司僉事，免歸。起湖廣按察司副使，擢廣西按察使，遷山東右布政，調浙江，改左，乞致仕。起都察院右副都御史、巡撫鄖陽，乞終養。起總理糧儲兼巡撫應天，未赴，陞南京刑部尚書。卒贈太子少保。

蘭陔詩話：松崖爲人内剛外和，始以不涉媕阿忤劉瑾意罷。及爲浙江左轄，復以裁抑織造内臣，疏劾錢寧負國剝民，乞歸。蒼按，世宗登極誅錢寧，起良永都察院副都御史。

重游九鯉湖

開闢分靈脈，乾坤氣鬱盤。湖迎九漈闊，瀑入莒溪寒。山色長年在，月光永夜看。神仙應笑客，宦夢幾時闌。

方良節

字介卿，重熙父，叔猷、攸躋祖，沆曾祖，俱見下。莆田人。弘治三年進士。詳上良永傳。知歸善縣，陞惠州府。歷官廣東左布政使，祀名宦。有雪筠集。

烏江項王廟

落木蕭蕭江草空，江頭古廟祀重瞳。殘碑零落寒煙外，遺像荒凉夕照中。關内望違秦父老，淮陰坐失漢英雄。可憐身死東城下，決戰猶誇斬將功。

題李在畫

煙霏壓翠萬峰低，灌木陰濃路轉迷。何處人家春不管，落花流水小橋西。

林　夔

字元佐，莆田人。弘治三年進士。授户部主事，轉員外郎。

柳湄詩集：夔高祖仕敏，大理寺少卿；曾祖勤，教諭；祖信；父大猷，天順三年舉人，翰林院檢討。

經趙邊地

地控龍荒險，山連雁塞雄。鼓笳秋月白，榆柳晚霜紅。九塞山河限，千秋頗牧功。烽烟猶未淨，長劍倚崆峒。

寄劉憲副

雉堞開天險，麟符控上游。魚鹽通小市，燈火列高樓。寄重咽喉地，權分將相籌。休衙接談吐，餘事及觥酬。

楊　旦

字晉叔，建安人，榮曾孫，見上。錫孫，仕儀子。弘治三年二甲一名進士。以傳臚縣志失載。授吏部主事，轉考功郎中，陞太僕少卿，改太常，以違限調温州府，陞浙江提學副使、府丞、府尹，南京户部、禮部侍郎，都察院右都御史、總督兩廣，陞南京户部尚書，尋改吏部。卒年七十一。有惜陰小草。

柳湄詩傳：旦父仕儀早卒，母員外周炫女，五閱月遺腹生旦。正德元年，旦乞省親，不謁劉瑾，以達限調温州府。後以議大禮，旦率留都部院長上疏論列，有旨令致仕。墓在甌寧縣城西迴龍山。

入潼關

昔聞潼關壯，今上潼關道。巇嶮何年開，崔嵬自天造。群山一拳多，長河百川導。仰面天茫茫，蕩胸雲浩浩。徑路何縈紆，力憊無由到。長風振林薄，爲我解煩燥。停車坐移時，誰復同笑傲。設險壯三秦，皇風肆丕冒。客路敢辭勞，君恩急圖報。

都臺涖任

内臺綱紀地，忝服此初臨。才薄承恩厚，官高負愧深。折衝千里寄，圖報一生心。邪正題名在，看碑鑒昨今。

入京不謁劉瑾，又無私覿，調補温州

青天白日此行藏，屈己安能媚左璫。十載登朝無寸補，一麾出守有餘光。思親頓覺愁成縷，報國懸知鬢未霜。公道式微私賄盛，何時重復舊彝章。

送楊廷采

一笑相逢憶昔年，梁間塵榻爲君懸。半醒半醉花前酒，輕煖輕寒雨後天。往事細談渾似夢，浮生胥悟豈無緣。青雲更擬同攜手，賸借春風送客船。

金華山水暴漲，登舟有作

空江波浪渺無涯，茅屋深林四五家。却訝扁舟穿林杪，山城回首隔梅花。

李廷儀

字鳴鳳，源父，閩縣人。弘治三年進士。授定海縣，遷順天府通判，謫六安州同知，擢江西南安府同知。私謚「夷穆」。有質庵集。

郡志：廷儀爲人愷悌率直，善聲詩，内行純至，篤於天倫。子源，嘉興通判，有詩名。通志：弘治三年閩縣進士李廷儀。注：寧德人。按，明進士題名錄作閩縣人，志作寧德誤也。鄭昌英以廷儀爲廷美弟，詳廷美傳中。

春曉詞

繁花落盡鶯聲老，汀洲綠徧王孫草。百尺遊絲拂地輕，一爐沉水披香早。長門深閉金鎖合，小殿清幽玉階掃。遥見朱衣小隊來，隔花低唱風光好。

春夜詞

檐鐵鏗風春夢醒，紫綾縮脱冰肌冷。瀼瀼玉露下空階，半窓月弄庭花影。含顰起視牛女星，春山黛簇秋波凝。闌干倚徧不成寐，凄凉何處輷輷聲。

醉漁父

短簑宿雨晞殘溼，一竿静坐磯頭石。捲綸歸去踏莎堤，笠影斜翻半村日。紅杏橋邊有酒家，將魚换酒不須賒。醉倒竹根呼不醒，夢魂隨月入蘆花。

登虎邱

山寺遥聞白虎蹲，望中煙樹小江村。臺遊麋鹿歌聲盡，土蝕雌雄劍氣存。霸業已銷無限恨，吴宫空弔未歸魂。憑高向晚孤吟處，涼月踈鐘隔水聞。

過浄居寺

淅淅西風着敝裘，浄居長日水雲幽。百年底事空啼鳥，幾處寒林自送秋。白虎遶關山北拱，青龍夾道水東流。肩輿南下重回首，身在蓬山最上頭。

送人還莆田

帝里逢春柳可攀，黄塵千丈拂衣還。一官莫道是何物，萬事不如歸故山。黄菊喜迎高士醉，白鷗今傍主人閑。木蘭陂上應相待，釣艇夷猶水一灣。

懷聶三尹

堂堂歲月去鬅鬅，纔見紅芳又緑陰。春草天涯孤客恨，暮雲江上故人心。蠅蝸名利年來淡，湖海交情老至深。欲整焦桐歌古調，半簾疏雨漏聲沉。

祀張曲江祠

芙蓉疊疊擁梅關，霜落楓林色正斑。馬策巖頭登鳥道，人從海上見仙山。平時信史欺賢相，今日雄祠拜古顏。千載英魂招不返，悲歌空踏亂雲還。

濯隴圖

濯隴雨晴春水生，人人驅犢隴頭耕。太平不在笙歌裏，只聽前村打稻聲。竹窗雜錄稱：醉漁父及此詩雅有山林之趣，非意超塵埃者不能道也。

羅榮

字志仁，又字蘗山，古田人。弘治三年進士。授户部主事，遷員外郎，擢廣東布政司參議，轉布政使，調貴州布政使。有蘗山集。

柳湄詩集：榮曾祖恩，字伯勤，以歲貢生任龍川知縣。榮有乙丑秋夕過龍川曾祖所尹邑詩「明時漸負分藩任，先世猶存製錦功」之句。榮爲參政，痛抑豪强，屢决疑獄。御史周謨簠簋不飭，數與面爭，遂爲所擠，調貴州。卒於官，年四十九，大司馬閩縣林瀚志其墓。古田舊無城，榮在郎署上議創築，至今頌之。

馮有孚使九江便道寧親

三載結塵纓，看雲白髮生。春風仙棹遠，晝日錦衣明。飛鶴迎親壽，慈烏致子情。承歡須秉燭，候吏立湓城。

中秋次臨清和韻答周憲副

久闊頭將白，相逢眼倍青。蘋風清夕舫，桂月滿秋汀。好句輸先得，深盃不放停。江湖憐此會，鄉舊正晨星。

仲秋十六夜發榆之南

日暮官途馬足輕，蕭蕭涼籟逼人清。蒹葭水郭凫鷖夢，籬落田家蟋蟀聲。小堡銅刀持夜警，遠氓皮橐事宵征。月華光滿渾如昨，萬里江山仰大明。

再過武夷

再訪名山興愈幽，芒鞋踏破爲詩留。閒開竹徑風生榻，獨上茶坪月滿頭。函蛻藏香封玉匣，插巖横木訝仙舟。神工鬼斧非人力，無怪圖經壓十洲。

出居庸

戴星策馬出居庸，烽燧乍消斥堠通。地接浮雲天咫尺，山懸斷壁水西東。青霓明滅輪蹄下，黄屋參差指顧中。不厭江南還塞北，男兒初志在桑蓬。

伍晏

字清任，一字時清，清流人。弘治二年舉人。官平度州學正。有一龍文集。柳湄詩傳：晏任平度州學正，剛正嚴毅，毫無阿附，爲執政所忌，急退。著有唐文精粹、中興詞選等書。

漁滄廟

漁滄之下潭水流，漁滄之上雲悠悠。行雲流水自今古，荒城故壘行人愁。龍爲蛇兮鼠爲虎，腥毛臭骨皆塵土。遊魂寂魄無所歸，時傍寒蛩泣秋雨。

周　輦

字晉伯，一字榆川，莆田人，瑩姪。見上。弘治初歲貢生。授廣州訓導。

蘇長公寓惠日愛誦陶靖節歸去來辭，遂集辭中字成十詩，予亦效顰遺興云

鄉園日無事，之子或予留。雲木三春翳，風泉萬壑流。乘時歡物與，遺世得天游。有鳥今何羨，光榮非可求。選一

玉峰亭

四面青山玉作峰，柴門長日倩雲封。風簾不動庭花落，人在高齋睡正濃。

鍾文俊

字舜臣，號石屏，長汀人。弘治六年進士。授户部主事，遷吏部文選司員外郎，歷廣東、湖廣布政司左參議，晉湖廣左參政。

再贈鄧松澗

泉聲猶繞澗，松徑已柴門。不用茅茨剪，居然水石村。庭間翠蓋靜，風過碧漪喧。即此堪長世，何來酒滿尊。

黄　瀾

字源績，莆田人。弘治六年進士。改庶吉士，授編修，轉國子司業，遷南京侍讀學士，致仕。有壺陰集。

詠明妃三首

天朝重大信，薄命何幽鬱。不以一人冤，誰白千人屈。

守宫沉夜淚，花雨暗流蘇。君王從此召，還倚畫圖無。

賈傅尚含哀，而況蛾眉子。永垂塞上名，更勝宫中死。

送　人

粵王臺下粵江流，萬里天涵一葉舟。爲問故人從此去，槐花楓樹幾回秋。

方　璘

字文玉，寬子，莆田人。弘治六年進士。授户部主事，擢湖廣布政司左參議，遷雲南左布政使。有鑑湖集。

舟泊岸口

客路嗟萍梗，西風此泊舟。江聲潮拍岸，山影樹藏樓。往事隨流水，浮生愧野鷗。炎方殘敝甚，兵甲幾時休。

二　月

二月山城未見花，一江春水浸蒲芽。先生睡熟渾無事，閒詠新詩送落霞。

陳　珀

字珍之，一字翠峰，莆田人。弘治六年進士。歷官陝西道御史，太僕寺卿。柳湄詩傳：珀爲御史，疏抑妖僧領占竹，朝論韙之。

題桃源圖

一自仲連恥帝秦，甘心草莽作逋臣。兒孫尚解前朝語，花鳥都忘異代春。邂逅溪頭追往事，夷猶物外寄閒身。漁郎休買重來棹，煙水茫茫没去津。

送鄭敏進尹巢邑

銅章重綰下蓬萊，行把牛刀試一裁。霄漢月明星宿現，關河雨過霽光開。陽城久作諸生範，公琬原非百里才。此去政聲知不減，他年雙舄待飛來。

高江

字一龍，一字萬里，又字二兩，昂子，見上。莆田人。弘治六年進士。授行人司行人，歷户部員外郎，擢浙江按察司僉事，改四川副使，晉湖廣按察使。有此谷集。按，仙遊志選舉載江爲昂子，而成化八年進士又不載昂，恐誤。又按明進士題名錄，昂籍莆田。

柳湄詩傳：江歷官有政績，博學工詩。林見素稱江「詩文清警有奇氣」，惜僅存東空同子一作，似爲逆瑾專政而發。

苦雨柬空同子

六月連旬雨不止，大江水立長隄圮。郊原浩蕩湧波濤，魚鼈上樹船入市。莽翳豎子竊天威，簸弄雷電亂綱紀。妖螭毒虺恣跳梁，人命泥塗賤於蟻。下土微臣懷百憂，中夜傍徨披衣起。誰能排雲叫帝閽，此事定推空同子。

許天錫

字啓衷，閩縣人。弘治六年進士。選庶吉士，歷吏、工二垣給事中。上疏劾劉瑾，爲瑾所殺。嘉靖中追賜祭葬。有黄門稿。

竹窓雜録：嘗聞先輩許黄門天錫能詩，即鄉之士大夫皆言天錫才子，恨遺言不傳於世。近得使安南一稿，盈百餘篇，少可誦者。陳參知元珂選閩中詩，收天錫詩數章，亦皆陳腐，只「青山當面似無路，黄犢出林疑有村」兩句，頗有晚唐氣味，實類宋人口吻。且一首中逸兩韻，何以取爲？林文恪公修郡志，文苑不列許黄門而列龔祭酒，蓋有卓然之識，不爲習俗所移者。

静志居詩話：黄門奉使安南，卻其贐，賦詩云：「菁茅又喜重包貢，薏苡何須滿載歸。」比歸，劉瑾疑其金多，不知其不受餽也。黄門之死瑾矯詔逮問，潛遣人殺之，而撰府志者或謂其「自經」，或謂「是夜尚草疏」，皆謬，當以世宗實録爲正。鄭少谷詩云「風流不見許黄門，遺字丹青閣上存。却留詩句車盤驛，黄犢青山何處郵』，蓋黄門過車盤驛，曾題詩壁間，有「青山對面疑無路，黄犢出林知有村」之句，爲時所稱。謝在杭亦有詩紀其事。

柳湄詩傳：天錫在詞林，以能詩爲李長沙所知。思親成疾，陳情乞假，孝宗賜傳以行。時言官何天衢、倪天明與天錫並負時望，都人有「臺省三天」之目。嘉靖中天錫子春訟冤，賜祭葬。墓在閩縣東門東山坊，已仆地墓碣大書「賜一品服祭葬洞江公所居曰洞江草堂故即爲號。許公之墓」。道光間李園許姓冒稱，其後，以墓旁地賣臺江郭姓葬親，自此四旁雜爲叢塚。閩縣東門澗田，宋大學士許將之墓牌僅尺餘，被鄉人移植者三次，近乃並牌没之，僅存翁仲矣。附記。

户曹鄭汝美李夢陽見過

冰雪消未盡，春陽猶作慳。沉綿坐遲日，曠廢羞清班。琴樽屏所愛，安得有歡顏。英曹鄭與李，幸此慰間關。道言淡而馥，芳襟偕秉蕑。回飈披庭樹，暝色動遠山。開情盡杯勺，向夕惜餘閒。出門月皎皎，上馬不可攀。

題畫用楊京兆旦韻

旦，建安人，詩見前。

滄江涵清渚沙白，青天去山不盈尺。誰傾河漢洗霄氛，千頃流波浸坤脈。松下山人緑髮翁，眼前霜根化爲石。壺天曠蕩足棲遲，枕穴須臾豈榮適。不知楚漢已隨塵，自分烟霞久成癖。一朝沆瀣充枯腸，萬古乾坤信雙屐。草木知春自覺秋，日出爲朝入還夕。應憐世上夸毗子，按轡遲回礙行役。不辭白首懷千金，欲買青山愛雙璧。我憶洞江煙水村，高山爲屏草鋪席。豈無竹屋兩三間，亦有烟波舟一隻。會須養痾歸去來，悵望秋空暮雲碧。

居庸關

天設居庸險，乾坤壯此門。山川通上郡，形勢冠中原。鐵騎連三戍，金城阻九閽。萬方資阨塞，永荷太平恩。

下詔獄

落照犴門西，槐風拂面凄。夕葵行蟻散，秋草露蛩啼。捧日心還壯，看雲首復低。居然動幽思，何必故園棲。

大煙驛閒步

步屧緣沙岸，牆鷄忽亂號。村貧茅屋矮，驛古木棉高。白石堪垂釣，青溪欲染袍。漁人生理易，雙槳小銅槽。

宿桃源與同鄉簡主簿志飲

西日銜雲葉，南風鼓浪花。亭孤留宿鷁，帆遠帶歸鴉。歲月驚爲客，兒童問到家。他鄉逢簡簿，又作醉生涯。

題張文獻公祠

何處思賢一繫舟，芙蓉山下曲江頭。忠誠貫日千秋鑑，風度凌雲百尺樓。野草荒煙迷故宅，紅蘅碧杜滿新洲。文章事業垂青史，直與雙溪萬古流。

新秋即事

九城疏雨洗蒸嵐，獨上高樓看蔚藍。馬挾秋聲馳塞外，雁將涼信到江南。摩挲酒盞酬時節，斟酌方書理宿痰。笑我豎儒縻寸祿，安西車馬怯征衫。

車盤驛道中

楊柳風柔蕩旅魂，耳邊流水咽潺湲。青山當面似無路，黄犢出林疑有村。途路客懷聊自遣，閭閻民瘼不堪言。長安萬里家千里，鳥宿僧歸日又昏。

憶江上草亭

每到芳春便憶歸，夢中江國舊斜暉。渚邊舴艋有時放，沙上鸕鶿無數飛。野興頻從宦後減，封書更覺病來稀。年將半百堪惆悵，鐘鼎山林意願違。

題李隱君山莊

春風如幄蔭仙家，十里尋君拂露華。傍舍野籬牽藥蔓，過門流水帶桃花。詩清借問誰題竹，酒渴時聞客唤茶。長日未將高興盡，忽驚林杪鬧棲鴉。

癡兒竟日了公家，忽憶郊原悵物華。策馬獨來尋舊約，聽鶯何處覓殘花。杜陵稺子能賒酒，甫里先生解品茶。坐久不禁詩思攪，向君東壁醉塗鴉。

狂客惟思醉作家，困臨池館挹光華。青天蕩漾魚跳水，紅雨闌珊燕蹴花。午餉偶留山客飯，夕涼還赴野僧茶。明朝結束應官去，鐘鼓長楊聽曉鴉。

寄鍊上人 山房石上梅甚奇。

一粟禪房傍古臺，洞門長爲掃蒼苔。山頭舊雨何人到，石上寒梅幾度開。龕壁光知江月上，塔輪鳴聽海風來。八千里外常飛夢，疑我前身是萬回。

竹窓雜録：福州九仙山平遠臺，僧百鍊嘗作詩云：「名利網中無麴蘗，醉人至死不回頭。老僧涓滴不入口，静坐巖前看水流。」百鍊與許黄門天錫友善，多所唱酬。蒼按，「鍊上人」即百鍊也。

晚次安南吕塊站

瓊雲歸路正匆匆，十里官亭坐晚風。何事最關孤客思，數聲啼鳥木棉紅。

柳花

無賴楊花終日飛，穿簾入座落人衣。須憐客子傷遲暮，莫更飛來點鬢絲。

曉發張灣

黄鸝啼歇曉陰開，兩岸垂楊蔭綠苔。葉底輕花看不見，暖風吹入短篷來。

鄭岳

字汝華，又字山齋，露後，浤父，莆田人。弘治六年進士。試兵部，授户部主事，病起改授刑部，以建言忤旨，繫獄。弘治十四年陞湖廣按察司僉事。正德元年擢廣西兵備副使，改廣東憲副，遷江西按察使，陞江西左右布政使，爲李夢陽、宸濠所陷，罷職。復除四川左布政使，以母喪未終制，不赴。陞都察院右副都御史、巡撫江西，入爲大理寺卿，陞兵部左侍郎，乞歸休。卒年七十二。有山齋淨稿、漫稿、續稿、吟稿、詩餘。

蘭陔詩話：岳秉臬江西，力振風紀。宸濠心害其能，及見岳所爲詩云「十風五雨調燮地，春來花鳥不知功」，大驚曰「此宰相器也」，益忌之。岳尋轉布政使，知濠有異志，顯阻陰裁。濠不能堪，嗾李夢陽誣之，收繫逾年，始得罷歸。岳嘗作遊俠詩刺濠云：「吴濞招死士，密置淆澠間。豈知真將軍，輕車出藍田。」逆節竟鑕斧，明鑑垂簡編。其言果驗，可謂有先見之明矣。

柳湄詩傳：邑人王鳳靈撰岳傳：「岳生於成化戊子。以坐議禮，未蒙卹典。所撰有莆陽文獻、莆陽志略、莆陽科第錄。」蒼按，岳蒙難時，長樂林廷選屢爲救解。廷選過洪都，挈其妻子歸莆田。謝山子云：「侍郎深於諷喻之體，今讀其美女篇、畫馬行，皆自喻也。」岳有南還錄，邑人朱淛序云：「自拜命至抵里門，首尾凡得詩六十有奇首，蓋有戀戀乎不忘君國之意。」墓在莆田梅隴，坐辛向乙。

畫馬行

房星耿耿明碧落，神駒墜地走沙漠。天閑秣飼列奚官，逸氣俛就青絲絡。古來神駿豈易畜，遺貌至今動人目。硉兀爭看骨格奇，人間萬馬徒多肉。汗血染成五色紋，碧蹄高踏秋空雲。躞蹀嘶鳴神彩溢，此圖疑出曹將軍。渥洼異産今寂寞，世無伯樂何由識。但收遺骨破千金，不用按圖遠相索。

月峰寺次見素韻送陳惟濬正郎時謫戍過此

溪聲寒濤濤，峰影晝沉沉。落日孤臣淚，疏砧故國心。江村竹葉酒，野寺木棉衾。邂逅緣非偶，山川幸一臨。

幽居公署書懷

寧庶人宸濠久蓄異志。予由臬轉藩，裁抑逆萌，濠不能堪，嗾同僚横加誣訐，威賂上下，文致其辜，逮繫逾年，始得罷歸。憂患中嘗作蒙難錄，茲摘其概書之。

咄咄日書空，禍階嘅伊始。蟻穴昔何微，潰川浩無涘。數至諒難違，修身以順俟。明夷古所悲，演易在羑里。厲貞乃終吉，齊心悟玄理。

谿壑絕險巇，千仞猶可窮。人心如其面，談笑伏兵戎。田灌平生交，杯酒不相容。魏其力解紛，乃迸遭禍凶。往事昧明訓，邈哉廉藺蹤。鷸蚌久相持，漁人並收功。

平生相傾慕，會合意何敦。相期振頹靡，撫心憫元元。如何自猜忌，枝葉傷同根。川洛搆黨禍，善類鮮安存。王導仇伯仁，千載抱煩冤。古來同嘆息，棄置復何言。

鴉鳥棲前楹，啞啞動哀鳴。須臾雙鵲呼，下上如有營。既憂還復喜，徒亂羈旅情。毀譽隨愛憎，吉凶竟難憑。瞶瞶絕聰聽，冥心游太清。

蘭陔詩話：此詩爲李獻吉作也。公與獻吉同年進士，交好甚篤。及爲獻吉所搆，待之如初，人皆稱公之器量。觀此詩，猶惓惓不忘舊好。何君子之厚，小人之薄也。後宸濠伏誅，公起爲都御史。獻吉坐爲濠作陽春書院記小蓬萊詩，獄辭連及，林見素力救之。黃才伯有讀見素救獻吉疏詩云：「憐才不是雲莊老，愁殺中山獵後狼。」小說乃馬東田所作，以警獻吉負德涵者，朱錫鬯以爲「康李未嘗隙」，未然。觀獻吉之擠公若此，其於德涵亦可知矣。

九江阻風泊舟有感

白浪起層層，峰頭雲正黑。迴舟入小港，聊茲一憩息。路梗難爲期，滄波浩無極。坐觀北來船，帆挂千仞直。篙工意閒暇，津津動顔色。緬懷造化心，施與難爲力。往船風宜南，來船風宜北。南北本異途，彼此那俱得。物理每循環，明朝未可測。隱几淡無營，冥心悟羲易。

秋水嘆

黄河横溢縣成渠，人家半在水中居。水邊漁父持空網，吁嗟無稻復無魚。鄰居相望隔河汜，借貸無從飢欲死。樓船伐鼓晨夜過，怒向縣官索夫米。

題陳山人所居

山居成小聚，野戍雜畊屯。鷄犬時登屋，軒車少過門。高春含暮景，芳樹漏春痕。風物居然别，桃源何處村。

秋夜感懷

悄悄空庭暮，啼烏集子城。疏燈懸夜雨，落葉散秋聲。遁跡元無累，憂時獨繫情。何當逢北使，款語及昇平。

簡姑蘇陳粹之憲副

吴苑鶯花滿舊墟，先生翻笑出無車。一官休去還憂國，十口饑來只賣書。短屐香生莎徑煖，疏欄雲傍草堂虚。悤悤登拜慚予晚，更報詩筒候起居。

贈同年徐必東調官貴州經憲

黄鶴樓前繫短橈，離魂湘水不須招。雲連魏闕瞻猶近，路比匡州去未遥。一雁叫霜天欲暝，亂山隨馬凍初消。河橋欲贈無楊柳，獨有松枝最後凋。

寓建寧玉清觀次楊恒叔太僕韻按，即楊旦。

窓懸石溜徑浮沙，洞裏神仙别有家。玄圃開雲深種玉，丹巖向日更移花。天垂碧野千峰遶，路隔紅塵一水賖。昨夜殷雷送山雨，半溪新漲浸紅霞。

隴州阻雨

幽牕扃雨一燈明，獨宿空堂此夜情。隴道寒深雙鬢短，關山路險寸心驚。天連絶塞風烟色，秋入荒城鼓角聲。卻憶馬周投逆旅，開樽寂寞對誰傾。

鄭汝美

字希大，允珪、允璋父，若霖祖，俱見下。閩縣人。弘治六年進士。官户部員外郎，歷郎中。有白湖集。

中秋寓西湖山莊

又見中秋月，孤吟文會堂。湖光含露淨，風色帶荷香。寺古殘鐘在，林深乳燕藏。僧寮一高枕，清夢遶林塘。

宿慈源寺

面面窗櫺敞，風光在水湄。渚花晴點點，叢竹晚漪漪。足健隨山遠，心閑任日遲。果蔬忻一飽，夕磬已催詩。

題寄寄亭次李西涯先生韻

蕩蕩乾坤託此身，百年風月肯留人。雲山萬疊誰爲主，花竹一亭皆是春。鷗鷺不妨形跡遠，漁樵可許往來頻。頭銜手板忙何事，麟閣元輸草莽臣。

歸田次林南澗都憲韻按，即林廷玉。

舊卜江南十里山，此中塵事了無關。新詩漸老烏能和，畏路常行不道艱。共此寸心緣國赤，相看兩鬢爲誰斑。白湖我有垂綸地，病叟何時過碧灣。按，林廷玉自號烟霞病叟。

黄州寄曹太守

地連雲夢面江湄，爭説齊安景最奇。赤壁磯寒潮落後，黄岡山暗客過時。竹樓舊見王公記，魚笱空吟蘇子詩。寄與同袍曹刺史，登臨毋負再來期。

夢入桃源洞

昨宵飛夢入桃源，洞裏桃花似故園。昔日避秦人不見，月明鷄犬鬧孤村。

林有年

字以永，莆田人。弘治五年舉人。署蕭山教諭，繁昌知縣，拜南京四川道御史，逮詔獄。復御史，擢衢州知府，陞貴州按察副使。卒年八十九。有寒谷集、東山諸集。

柳湄詩傳：有年早孤，事祖母并母皆盡孝。母没廬墓，遭回祿，忽反風以免。郡守立石曰「孝廬」。武宗勅中使抵西域迎生佛，有年上闢邪妄疏，逮詔獄。嘉靖改元，復御史，擢衢州知府，陞貴州按察副使，致仕。所至民爲立祠、立碑。所輯有東筦、武義諸志。

與諸老同游鷄足峰和二山韻

水雲自是偓佺家，舒嘯雲霞興未涯。天護老龍眠石洞，風翻孤鶴落松花。主因愛客開蓮社，鷗不避人立釣沙。百雉夕陽傷遠眼，不堪更起數聲笳。

書懷和頤晦韻呈山齋

野衣山谷稱閒情，吟骨稜稜笑鶴形。簡帙蠹殘還自愛，輸贏局短不須評。翠簾風卷人孤枕，寶鴨煙浮夜二更。詩債如山償不盡，幾回神遺夢中成。

東山避暑和黃東村韻

行厨炊黍錯蔬盤，避俗來依惠遠壇。風細竹牕聞籜響，雨晴幽徑報花安。鳴蟬嘒嘒催朱夏，古木森森壓翠巒。白髮已拚人事廢，碧山肯負故情歡。

黄　澍

字文「文」通志誤「天」。澤，鎬子，見上。湜兄，見下。侯官人。先襲父廕授順天府通判，後中式弘治五年順天舉人。擢治中，官姚安知府，致仕歸。澍，弘治舉人；湜，成化舉人。限於科分，故倒列之。

柳湄詩傳：鄭昌英鈔本作「懷安人，景泰間貢生」。按，鎬，侯官籍，澍襲父廕，且懷安未省入侯官，何得異籍。通志、郡志附鎬傳。

寄楊同寅

出處從前已熟籌，浮沉寧肯混時流。交情眼底濃於酒，宦况年來冷似秋。孤枕因君生別夢，殘燈爲我照鄉愁。同寅正喜成三益，職業還期共勉修。

夜坐龍灣山館

宵鑰初封廨署空，一燈相對亂山中。林藏虎豹人同處，溪入龍蛇路不通。萬壑雪消銀錯落，四檐冰墮玉丁東。閒情倚遍闌干曲，赢得新詩幾卷工。

山廠病起偶成寄楊恒叔

風靜簾櫳吏散時，綠陰初合晝遲遲。閒情偏得文書妬，病思惟應枕簟知。幾許幽懷空落魄，一番春事又離披。遥思此際江南路，梅雨篷牕有好詩。

平谷道中

荒林寒日映郊墟，驛路黔黎送使車。巖壑空疏秋燒後，人家蕭索晚炊餘。村田近水多沙礫，野樹經霜半櫟樗。卻憶閩山長蒼莽，歸心能勿憶鱸魚。

遵化道中

落日西風鼓角悲，羸驂猶未脱征羈。青山是處有奇狀，老樹滿林無醜枝。半世時光空偃蹇，一年蹤跡歎支離。旬宣此日長城下，横槊何人爲賦詩。

黄相

字弼甫，日敬父，莆田人。弘治九年進士。同治間新刊通志「弘治九年」誤「元年」。歷官南京户部郎中，九江知府。有一溪集。

縣志：相以郎中起服至京，不謁劉瑾，瑾矯旨謫浙江市舶提舉。時瑾黨方熾，有僞官校訪事兩浙，相獨按其僞。瑾誅，擢九江知府，自免歸。

秋夜與客飲酒桂花下

堂前老桂開清秋，月光如晝涼颼飀。對客忻然不能寐，一樽笑酌庭南幽。昔日李謫仙，獨飲春花前。何如良夜得佳友，天香月色不用費一錢。昨者中秋景，雲月半成暝。今宵桂花下，即在月宫飲。花間置酒月照花，酒盡花間月又斜。如此相逢若不醉，花殘月缺空咨嗟。

槿樹花歌

日出花始開，日没花已落。明日開花笑落花，不知向暮還如昨。人間勢利自有時，田竇相傾徒爾爲。獨不見，東陵瓜，達人守分奚咨嗟。子如不我信，聽歌槿樹花。

和李司空寺夜對僧之作

三入招提境，蕭條異昔年。雲深雙樹雨，門掩一壇煙。客去猿應送，僧齋鶴尚眠。東坡有遺事，留偈法堂前。

游金山寺

望入禪林日已曛，六時鐘磬隔舟聞。忘形魚鳥閑相對，倒影樓臺畫未分。萬頃波濤天接水，一簾飛雨榻留雲。老僧細話前朝事，指點穹碑石上文。

謁岳武穆廟

古廟沉沉掩夕曛，西連孤壠結愁雲。金牌卒中書生計，朱鎮空回少保軍。萬里鑾輿終北狩，百年基業遂中分。乾坤遺恨依然在，散作秋濤不忍聞。此詩胎息趙子昂岳王墓，反覆抑揚，不失風人之體。

陳琳

字玉疇，莆田人。弘治九年進士。改庶吉士，授御史，督學南畿，以請留劉健、謝遷謫揭陽知縣，起爲嘉興同知，遷知府，晉山東提學副使，歷南京兵部左侍郎。卒年六十六。有石峰集。

柳湄詩傳：琳任河南布政司參政，廣東左右布政，歷官所至，悉祀名宦。夷白齋詩話：陳侍御琳，典南畿學政，甚得士子心。正德間以諫去國，諸生中獨朱良育送詩最爲傳誦。其詩云：「春風露冕出郊原，落日停驂望國門。抗疏要談天下事，謫官應過海南邨。湯湯江漢羈臣淚，納納乾坤聖主恩。歷試古來名節士，爲言身屈道彌尊。」識者以爲不下李師中送唐御史也。

溝橋北望

萬里長城震澤東，投戈閫外寄孤忠。紅雲咫尺天顏近，滄海溟濛眼界空。垂帛何人勞汗馬，隨陽有地作賓鴻。妖氛掃卻邊塵淨，都在溝橋一望中。

楊園射堋

海國無虞虎帳清，將軍此日未忘情。由基事業憑弓矢，小范胸襟富甲兵。落葉半蹊江柳破，寒雲滿地塞鴻驚。知君不慕天山勝，祇恐安閒髀肉生。

陳茂烈

字時周，一字希武，又字如賓，又字梅峰，興化衛旗籍，浙江瑞安人。弘治九年進士。授安吉推官，擢御史，旌表孝廉歸，臺省交薦，詔改晉江學諭，以便養親，辭不拜。謚「恭靖」。著有省克錄、靜思錄。入通志儒林傳。

林與可云：三百篇後無詩者，性情少耳。蓼莪諸篇，千載之下誦之猶下涕。閱先生詩，如入古廟靈臺，無不恭肅而愧感。

柳湄詩傳：茂烈卒，御史王應鵬具事行以聞，詔以孝廉立坊，列祀鄉賢忠孝，王應鵬又倡建專祠。邑人林俊撰墓誌銘，稱茂烈「卒於正德十一年，年五十八。十二月十六日氣絶。按生於天順三年六月二十三日。是日天氣慘黑，道路流涕，弔者皆失聲。先生無子，予立其族子遠揚爲後，與松崖、山齋治其喪，守馮公以棺來助。按茂烈連産八女，僅存其一，與其母、妻同葬城西之書林山。先生以母老乞終其養，供母外，短牀敝席，不辨一蚊帳。身治畦，妻子服食麤糲」。又按，茂烈葬後，方伯伍公以下各官立石表墓，邑人鄭岳括狀中語鎸之。按名山藏云：「嘉靖三年，莆城陷賊，相戒勿犯陳孝廉茂烈宅。」

次彭舉人昆韻寫懷

釀寒陰雨正紛霏，寂寞長關白板扉。歲月不堪今日異，身心方覺舊時非。武侯有道終須出，元亮無緣未賦歸。四海陽春均雨露，萬年明主仰垂衣。

送泉二守汪曉

眼看宦海似瓢蓬，相送長亭又北風。天地放公塵網外，烟霞老我碧山中。乘槎每欲攀仙侶，失馬何須弔塞翁。後會寥寥猶未卜，南來尺素望歸鴻。

宋元翰

原名嵩，以字行，又字良翰，端儀子，莆田人。弘治八年鄉舉第一。官潮陽知縣。有荔庭稿。

柳湄詩傳：元翰宰潮陽，屏苞苴，絶請託。坐是忤豪右，爲鄉宦陳洸所搆，繫獄多年，瀕死不悔。晚樂志林泉，徜徉文酒，於世故泊如也。

頤晦招游溪閣次韻

勝趣開溪閣，邀游得幾回。尋仙空采藥，樂道且啣杯。霧重時晴雨，鷗輕自往來。相過無二仲，三徑爲誰開。

和翠庭招游平綠韻

入夏猶餘冷，江南氣候偏。茅堂轉幽僻，花徑牘芳妍。翠滴巖頭雨，青連海外天。相如休病渴，石罅有流泉。

黄汝顯

字純卿，莆田人。弘治八年舉人。官永淳知縣。有東林集。

蘭陔詩話：汝顯由廣文遷永淳令，心厭簿書。會當謁制府，嘆曰：「我家穀城山下多梅花，一白十餘里。不以此時歸，猶僕僕霜雪中乎？」乃棄印綬去。其集已燬於倭。

游金山

酒酣獨自陟崚嶒，不畏硱磳不拄藤。半世誤爲朝市客，一時閒伴水雲僧。波濤聲雜禪房梵，星斗光聯寶塔燈。寄語無官方是我，折腰陶令未無能。

黄文鶯

字瑞卿，一字復吾，莆田人。弘治八年舉人。官新城知縣。

游囊山

白雲生處見群峰，雲外參差樹影重。晝静蘿屏馴鳥雀，風回松澗舞虬龍。洗除俗慮三生話，唤醒孤眠半夜鐘。星斗逼人天似水，不知人世有浮蹤。

謝廷柱

字邦用，一字雙湖，士元子，見上。長樂人。弘治十二年進士。除大理評事，歷官湖廣按察僉事。有雙湖集。

柳湄詩傳：侯官西湖之馬廠亭，太監養馬之地，舊稱謝評事。竹窗筆紀云：「謝士元子廷柱，授評事，歷僉憲。市負郭田築室向蓮花峰，以長樂所居亦有湖山之勝，自稱雙湖居士。後人呼其地爲謝評嶼，以『事』誤『嶼』也。後從子杰官尚書，改其室爲宗祠。前有井，雙湖所鑿，石欄刻『謝泉』二字，亦雙湖筆。」蒼按，其時，四明學士豐熙以諫大禮謫戍閩中，寓大夢山薛文旭、薛文易兄弟家。

傅汝舟築宛在堂，招高瀔歸隱。故雙湖集中有豐五溪及傅木虛贈答諸作。按閩書，廷柱酷好神仙風水之說，年九十六卒。子寬其餘詩人之有壽者。已詳林文纘傳。

水亭夜坐

今夜月上遲，前夜月上早。有月景固佳，誰識無月好。天高衆星明，涼意在庭草。風輕螢照樹，夜定魚躍藻。毛髮動蕭爽，塵襟滌煩懆。時序倏將代，浮生嗟易老。北雁今已南，遊子在遠道。昨夢江田村，石林淨如掃。獨坐望海亭，把酒看雙島。

望洞庭

少陵乾坤句，夢寐三十秋。我來值歲暮，水落露芳洲。其氣猶雄渾，蒸鬱塞九州。是日北風急，浪勢如陵邱。舟楫未可濟，君山青欲浮。神物疑不蟄，煙濤舞蒼虬。萬魚紛相從，大者能吞舟。觀久意未厭，躊躇生遠愁。會乘三春漲，坐看萬里流。百怪莫敢匿，群龍爭戲遊。高樓疾椎碎，一洗江湖憂。

游天池山

千山萬山招欲來，龍翔虎躍青崔嵬。突然拔地勢莫測，擎天一柱何雄哉。巖傾石走駭神怪，澗呼谷吼驅風雷。振衣絶頂縱雙目，煙濤浩渺滄溟開。帆檣參差戲鳧雁，島嶼聯絡浮罍罍。貯雲承露有三窟，石泉寒浸千年苔。澄凝靜涵天日影，更想星月光昭回。探奇索怪不知倦，淩虚歷險遭顛頹。煙村指顧辨桑梓，兄弟三五同追陪。坐臨飛泉各分歷，更籍磐石深徘徊。自慚康樂山水癖，斯遊胸次何恢恢。天下名山幾經過，衡廬雁宕徒驚猜。遠游正欲學司馬，龍門禹穴探奇瓌。胸中一吐金石響，肯使萬卷徒兼該。笑殺餘生老環堵，牀頭蠹簡空成堆。短歌草草識登軔，劃然笑出烟霞隈。

别蔡霞山

美人扁舟艤湘岸，木落江寒驚歲晏。相思千里忽相逢，清歌徹夜千杯空。江梅細花照紅燭，卻疑身在羅浮屋。送君情應如三湘，波深不洗離别腸。悵望天南鶴一隻，安得乘風生羽翼。

望京畿

微雲高北塞，輕翠疊西山。秋入煙霄路，風生虎豹關。滄江人久臥，丹陛客初還。故舊知誰在，馮唐鬢已斑。

東欄

野老全無事，終朝獨倚欄。千峰横晚翠，五月避空寒。魚泳波先縠，蜩鳴荧始盤。一筇時或往，澤畔采芳蘭。

睡起

謝家莊上景，籬落接湖塘。枕畔聞啼鳥，窗間見野航。日高山紫翠，雨過海蒼涼。夏至三農慰，田疇穗漸黄。

月夜獨坐

夕陽初隱地，人意喜新晴。屋閣乘潮月，簾飛度水螢。波平城突兀，野静漏分明。一榻無三伏，翛然夜氣清。

宿永峰不果逾十里宿桐林彭家

數程過百里，天色已黄昏。客問溪頭館，農歸樹裏村。鷄豚各籬落，烟火幾柴門。乘夜求安枕，桐林更上原。

弘治癸丑元日同實兄、王仲廣、何季周、林廷吉游金山寺

客中元日上扁舟，莫作尋常攬勝遊。落日蒼茫連北顧，孟河浩瀚匯洪流。中泠泉自江心出，隔岸山從京口迴。留帶山門吾豈敢，聊將醉墨壁間留。

和答羅剛儒夫江西省掾善行楷書，以孝行聞

盱汝交遊逸興長，西江詩派自今昌。江天漠漠浮星彩，葭菼蕭蕭落雁行。薇省簿書烏哺喜，桃封印綬棣花香。舟行正有臨池趣，百幅煩君掃麥光。

金山次王世賞大參韻

幾登絶頂縱雙眸，亭外江雲去復留。星斗翻從波面出，魚龍長在檻前游。青山愛客應投轄，白髮憂時更倚樓。便擬此身辭世網，未誇騎鶴上揚州。

陪五溪游平章池薛士仁作東

按，五溪，豐熙字。平章池在西湖大夢山。時豐學士寓文易兄弟家。

平章池館賞高賢，盡日叨陪水上筵。移舫芰荷香座席，停杯魚鳥躍吟箋。煙橫晚嶂人初醉，海露冰輪境已仙。誰似東君能敬客，詩成巖壁自磨鐫。據此及高瀫和雙湖詩，則此詩薛氏兄弟已鐫大夢山，蒼遍尋不得。竹間十日話：「福州西湖大夢山巖背上有墨池，形如圓盂，相傳朱子所鑿，或曰元時有人晦跡於此。按皆非也。山前有薛氏園，乃弘治己酉舉人薛文易、成化甲午舉人薛文旭兄弟登仕前列甲第，後爲池館。嘉靖初，學士四明豐熙以爭大禮廷杖，謫戍於閩，館其家，爲撰祠堂記。今園皆易主，獨墨池旁石壁上刻詩尚在，詩曰：『來戍南閩宅此山，一泓伴我日清閒。昇平兵刃何嘗淬，且蘸詩毫向水間。』不署年代，以『來戍南閩』等語考之，知爲熙題。『墨池』二字亦八分書，皆熙筆。通志、郡志俱未載。熙與雙湖、傅汝舟、高瀫贈答詩，互見福州濬湖事略。」

久靜庭階長綠苔，曲欄池上獨徘徊。地偏氣候添晨爽，水闊煙霏向晝開。野艇蘭橈蓮吐采，鄰家藜杖鶴攜來。晴簷鵲報詩筒至，誰道吟壇待雨催。

湖上

蒙莊谷里幾旬逃，多事閒窓應接勞。甲馬夜鳴湖雨急，樓臺曉出海雲高。鷗群點雪歸唐律，茝葉和煙入楚騷。爲乏輞川詩畫手，未遑標品署林皋。

對　月

亭在西湖第幾灣，坐深魚鳥意俱閑。荷香十里簾鈎上，月色千峰釣艇還。天靜籟聲俄滿谷，河傾積氣已彌山。悠然此意憑誰共，骨爽神清枕簟間。

嘉靖丁亥西湖草堂成，五溪先生惠律，次韻答謝

人間何處有仙臺，轉眼流光七袠來。鄉社未須扶杖往，書籤猶解向燈開。窓前碧嶂秋添賦，牆下黄花晚自栽。多謝先生相厚意，卻因頌語見雄才。

游西湖

曉舟呼酒看霜華，活跳河魚始上叉。春好難銷羈客恨，梅香不是故園花。巖邊雪霽將懸溜，湖上雲蒸忽作霞。聊指城頭認歸路，殘陽新水度横槎。

贈西鏞陳時英

松蘿久别西鏞里，萍梗相逢是浙江。萬井潮聲人對榻，千林秋意月當窓。玄談欲闖先天

窟，仙帙還披半夜釭。此去尋師東海上，還將白璧贈吾雙。

岳陽樓觀雪

紛紛飛雪渺天涯，痛飲高樓酒屢賒。忽見春山成玉筍，更誇晨浪湧瑶花。沙邊立鷺應難見，水底瀏魚漸可叉。最愛歸來光照夜，醉揮吟筆近窓紗。

清隱山居

笑渠高價住名山，城裏幽棲屋幾間。豈有市聲聞竹逕，不教塵躅鬧柴關。石牀書卷蒼苔靜，草閣爐熏白日閒。鼓棹相從吾有意，海棠洞口洗塵顔。

飲秋高亭

天藏仙境不知年，新作高臺更鑿泉。羅立秀峰三百里，一齊飛翠到芳筵。

吴希由

字約中，一字臨淵，莆田人。弘治十二年進士。授南京刑部主事，擢員外郎，晉郎中，出爲浙江按察司僉事，改提督兩浙及南直隸蘇、松等處水利、屯田，陞四川按察司副使，備兵威茂。卒年七十。

柳湄詩傳：希由，唐莆田知録公良之後。宦浙，築海鹽長堤。在蜀有斬獲功，與巡按不協，告歸，同邑人鄭岳輩爲逸老會。嘉靖十二年卒，葬城南鳳山。鄭岳爲撰墓誌銘。

頤晦社會溪閣

入壇尋舊約，刻竹記新題。苔點龍頭石，流分燕尾溪。不才甘草莽，薄分合鹽齏。塵鞅何時遣，東鄰卜共棲。

臨淵齋社集諸友

荷衣藜杖鹿皮冠，掃徑迎賓水石間。莫向尊前惜沉醉，百年容有幾時閒。

全閩明詩傳　卷十三　弘治朝二

侯官　郭柏蒼
　　　楊　浚　錄

林季瓊

字時獻，一字他石，智子，莆田人。弘治十二年進士。歷官廣東道監察御史，巡按廣西。

次同年豐五溪學士答鄭山齋宴集溪聲閣韻

二君行處錦囊攜，愧不能詩兩屐齊。野鳥似迎佳客到，白雲且伴老僧棲。一龕燈炧溪聲遠，半夜月明山影低。莫道茲游殊草草，他年掃壁覓留題。

李廷梧

字仲陽，長源子，莆田人。弘治十二年進士。授桐鄉知縣，擢御史，遷大理寺左丞。有壺塘集。

柳湄詩傳：廷梧以御史出按蘇松，歷大理寺丞，滿考，罷歸。肆力於文章，籃輿烏榜徜徉山水間，晚與諸老結會，超曠閒適之致，發於詩歌。

送人休致

漫將春浪浣塵衣，天馬如今不受鞿。獨客豈堪千里別，故鄉初見一人歸。薰風驛路黄鸝語，細雨湘雲紫蕨肥。回首都門天萬里，江湖南雁正高飛。

無題次李義山韻

春去春來不見蹤，繡窗晴曉聽疏鐘。篋中賜服雲霞爛，天上鴻恩雨露濃。澧浦月明閒珮玦，瑶池秋冷浸芙蓉。多情惟有陽臺夢，曾到巫山十二重。

寂寂情懷遣獨難，臨春樓下漏聲殘。被池夢冷香猶潤，雨線愁深滴不乾。初吐杏花酣曉露，乍眠宫柳怯春寒。粧奩舊賜金鈿在，竊避諸妃掩淚看。

柯　英

字汝傑，又字西波，維熊、維羆、維騏父，俱見下。莆田人。弘治十二年進士。官徽州知府。

謁陳忠烈祠

高山頻仰止，遺貌儼葱珩。昔頌天王聖，今知臣節明。綱常千古重，膚髮一絲輕。夙夜前修在，齋心薦杜蘅。

陳伯獻

字惇賢，其志曾祖，見下。莆田人。弘治十二年進士。南京吏科給事中，廣西提學副使。有峰湖集。林懋揚云：伯獻詩有意致，而繪事尤爲過人。蘭陔詩話：伯獻居諫垣，因疏逆瑾罪，削職。瑾敗，起視學粵西。以母老乞終養，結茅蓮花峰下，游情藝苑，興致翩翩，文追南豐，畫宗摩詰，詩品亦在錢、劉之間。

宿化州公館

萬峰深處百泉灘，斷雁疏砧送早寒。樹色暗隨山館合，秋聲偏傍客衣單。昌黎漫道潮陽遠，太白空歌蜀道難。落日不堪重上馬，五雲何處是長安。

九日陪諸公登東山

石巔閒步晚雲飛，極浦平汀遠樹微。落日蟬催殘暑退，空江雁帶早涼歸。清尊有意留歌扇，黄葉無心點客衣。欲約山靈頻到此，如今多長故山薇。

落花次林見素韻

錦瓣離褷晝漸遲，社邊消息燕先知。閒將盃蟻臨風處，倦倚闌干待月時。墮速可能辭舊蒂，飛回猶似戀空枝。習家春盡何人醉，忍委芳心與後期。

綠肥紅瘦綺寮前，妬雨沉陰咽管絃。隋苑林空仍綴綵，洛陽擔弛不論錢。蝶衣帶粉傷新緒，燕寢凝香結舊緣。榮落乘除還宿數，臨風何用一愀然。

登雨花臺

帶郭林巒屬上方，寶幢説法事茫茫。荒臺僧去天花盡，古殿春來貝葉香。煙洗江關開楚越，雨新碑碣認齊梁。白蓮惠遠能延客，細炷爐香話日長。

自潮州至清溪

潮陽十日到清溪，零落人家碧草齊。積雨長流渾瀑漲，荒郊極海晚山低。深秋毒霧沙蟲聚，侵曉叢葭越鳥啼。正是客舟岑寂處，不堪吟倚夕陽西。

分守到廉州途中書事

計日星軺度遠岑，西風旅思費長吟。山多不礙歸家夢，地僻猶懸戀闕心。嶺外草黃生毒瘴，海門日出破層陰。還珠合浦留清譽，誰料遺殃直到今。

林庭㭿

字利瞻，又字小泉，瀚次子，見上。炫父，見下。閩縣人。弘治十二年進士。授兵部主事，遷員外郎，晉郎中，出爲蘇州府，遷雲南左參政。服闋，起江西，歷湖廣左右布政使，擢右副都御史，晉南京兵部右侍郎，入爲工部左右侍郎，陞工部尚書，加太子太保，乞休。卒年七十，贈少保，謚「康懿」。有小泉錄稿。

柳湄詩傳：按龔祭酒用卿撰庭㭿墓道碑：「始祖系出光州固始，五代避亂入閩，居開化里之林浦。曾祖觀，祖元美，父瀚，曾祖母蔡氏，祖母鄭氏。母黃氏，以成化壬辰五月二十日生公於長安。子炫，正德九月進士。公捧表入賀萬壽，疏請終養，炫亦謁告還籍，三世同堂。吾閩數十年所未有。」按，林春澤以進士爲程番知府，子應亮，孫如楚，皆以侍郎終養。春澤壽百有四歲，康懿後一人。嘉靖辛丑八月三日卒。訃聞，上震悼，輟視朝一日，諭祭者九。娶鳳池鄭氏，郎中克和之女，葬樟林之原。

題清虛亭次丁民部韻

按，清虛亭在福州郡治烏石山清泠臺側。

攬衣步高臺，新亭訝仙境。日出島嶼開，水浮村莊迥。深院梵音微，曲磴苔痕冷。天王許乞祠，我當奉朝請。一日一來游，醉臥竹間影。

哭南京吏部郎中華汝和

前年君送我，細雨江城秋。此日我哭君，西風雙淚流。離亭一杯酒，翻作生死愁。忍讀贈我詩，墨花雲錦浮。忍看遺我劍，寒光貫斗牛。世事不可問，歲月空悠悠。君有才，胡弗究。君有德，胡不壽。棲遲郎署二十年，題墓猶從大夫後。幾尺豐碑太史銘，辛苦平生應不朽。

阻雨東昌次同舟陳助教韻

烟雨迷行色，江村繫小舟。鄉心愁入夜，客鬢易驚秋。聲斷風前雁，寒回水面鷗。親庭在何處，遥望白雲樓。

五月三十夜宿宣風館次王伯安壁間韻

雨過苔紋繡緑痕，水清沙白鳥聲渾。雲封石洞僧歸舍，月落柴門犬吠村。兩鬢風霜驚白髮，一襟愁緒怯黄昏。香消燭盡方成寐，又恐家山役夢魂。

和南澗中丞九日韻

按，南澗，林廷玉也。

萬里秋空太廓寥，野雲汀草逕蕭蕭。酒逢佳節應增量，詩媿凡才每折腰。黄菊滯人花未放，青山伴我興偏饒。烟波不入深潭曲，回首風帆天際遥。

周　俅

字元恭，一字瓊崖，宣父，鯤祖，俱見下。莆田人。弘治中歲貢。官樂昌訓導。以子宣封監察御史。

今是亭爲林别駕賦

長嘯辭朱紱，行歌入舊山。浮蹤今日是，塵世幾人閒。獨鳥高雲外，歸泉亂石間。若將人意擬，無往亦無還。尋花穿澗早，聽鳥出林遲。幽事誰先領，孤懷只自知。江山無恙處，風月對閒時。猶是樊籠客，相從笑後期。

陳璽

字德符，煒子，見上。全之父，見下。閩縣人。弘治中隱居不仕。有守魯集。

江右回寄德新弟

武陽攜手淚沾巾，遥望閩南滄海濱。月色却隨歸去雁，雪花偏逐遠行人。夢殘池草春將暮，吟到溪梅歲又新。謾倚東樓發長嘯，芸牕燈火好相親。

題雙龍出澗圖

歲寒不改青山色，老大槎牙倚天立。錯節肯爲螻蟻殘，盤根甘與蛟龍蟄。長風怒吼針芒寒，飛流直迸芙蓉濕。何人號爲緑髮翁，此翁曾受嬴秦封。有時夜半風雷起，首尾盤拏風雷裏。乘時飛入明堂樹，便作明堂棟梁具。周家作畫衆所推，潑墨淋漓得天趣。懸君高堂素壁間，白晝無雲生烟霧。

王　鎰

字美璞，一字東愚，莆田人。弘治中布衣。

謁先隴

曉出郊門外，行行望白雲。王裒雙淚盡，趙抃片心存。細草茸茸綠，饑烏處處聞。墓門不可扣，落日又黄昏。

過陳侍講墓

東觀文名五十年，尺餘孤塚水亭前。凄風苦雨添荆棘，落日空山泣杜鵑。立雪有人題白石，承家無子繼青氈。村農歲歲侵阡陌，莫把荒邱廢作田。

宮　詞

雨過河光雁影遥，銀牀冰簟自秋宵。長門楊柳摇殘月，報道君王已視朝。

雷鯉

字惟仙，一字白波，號半牕山人，建安人。弘治中以詩畫名，與沈石田並稱，時呼雷沈。

柳湄詩傳：鯉工篆隸、山水、花卉。時沈石田詩畫兩勝，半牕詩遜於畫。半牕詩畫，江右重之。汪良迪稱其詩沖雅清婉，曲盡物情。嘗游攝山，有「時雨醒草木，天風醉花鳥」之句，爲鍾伯敬所賞識。

按，半牕詩，所傳者皆於題畫得之，無專集也。

題畫

鳥外風烟古寺迴，半帆倒掛夕陽來。江天物色無人管，處處野棠花自開。

古塘秋曉淨煙莎，籬落西風菊自花。滿目紅塵無着處，半簾殘照隔溪斜。

竹杖芒鞵一徑深，小橋晴漲瀉松陰。隔江亭子是何處，紅葉白雲秋滿林。

林庭模

字利正，又字秋江，瀚六子，庭㭿弟，俱見上。閩縣人。弘治十一年舉人。官潮州府同知。有秋江集。

寄平遠臺僧百鍊百鍊詩，附卷十二許天錫。

京國驅馳一丈埃，野心常憶遠公臺。煙銷竹外茶初熟，月滿亭前鶴未回。半榻白雲垂紙帳，一簾香雪落巖梅。重逢遥在秋深處，籬菊須留十月開。

遊鼓山

偶隨芳草訪禪關，乘興來登江上山。黄鳥有情留客坐，白雲無恙伴僧閒。齋堂飯罷猿相唤，茶竈煙銷鶴未還。滄海晨昏萬變滅，誰能寫入畫圖間。

送鄭員外繼之移病還閩

文園經春祇高臥，去住兩合難爲情。京塵馳驅羸馬怯，春水蕩漾浮鷗輕。身能强健藥奏捷，興到揮灑詩入評。看山有時踏芒屩，只許一鶴閒隨行。

林　富

字守仁，洪玄孫，耀孫，垠子，見上。萬潮父，兆誥、兆珂祖，俱見下。弘治十五年進士。授大理寺評事，忤劉瑾，繫獄，謫潮陽丞，尋落職。瑾誅，起袁州府同知，陞寧波知府，廣西參政，廣東右布政，四川左布政，都察院右副都御史，歷陞兵部右侍郎，兼右僉都御史總督兩廣軍務。有省吾遺集，又奏議二卷。卒年六十六。

獄中與王陽明講易

浮雲何黯淡，凄風生暮寒。薄植當肅殺，焉能顧摧殘。守法奉明主，際遇胡獨難。詔書忽然至，械繫天牢間。無由瞻日月，喘息傷肺肝。患難得儔侶，神傷心則懽。盡人求名理，名理實未殫。識定百憂滅，萬死名不刊。共保呴沫命，待分邪正端。一旦埃氛斂，仍復見天顏。

范　嵩

字邦彦，澄子，宣父，甌寧人。弘治十五年進士。授寧國推官，擢御史，轉南京儀祭主事、郎中，出爲河南僉事，晉廣西副使，遷廣東，陞雲南左右布政，擢右副都御史、巡撫四川，陞南京工部右侍郎。卒年八十餘。有衢村集。

柳湄詩傳：按他書：嵩字邦秀，授寧國推官，時六合縣有積豪結内侍横恣，御史某囑嵩勘罪之辟。豪賂逆閹劉瑾，詐旨逮御史及嵩。豪尋斃，獄事得寢。拜御史，笞劉瑾校尉。外調，累决疑獄，人以爲神。巡撫四川，斬獲亂番，綏撫得當，致仕。年八十餘卒。

飲疊嶂樓

遠望更嵯峨，長松掛薜蘿。浮雲歸太華，高閣俯晴河。林外蟬聲急，闌前夕景多。漁樵歸去後，明月滿山坡。

送李原正通府榮滿之京

未盡杯中酒，先登李郭舟。櫓聲半江月，樹色滿林秋。惠政蒲鞭裏，離情古渡頭。聖時多雨露，行看寵恩優。

過太平書懷

黄雲漠漠楚天低，倦鳥旋飛又復棲。滿徑西風妨老葉，半牕明月誤啼鷄。賦歸未許陶元亮，身鬻羞稱百里奚。白髮幾莖秋萬里，沙寒雁落兩凄凄。

送黄上舍還尤溪

江亭煙樹雨溟溟，一曲驪歌酒半醒。國學昔年升造士，銓曹此日籍明經。梨關月色杯中見，劍浦秋聲笛裏聽。别後相期重相見，起看鵬翮展南溟。

鍾文傑

字邦臣，一字相山，長汀人，文俊仲弟。弘治十五年進士。授户部主事，轉工部員外郎，擢廣州知府。

送周少保

眼底蜚聲第一流，具瞻山斗未宜休。趨朝短髮莖莖白，濟世中腸寸寸柔。宰相神仙隨去住，夜衣晝錦自薰蕕。他年太史知誰筆，篤棐於今又見周。

送馮有孚巡按湖南

九天持斧下湖南，霹靂雷霆月在三。驚起蟄蟲千百萬，滿空霖雨洗晴嵐。

林茂達

字孚可，珪孫，思承子，俱見上。文鉞父，見下。莆田人。弘治十五年進士。授行人，拜監察御史，擢湖廣按察使，貴州左參政，四川左、右布政，陞都察院右副都御史，致仕。復起南京大理寺卿。卒年八十六。有翠庭集。

秋居漫興

投簪歸舊隱，松菊未全荒。老去親知少，閒中歲月長。懶雲屯野徑，活水湛方塘。簾捲催詩雨，牀頭酒又香。

讀淮陰侯傳

帶礪盟寒霸業空，將壇寂寞幾西風。中原草樹霾秦鹿，雲夢旌旗出漢宫。人代古今雙淚眼，王侯天地一樊籠。赤松始識神仙侶，圯下無慙黄石公。

懷蜀藩臬諸君子

長江濯錦憶同遊，駟馬驕嘶萬里秋。堠火煙沉戎事罷，郫筒酒滿客懷幽。浣衣春水三千頃，仙館西風十二樓。寂寞孤燈起遐思，一尊誰與泛蓮舟。

社會平綠次鄭山齋韻

平綠亭臯數畝園，涉來時自命琴尊。白雲滿地無行跡，松月當階鶴候門。花入芙蓉秋欲殘，石湖風動水雲寒。不知靖節歸來徑，松菊追陪幾度看。

張廷槐

字文相，莆田人。弘治十五年進士。官潮陽知縣。入名宦傳。

白紵秋歌

銀河影澹飛烏鵲，金井梧桐葉初落。昨宵玉露轉淒涼，楚練越羅愁輕薄。哀絃急管夜不休，何處疏砧入樓閣。更長漏永無盡歡，明月停停下簾幙。

徐元稔

字明嘉，志作「元嘉」。莆田人。弘治十五年進士。授南京大理評事，轉兵部郎中。

對菊次韻

瞑色催寒入晚檐，小齋獨坐雨廉纖。秋光過眼黄花少，世事驚心白髮添。别久思家無雁到，憂深筮易有龍潛。風塵擾擾歸何日，濁酒幽香意未嫌。

洪　晅

字繼明，閩縣人，英孫。見上。弘治十四年舉人。官郏城知縣。卒年七十。有鹿溪詩集。

答林德敷按德敷，春澤字。

不奈旅愁絶，那堪暑氣侵。簷低萬籟入，門掩一燈深。孤枕通宵夢，殘更兩地心。感時衰颯甚，秋意滿前林。

戲馬臺

高臺蹤跡已荒涼，千古誰知霸業長。莫向臺前嘆往事，長陵無主自斜陽。

張天顯

字敬中，一字巽所，閩縣人，濬子，見上。元秩父，見下。弘治十四年舉人。大寧都司教。有孝友堂世稿。

柳湄詩傳：天顯與鄭善夫同時論詩，後人遂並傳汝舟、高瀔輩統稱爲少谷弟子。傳詩自闢門户，非少谷所得屈。天顯則又非傅、高所伍。

聞鷓鴣示鄭繼之

行不得哥哥，啼入寒煙漲碧莎。楚澤幾風侵枕簟，江州一雨濕衣羅。滿山松桂寧無穴，萬里乾坤漫有囮。詩瘦不禁愁徹骨，傍篷搔首思如何。

行路難

太行之道出關西，荊厓棘棧跨虹霓。行人路出險巇外，身入棧道窮攀躋。鳥聲相喚行不得，暮雲黯淡無顏色。道逢黠旅坐相談，對面危機渺難測。

過嚴子陵祠

白水人收赤伏符，先勞物色索賢書。暫休男子澤中釣，又駕狂奴館下車。逐鹿臺前無鼎俎，富春山裏有犁鋤。只今風寢孤松樹，猶似當年鼾睡餘。

寄謝姑蘇顧朝列

舟泊吴門水面樓，樓頭雲物爲君留。香風遶座芰荷滿，涼雨入簾林麓幽。庾亮雅懷非憚老，陶潛有子更何求。離杯莫動陽關曲，久客江湖不任愁。

鄭　鵬

字于漢，一字蒲澗，閩縣人。弘治十四年舉人。官淮府長吏。有編茗集。

柳湄詩傳：鵬由府學中式。晉安風雅作閩縣人。鄧原岳，明詩作「懷安人」。

寓鐔城寫懷

獨夜不成寐，蟲聲苦喧啾。披衣起待旦，殘星屋西頭。區區一寸心，耿耿千百憂。飯牛歌憤抑，試問人知不？

題醉漁圖

去住一葉舟，卷舒一竿竹。朝從柳岸過，夜向蘆汀宿。魚多不賣錢，村酒换盈斛。鮮鱠簇銀絲，芳香雜野蔌。老妻笑傾壺，稚子歌擊筑。醉來横短楫，披襟坦便腹。月明風露淨，籧然睡方熟。隨流任所之，自信穩於屋。嗟彼塵世間，風波平地伏。紱綬成拘攣，車馬生踼蹩。華亭鶴不聞，千秋傷二陸。

洗衣行

若耶溪中新水滿，女郎澼濯溪邊晚。微波盪岸濕金蓮，返照侵衣明玉腕。洗衣最恨啼痕多，不洗啼痕將奈何。杵重心忙臂轉弱，斑斑血淚難消磨。徘徊欲向荷花語，荷花莖内絲千縷。摘來不斷復相聯，誰識蓮中心更苦。洗衣洗衣復洗衣，菰蒲風細鴛鴦飛。鴛鴦雙飛看漸杳，何事人生不如鳥。

二蟲歎

蛛絲網飛蟲，日日足充飽。蠶絲濟民生，一身不自保。事功大異報反施，果物自爲天梏之。小人生全君子殪，若比二蟲無乃似。此理欲詰嗟無由，起拍闌干雙淚流。

禽　言

提葫蘆，沽美酒，三百青銅何處有。桃花落盡杏花殘，十分春色今無九。縱遇採樵人，勸馬空回首。我已多年賦分鸞，一斗憑誰藏既久。忍聽提壺休飲酒。

次鄭繼之南湖舊居韻

使君湖上宅，面面俯淪漪。魚鳥馴相狎，烟雲靜與期。畬人供谷涑，漁父課鸕鷀。一被塵纓縛，悠然繫夢思。

宿宣風館和伯安王公韻

屋後青山過雨痕，門前新水赴溪渾。風聲偃稻翻平野，日脚穿雲射遠村。世路多歧還委曲，客懷最苦是黄昏。家鄉迢遞雲山隔，腸斷深林蜀帝魂。

宿靈川呈諸同事

偶來寄宿靈川城，眼前野景宜新晴。白雲護山曉未起，蒼苔繡石秋還明。獨行忽見碧潭影，一曲擬答滄浪聲。宦途流轉無定在，翻憐聚散如浮萍。

登平遠臺見亡友許啓衷書扁感而賦此

按，平遠臺在福州郡治九仙山。啓衷，天錫字。

城市山林榜尚懸，洞江居士久升仙。忍過嵩嶽遷鶯地，愁憶燕臺對榻年。詩草闌珊誰爲輯，酒籌零落竟無傳。古梅耆宿今俱朽，俯仰乾坤一惘然。按，洞江所制酒籌，諸老多言之，惜不傳。

悼亡

獨倚江城賦大招，潸然雙淚落春潮。潮聲和淚東流急，流到錢塘十五橋。按，鵬有途中七十詩，其妻殆死於錢塘，故紀其地。

鄭薇

字與垣，承佐孫，莆田人。弘治中諸生。有刻楮集。

江行即事

極浦潮生日欲斜，孤篷渺渺向天涯。不知客路春深淺，開遍沿江野菜花。

詹源

字士潔，靖孫，洧兄，仰庇父，見下。安溪人。弘治十八年進士。授户部主事，改御史，乞養歸，轉貴州按察僉事，擢雲南副使，罷歸。

登泰湖巖

泰湖久縈夢，今日得躋攀。小鳥深藏竹，高僧少出山。驟來如晤道，坐久不知還。一逕樵歌起，遥聽夕照間。

鄭善夫

字繼之，閩縣人。弘治十八年進士。除户部主事，改禮部。以諫南巡杖闕下，尋乞歸。薦起南京刑部，改吏部郎中。有少谷山人集。

竹窗雜錄：鄭繼之謝病家居，築別墅，名桑苧園，自書其門曰少谷柴門，顔其堂曰青野，亭曰遲清。信陽何景明寄題鄭園詩云：「三山今有鄭公園，避俗從來亦避喧。蘿竹青青垂谷口，花林藹藹覆桃源。天邊鴻雁春廖廓，海畔蛟龍晝曲蟠。南海尺書招隱意，白雲荒桂幾番攀。」園今寥落不可問矣。

柳湄詩傳：逆瑾用事，善夫屢疏乞歸。築少谷草堂於于山之麓，顔曰遲清亭，將以俟天下之清也。迨瑾誅，嬖人江彬摇亂國是。莆田黄鞏輩諫南巡受杖，善夫泣諫，明鞏無罪，杖闕下，復乞歸。嘉靖初，又起爲刑部郎中，至建寧，再游武夷，冒雪歸。卒年三十九。與何景明、徐禎卿、李夢陽、邊貢、朱應登、顧璘、陳沂、康海、王九思號十才子。少谷，南湖人，俗稱高湖。其集嘉慶間經其族人乾隆庚戌進士鄭大謨在揚州重梓。道光十二三年，其孫某，並大謨所著青墅詩鈔、青墅讀史烹茶餉客矣。藝苑巵言云：「鄭善夫初不識王儀封廷相，作漫興十首，中有云『海内談詩王子衡，春風坐遍魯諸生』，後鄭卒，王始知之，爲位而哭，走使千里致奠，爲經紀其喪，仍刻其遺文。人之愛名也如此。」案，善夫與郡人林釴、傅汝舟、高瀔、鄭公寅、施世亨、李銓、李江、王文晦、即王偁。王文旭倡和追隨，閩人復稱才子。詩傳者僅傅汝舟、高瀫、林釴、王偁、施世亨。居朱紫巷，即今花園衕。聯句見高瀫集中。按，嘉靖中，福州鐘山寺有詩僧明秀，哭鄭善夫詩云：「病裏驚聞盡一哭，十年交誼竟何哉。江關兩地空遺恨，猿鶴三山亦動哀。谷口柴門長落日，平生知己獨憐才。臨風欲擬招魂賦，猶憶西湖舊日來。」「少谷高人無日起，百年清淚幾時收。嗚呼滄海談詩夜，翻作延陵掛劍秋。詞賦永留山水興，謀謨空切廟堂憂。交期猶想錢塘別，心折風帆送客舟。」明秀有山房秋夜詩：「寒蛩鳴砌夜蕭蕭，一點禪燈伴寂寥。風落吴江吟不就，那堪凉雨滴芭蕉。」西禪蘭若云：「尋幽西到古禪關，樓閣高低紫翠間。山鳥不鳴人境寂，罏煙輕靄白雲閒。」夏日書懷云：「綠遍庭前雨乍晴，南風一枕篆煙輕。起來散步槐陰下，閒聽幽禽三兩聲。」明秀，詳烏石山志仙釋。

即事

赤縣山河在，黄沙道路長。祇憂蕃部落，不著舜衣裳。寶轂猶深入，金稍慮轉傷。前車未爲遠，神武有英皇。

對湖

遠水明如鏡，平林眇欲迷。天多足鴻雁，沙暖定鳧鷖。秋事關身世，湖聲避鼓鼙。老魚吾愧汝，曼衍聽天倪。

宿象山西塢

亂木藏幽鳥，清商集古城。暝煙分野意，山鬼習人聲。未把桐川釣，聊爲潁水耕。巖棲構寂寞，倘得遇初平。

新昌縣曉行

暝發新昌縣，晨臨赤土隈。秋花隨地有，渚雁與雲來。雜樹炊煙出，前涇夕照回。忽聞歌伐木，行路與悠哉。

贈汪希周料兵淮楚

白馬清秋出上京，勾陳光照亞夫營。中原天子親提劍，南國樓船遠募兵。消息祇愁千里草，逋逃新恨九江城。漢家曆數元無極，吴楚猖狂終自平。

寒食與木虛登芳萴峰遂餞公衡

絶頂天風雲亂飛，海門高浪近春衣。霸圖王氣東南近，堯韭秦花天漢稀。此地賞心惟汝共，萬方愁目欲何依。要知寒食山中意，萍葉江湖幾是非。

游丹青閣懷許黃門啓衷

風流不見許黃門，文字丹青閣尚存。最憐佳句車盤驛，黃犢青山何處村。

北山詩

東行寓遊蹤，逸軌迷西還。矧兹玄冥月，翳翳風景昏。非無兒女懷，所適山海觀。陽巖冒遠坡，陰壑注奔湍。步雲青峰頂，搜括窮其源。前有空明洞，蔦徑回巖巒。駕言采玉華，將以遺所歡。儵然雲霰集，置身虛無間。大道出死生，靜者見腑肝。願招柱下史，去入無窮門。

初離京邑留别諸同志

馳車太行坂，北首入楚澤。迷途不早悟，困頓安所適。爵服載憂患，趨者何充斥。流俗日向靡，胡爲重濡跡。京塵復何長，不見所緇白。凡駘御文輿，赤驥且辟易。誰能違衆好，共展東山屐。

玄明宫行

君不見玄明宫中聚金碧，云是權璫結真宅。貝闕憑陵上帝居，彤臺照耀長安陌。雕龍鑄虎欻飛動，至今赤日風雲黑。巖壑天開朔漠摇，鯨鯢日吼滄溟仄。探奇衹見靈怪集，矯首翻詫星辰迫。西國祇園應渺茫，六朝蕭寺空千百。白龍胡爲作魚泣，想爾當年勢煇赫。土木經營動四方，奇珍聯絡來重譯。分明造化出其手，左揮右霍何不得。欲將燕市作蓬山，便有神人爲驅石。奸雄到死竟不悟，驕奢之末無終極。氣數相乘可自由，李猫趙鹿空回頭。君不見，大市街頭權倖路，古來齏粉誰曾收。

金山紀遊

雙眼無空闊，長江會百靈。吴門對海定，淮樹貼天青。鐘動鼋鼉窟，雲生鸛鶴庭。中流有孤志，鼓枻下滄溟。

瀰瀰中泠水，東遊與散愁。樓臺通海霧，歲月送江流。好事憐司馬，逃空想惠休。獻花緣尚淺，心折過揚州。

寄林荆門

暮年滄洲客，慟哭向窮途。春草生歸思，秋風慰病夫。青氊後命達，白髮此身癯。八月衡山去，期君出五渚。

登建州浮屠訪僧道林

浮屠秋獨立，千里見氛祲。水閣風長盛，山城日易陰。赤霞留鶴晚，黄葉住僧深。世事宜高臥，空慚支遁林。

謁太初墳

伊昔邱園隱，風流誰似君。談詩振大雅，抗志入高雲。宅擬王官谷，山名太白墳。寥寥廣陵散，定向夜深聞。

彭城避地

朔水薊門誰問津，洪河波浪眼中新。孤舟此夜山城雨，短劍長年驛路塵。鄭老有官無飽飯，杜陵多難每依人。飛書近報齊梁破，何地江湖托此身。

吴閶

萬木蕭蕭河漢秋，吴閶斜日獨登樓。眼中禾黍茅茨怨，海上風塵笳鼓愁。一命未忘青瑣闥，幾時還問白蘋洲。燕然銅柱男兒事，漫倚青萍看斗牛。

游武夷

奇遊歷四窮，兹山負靈勝。翠川玉篆繞，丹巘璚花並。浮桴臨星源，仙蹤焕雲柄。圖經宛不爽，神理杳莫竟。緬訝開闢初，豈無稽天浸。懷山谷就變，赴坎槎交迸。跡奇易讚揚，歲深改觀聽。揭來幔亭宴，渺渺論神聖。諒同武陵源，去爲嬴氏病。仙蜕昔所非，真函此須正。所以紫陽翁，不履黄庭徑。遠矚悟氣機，内照見真性。永持哲士誠，修身竢元命。

小至

小至風烟催氣候，南州雲物變乾坤。城頭梅柳青春早，海上魚龍白浪昏。萬事艱難悲故國，三年戎馬閉柴門。小山梁苑多才子，漢水襄陽猶隱淪。

李忠定祠

千秋祠廟對樵溪，丞相愁時日向西。江漢已浮龍馬去，風塵遺恨鷓鴣啼。傷心北狩誰相問，極目中原他自迷。三疏留君見東澈，人情天運若難齊。

看花

山藤花開紅映衣，看山藉草遲遲歸。錦石無人溪水下，隔花刺船鸂鶒飛。

櫂歌

青螺江頭遊子吟，黄金臺上秋雲深。風塵一别一萬里，美人駕車傷我心。

秋夜

七月欲盡天氣清，殘月未上江猶明。流螢渡水不一點，玄蟬咽秋無數聲。獨客尚未辭貧賤，四方况是多甲兵。立罷西風夜無寐，吴歈嫋嫋感人情。

馬思聰

字懋聞，一字翠峰，明衡父，見下。莆田人。弘治十八年進士。授象山知縣，移諸暨，陞南京户部主事，奉命至江西，死宸濠之難。贈光禄寺少卿，謚「忠節」。

柳湄詩傳：正德十四年六月，寧藩宸濠畔，孫燧、許逵即日死忠，馬思聰、黄宏以械繫囚辱，亦先後卒。後祠祀四公，扁曰旌忠祠，邑人鄭岳爲文祭之。子明衡建言，廷杖，削籍，時稱父子雙忠。

咏史

子卿閉絶域，引領望長安。長安隔雲日，萬里摧心肝。節旄猶可杖，霜雪未爲寒。九死不可奪，片心老逾丹。歸來典屬國，十載未遷官。夾道車生耳，珮玉聲珊珊。富貴人自有，功名世所難。

諸暨署中

日永渾無事，花間伏枕眠。雨聲寒竹簟，春色掛蒲鞭。邑小稀民訟，官閒愧俸錢。風流愛單父，秋水瀉鳴弦。

登滕王閣

高閣臨章水，乾坤一眺間。人疑依北斗，氣自爽西山。舟楫通千里，風雲接百蠻。東南勞轉餉，無夢不鵷班。

鄱陽舟中

爲郎淹歲月，奉使出吳關。三楚浮雲外，孤帆落日間。湖空吞夢澤，波湧壓廬山。翹首長安道，何時謁聖顔。

獄中

蕭條一片地，六月暗飛霜。駢首衣冠盡，捐軀俠骨香。指孫燧、許逵。天猶驕七國，險已失三湘。死矣甘吾分，君恩不可忘。

秣陵寄懷陳鳴韶兵部兼柬諸年丈

北望長安落日黄，周郎留滯憶仙郎。觀中明月懸鳷鵲，臺上春雲抱鳳凰。空有聲名稱傲吏，愧無勳業答君王。詼諧不少同升客，諫獵何人在建章。

豫章呈孫開府

曾銜恩命布陽和，使節重臨楚水阿。廬岳風雲迎冠冕，洞庭烟雨肅干戈。時危全仗大臣節，才薄空慚四牡歌。幾欲抽簪尋舊侶，簡書珍重不遑他。

寄鄭繼之

鄭谷才名起鷓鴣，驪歌一别事長途。腰間報主青萍在，望裏懷人明月孤。煙塞霜寒來候雁，石池雨過淨菰蒲。江南正爾飛芻急，未可扁舟問五湖。

黄　鞏

初名天佐，字伯固，一字後峰，莆田人。弘治十八年進士。授德安推官，假孝感，陞刑部主事，改兵部武庫司。正德九年進員外郎，充禮部同考會試官，轉郎中。疏諫南巡，予杖削籍。嘉靖初，起爲南京大理寺丞，卒於官。天啓初，追贈大理寺少卿，謚「忠裕」。有後峰居士文集。

柳湄詩傳：按同安林希元撰鞏行狀：「黄氏系出唐桂州刺史岸，世居莆之黄巷。先生生於成化庚子。嘉靖改元，以南京大理寺丞起先生於家。六月犯暑以行，九月九日卒於西長安之朝房，年四十三。生二子皆喪，邑人林俊、鄭岳謀以弟布之子耜孺爲後。」

重九夜直西臺

九日西臺夜，清尊空復情。疏鐘清遠寺，微雨暗殘更。人與黄華瘦，官如落葉輕。十年湖海夢，燈下記分明。

送郭德玉之官宜春

長亭尊酒爲誰攜，門外天涯望欲迷。萬里相看秋色裏，一官獨向大江西。蒹葭水國通雁信，風雨重陽送馬蹄。郵傳已傳消息去，黄花開日喜群黎。

舟發芋原

微官飄薄未爲非，又向沙頭對夕暉。千里青山背人去，一行飛鳥望煙歸。十年塵跡今衰鬢，九月嚴霜尚裌衣。心在紫宸遑自逸，未容回首戀柴扉。

山中吟

春山澹無姿，春雲濕將雨。隔林有人家，知是雲深處。雲深山徑微，欲往疑無路。不如山中人，只在山中住。

待罪有作按，翚與陸震署名疏南巡，震死，翚歸。

圖報慚無術，因人漫有言。半生今許國，萬死敢祈恩。海外諸兒遠，天涯一弟存。問心應不愧，俯仰任乾坤。

罰跪畢日送鎮撫司問次前韻

自託匡時略，翻成出位言。倉皇傳後命，曠蕩復新恩。社稷諸公在，形骸一息存。不禁雙淚下，落落灑乾坤。

修董孝子墓

孝子不可見，茫茫一土邱。身曾當日賣，墓有後人修。雪暝山疑合，湖空水自流。渚蘋聊薦爽，回首寄深憂。

謁潁考叔墓

封人千載後，坏土覆孤墳。天下誰無母，如公亦愛君。黄泉歌大隧，白谷翳寒雲。曠世予心感，西風日又曛。

偶成

三十功名四十歸，山林已自落塵機。罪當萬死投荒服，恩許終身作布衣。雨宿風餐歸路急，東封西祝諫書稀。扁舟不道江湖遠，回首燕雲是帝畿。

弔岳武穆墓

棲霞嶺下弔忠魂，舊事傷心不忍論。當世共知秦老筆，至今長抱楚州冤。百年山斗留遺像，十畝松楸護寢園。猶有孤臣埋骨地，澹煙衰草没荒村。

仲春寫懷因寄林以乘

竹下花前漫酒尊，不知今日是春分。金華陸汝亨。老去夷陵林以乘。遠，望極江天空暮雲。

游芋原鼓山洲按，過山洲在侯官芋原驛。

閒却扁舟繫柳根，采芳又上樂遊原。蒼茫獨立斜陽裏，月送江流到海門。

陳　墀

字德階，又字柏崖，燿子，閩縣人。與從弟達同登弘治十八年進士。授東莞知縣，擢户部主事，歷郎中，終雲南副使。有柏崖集。

柳湄詩傳：晉江陳琛贈江西少參陳柏崖序：「近有來自江西者，盛稱柏崖之美，謂其春風動盪，時雨發生。常以『寬一分則民受一分之賜』之説，與藩臬諸公相勗，而其行事則固惟法是守。」據此，則墀又曾任江西矣。

送潘希古傅僉憲閩中

白下江聲遠，閩南草樹深。聊因送君意，更起望鄉心。吏事多凋瘁，民情異古今。褰帷頻採訪，何以慰呻吟。

游妙峰按，妙峰山在侯官洪塘江右。

尋真偶入招提境，覽勝頻登詰曲山。萬里乾坤一俯仰，百年人世幾忙閒。疏鐘一一日沉海，老樹陰陰僧閉關。興盡不知歸路晚，漁樵喚渡集溪灣。

送李貞夫還長河

身外功名真草芥，飄然短疏拂衣歸。也知自古才多忌，始覺從前事已非。新釀謾同陶令醉，强軍不用魯戈揮。慚余尚在樊籠裏，何日從君羽後飛。

全閩明詩傳　卷十四　弘治朝三

侯官　郭柏蒼　楊浚　録

陳達

字德英，一字虛牕，烓子，見上。朝錠父，見下。閩縣人。與從兄墀同登弘治十八年進士。授寧波推官，擢南京户部主事，尋遷北職方郎中。轉太僕少卿，改大理志誤「太常」。寺，晉僉都御史、巡撫山西。有虛窗小稿。

柳湄詩傳：達入主職方，爲尚書王瓊所推重。巡撫山西，議節祿糧，爲宗藩誣奏，罷歸家居。不入城市，環堵蕭然。子朝錠，世其廉靜。死之日，子孫不能自存。又按，義谿集經達彙刻，龔祭酒用卿爲之序。

宿普濟寺

車馬塵中未息肩，招提清境且安眠。數聲鷄犬斷橋外，十里桑麻古道邊。南渡衣冠遺舊跡，西湖風月憶當年。老僧解説興亡事，不管南枝叫杜鵑。

漫　書

蘊玉麑鼠均名璞，月旦車旃同一朔。世間萬事自有真，毛遂曾參亦誤人。君不見江頭昨夜風塵起，咫尺不辨冠與履。幾家奔走聲嘈嘈，漁翁牢把孤舟艤。十日陰雲倏爾開，依舊青山如畫裏。

信　筆

道人所居不盈尺，静裏滿懷春拍拍。插架時翻斷簡青，開牕忽見遥岑碧。狂風捲雨妨農工，馳馬驅車酣客奕。一笑那知兩鬢蓬，詩成便把榴皮擘。

和輝弟夕佳亭歌

隻幅蒲帆迴宦海，蟬冕浮名陋華彩。小亭兀坐幾忘年，萬斛紅塵遽得浼。安身寧有不龜手，善藏能免負山走。何如引酌款斜暉，信步岡前與岡後。東陽旨酒時一中，細烹苦茗邀王濛。渴飧淵明之菊露，清愛宏景之松風。遥憶霄漢諸故人，落落倏若參與辰。圖形爭列雲臺上，荷釣誰來渭溪濱。六六灣頭虚半席，滿擬歸期從太液。知子久擅三都才，蹇予曾作四明客。寄興先馳尺素書，珊瑚照耀荒松居。層霞暎樹巧布置，落葉盈階勤掃除。林下偶閒爲親屈，報國酬恩思早出。願將勳業踵前修，莫戀林巒過長日。

宿大善寺

祇園深處暫停車，壞壁頹垣不掩廬。風約鐘聲僧定後，月翻松影鶴來初。禪宗於我雖非偶，世味從今亦漸疏。欲向蓬萊訪陳跡，梅溪風韻更誰如。

秋夜感懷

簿書叢裏歲華淹，且放餘情上兔尖。鴻雁忽將秋色至，軒牕時覺晚涼添。望迷紅樹家千里，立盡青霄月一簾。但把行藏參易理，卜居何用遠求詹。

太平堤雜咏，次王半溪韻

年來禄食愧曹司，疋馬朝朝暮暮時。未老乾坤還有待，多情鷗鷺謾相疑。熟思吏隱真奇事，敢説山靈是故知。何處落花隨雨點，也應催我送新詩。

游焦山

奮立長疑北海鵬，潑天波浪任軒騰。當年人借林泉隱，千古山從姓氏稱。瘞鶴銘存渾莫辨，吸江亭敝尚堪凭。得遊已愜平生願，何事更參最上乘。

冬湖亭爲江國珍冬官賦

如舟亭構俯空壕，嘯咏端無負水曹。山色隨陽排闥早，波光浮月上簾高。儘教魚鳥欣相託，何但賓朋識所遭。謾把西湖輕較量，主人襟度渺雲濤。

題趙千户嵩西莊

嫩柳微波夾路明，一亭容與課深耕。閒中隱几有餘地，醉裏凭欄無限情。花氣暖催春日轉，山光遥帶暮雲平。蝥弧雖是君家舊，其奈林泉樂趣清。

送童用中之荆州

大江南泛暮雲平，樽酒難消此日情。一笑天涯殊去住，三春物色半陰晴。尚書家世元無忝，太僕才華早有名。莫訝高懷抛不得，瑯琊山水亦蓬瀛。

不才迂疏，貽厥辠戾，蒙恩放歸，曷勝感激

聖恩寛厚許歸田，恰是先人解組年。此日此身方屬我，時行時止總由天。閒雲只合深山臥，薄植何勞大匠憐。寄語妻孥掃塵榻，柳陰我已著吟鞭。

黄希英

名如塤，以字行，又字國賓，仲昭孫，見上。希濩兄，起龍曾祖，俱見下。莆田人。弘治十八年進士。官長蘆運使。有斗塘集。

徐熥黄斗塘先生詩集序：先生少有異質，博極群書，究心書法，尤工草體。與顧崑山、陸上海、鄒安福爲道德之交。萬曆間，曾孫大行君應興始掇拾遺稿以行於世。

送同部陳啓周陞陝西少參，是日諸公同餞於清涼寺

蓬萊左股走南州，雉堞牽雲瑣翠虬。峭壁千尋連虎踞，嵌根終古壓江流。苔封古井人猶恨，僧掩禪關雲半留。他日鍾南欣賞處，一川花柳憶同遊。

遊觀道房

窓涵倒影水摇明，蓟子焚香坐誦經。竹暖日邊調鶴舞，風腥夜半聽龍鳴。服殘石髓苔封鼎，煉罷華池液轉瓊。松影雲容疑可攬，人間端亦有蓬瀛。

周　宣

字彦通，俅子，見上。寧從兄，鯤父，俱見下。莆田人。弘治十八年進士。除常德推官，擢監察御史、巡撫山西。諫南巡，罰跪烈日中三日，不死。後出爲山西提學副使，改提督畿内學政，遷廣東左布政，坐事免。有秋齋集。

居庸關

歐治何年鑄真鐵，神光夜指奔厓裂。繞關西去隴風寒，獵獵黄沙帶飛雪。丈夫弧矢期遠道，未分霜鋩匣中老。酒酣劚地作長歌，鯨鯢起立滄溟小。

沅州道中

曉發沅州道，行行過赤涯。歸心流水急，官舍白雲賒。初日遲寒影，清霜濺素華。丈夫多遠志，驅馬敢興嗟。

和黄伯固韻識别按，伯固，黄鞏字。

候吏分眠去，殘更欲盡時。寒暄猶未既，南北况多歧。月落山坳暝，雲横渡口遲。衝泥瞻馬首，依舊是相思。

送陳汝齋赴嶺南斷事

都城寒雪霽，花鳥破春妍。人向天南去，官分閫外權。暖煙椰葉長，紅日荔枝然。風物猶鄉國，知君吏隱便。

晚宜樓

劉君湖海客，高隱楚江湄。虛枕聞清籟，澄心看碧漪。山從秋後瘦，樓向晚來宜。憶昔南游日，空吟馬上詩。

大田驛和鄭少谷韻

秋原聊引望，幾許動遐思。霜白群芳老，風高獨鳥遲。倉皇千里道，留滯十年期。廊廟夔龍在，昇平是此時。

即　事

朝日明雲璺，餘寒散野犂。泥融科斗動，桑暗鵓鳩啼。菜甲霜前健，禾苗雨後齊。鶺鴒毛羽細，何敢厭卑棲。

桃源溪行

碧江春水夜來深，兩岸青山盡綠陰。飛鳥傍人如問訊，小魚吹雨自浮沉。幽觀似識東風面，高興應同太古心。獨有春原回首處，幾家燈火悵空林。

送林汝鳳

樹頭初日弄微晴，江上離歌自渭城。萬里家山遊子夢，十年燈火故人情。月明遠塞鴻初斷，風靜長淮浪正平。遥想征途詩興好，錦囊歸去爲誰傾。

題白雲寺按，在福州郡治九仙山。

十日春山兩度游，坐臨平野著吟眸。城煙近帶千山雨，島樹寒生六月秋。塵夢豈知滄海變，野心純被白雲留。便須跨取天風去，飛上孤峰最上頭。

秋齋雜興

雨竹蕭蕭欲壓廬，柴門三日斷行車。風簾不動爐煙裊，讀盡南華一卷書。

李　堅

字貞夫，長汀人。弘治十八年進士。官户部員外郎。有訥庵遺稿。堅，曾充河南主考官。閩書稱堅「雄文麗句，落在人間，人爭收之」。

擬李白古詩

崔嵬千仞岡，上有孤生桐。凡禽不敢過，威鳳日相從。高標本虚心，至和含其中。采之獻清廟，雅奏諧黃鐘。時無子期侶，空山飽霜風。自分溝中斷，行爲爨下充。幸逢蔡中郎，得登君子宫。願言承左右，備君燕閒供。養君中和性，庶以効微躬。

志士懷當世，衆人謀一身。志士懼來日，衆人惜今晨。詎知當世安，未爲一身貧。蓋棺苟遺臭，生前奚足珍。所以首陽薇，萬古扶彝倫。不見上蔡犬，瞥眼成烟塵。

少陵真人豪，稷契心自許。周遭澒洞間，百折水東注。短褐纔掩脛，破廬不蔽雨。猶軫當時憂，不暇一身訴。心期萬廣廈，大庇寒士聚。地下千載人，誰爲唐宰輔。肉食不懷謀，藿食乃心苦。

驅車上長安，經從古周京。矯首周京道，彳亍傷我情。旁歧紛百出，過者迷縱橫。古道委叢棘，狐兔相經營。聞之父老言，此理非難明。歧路便捷足，正途多迂程。哀哉百歲後，誰人問周行。

竹屋

幽居謝塵市，有竹千萬竿。四壁不受塵，拂座清風寒。主人北牕下，琴書愜盤桓。出門即成趣，滿目青琅玕。憶初卜築時，頗虞生植難。既嚴牛羊牧，復剪荊棘繁。封培至今日，有此竹屋安。雖慚萬間庇，自作千畝看。崇篁丈人行，老節高屼巑。孫枝更秀拔，夭不刊。地勝每因人，兹語良非謾。寄聲竹屋翁，勉陟前修壇。矯凌雲端。遂令竹屋名，旁溢四遠寬。南陽有臥龍，草廬聳邱巒。成都有少陵，草堂名

齊年黄伯固庫部郎中起復北上

我有朱絲絃，慣彈太古音。俚耳難爲調，感子獨知心。臨風鼓一曲，送子建溪潯。溪流不可極，別意與俱深。

雜　詩

飛鳥返故林，游魚思舊淵。物性固有爾，人情胡不然。昔與君別時，庭樹初抽篸。一別年華多，森森逾前簷。樹生已如此，妾心將何堪。

漫　興

盈盈道傍花，采采足人悦。芬芬曲徑蘭，寂寂無人擷。品質豈不殊，託根有懸絶。安得尋幽人，巖隈當見掇。

送人還長沙

湘水悠悠幾千里，慈幃五夜憐遊子。楚天南望白雲低，歸心萬點隨流水。買舟明發潞河程，三月東風春草榮。停橈旅泊堪乘興，酒債詩情著處生。行舟幾遍看圓月，漸覺江南遠江北。潑眼榴花岸欲然，計程應是家山側。高堂曉占烏鵲喜，匆訝佳兒拜庭咫。

題畫馬

九原難喚孫陽起，天閑龍種沉洼水。是誰傳此千里神，逸態英姿憐酷似。世情貴耳多賤目，葉公龍癖紛相屬。眼前駿骨誰能知，幅縑尺素爭誇毗。還君此畫三嘆息，物情好惡元無的。

陽明王先生命來教禮，鄉社竣事，過予，小詩贈別

督府匡時切，煩君此日行。弦歌教小邑，綿蕝肄諸生。俗化行看變，人才倘可成。新詩代瓊贈，鄉國爲關情。

夏日書懷

趨朝日日五更初，退食歸來箇事無。清世不妨同吏隱，此身還似舊山臞。了知習靜真成癖，時復長吟且自娱。午枕黑甜思一憩，燕雛和夢任追呼。

病起對雪和東坡韻

怪甚寒空噪暮鴉，關河千里斷行車。諸天有相皆成幻，古木無根也著花。錦帳酣懷歸甲第，剡溪清興在詩家。分明鶵鷺朝來跡，疊疊階前作篆叉。

林文纘

字德緒，玠子，見上。璧父，見下。侯官人。弘治十八年進士。歷官湖廣布政司參議。有漱芳集。

柳湄詩傳：志稱文纘「居身慎恪，鄉人敬之」。父玠，卒年二十四，魂現於箕，命其遺腹孤曰文纘。後文纘壽九十五歲，有詩六卷。閩詩人之壽者：林春澤百有四歲，次則林文纘、鄭宗圭俱九十五歲，林文豪、吴實俱九十三歲，林寵、郭鼎京俱九十餘歲，王應鐘、袁達俱九十歲，張若化八十八歲。明詩綜載：「萬載張鑾百有七歲。」乾隆間河決，有老人一百四十三歲，曾見河流舊道。純皇帝南巡，有老人迎駕，百二十歲，賜「花甲重週」扁。四川梁山縣雙桂堂緇流，多百歲。寺後一山皆杞菊，僧以飲盆承其流，故服者多壽。上方館僧，有嘉靖時人。蒼道光丙申至永福縣湯城，見老人陳克明，四百四十三歲，高三尺餘。相傳百餘歲，白晝見鬼，鬼作咋舌趨避之狀，兩目瞪然，不能言聽。以無後人，故乘以籃筐，傳食於市。光緒己丑，詢倪茂才書勳，知此人尚存，但愈縮小，計四百九十五歲。附記於此。

輓郭澄卿比部按，澄卿，郭波字。

廿載相驩對玉山，玉露朝敷玉井蘭。文成價踴長安紙，興來濡翰滄江灣。天祿閣高邀太乙，白雲盆下開白日。斗間紫氣正憑陵，忽報玉樓徵彩筆。知己共裁嘆逝篇，燈前話雨今何年。丁威應化城頭鶴，月明飛下弔荒阡。荒阡月色光杲杲，聲華千古留玄草。延陵有劍欲高懸，孤猿啼斷松楸老。

和鄭繼之同年

離愁忽十秋，今喜晤齋頭。懷有劉蕡賦，身仍季子裘。蟄龍留化劍，斷雁掠行舟。于麓峰頭坐，相看轉斗牛。

送湯溪胡大尹擢雲南霑益州知府

仙令風流世共誇，玉華游遍又金華。三刀已剖專城竹，五斗難留滿縣花。漠漠晴雲隨綵旆，萋萋春草擁朱車。碧鷄金馬多陳跡，莫嘆滇南道路賒。

題李鳴鳳卧遊圖

大塊微茫何處安，彩毫移入座中看。春風不管鶯花老，夜月長懸湖海寬。對客半圖天萬里，遊仙一枕日三竿。夢餘偶欲消殘酒，便指雲間金露盤。

寄戴文進

借得幽居傍翠屏，蓬頭盡日寫丹青。有時詩就狂歌去，踏破松雲月滿庭。

黄希濩

名如琴，以字行，又字如濩，仲昭孫，希英弟，俱見上。懋官父，見下。莆田人。弘治十七年舉人。官保昌知縣，以子懋官贈户部侍郎。有三塘集。

同廖梅南伯兄斗塘覲回早發

曙光行李又南征，髣髴鷄籌待禁城。布穀聲中煙未散，扶桑影裏月微明。三年報政勞兼拙，萬里今朝弟與兄。纔夢白雲催夙駕，還從馬背續餘情。

孫　冕

字文中，永春州德化人。少有才名，爲李獻吉所重。弘治中，授通州學訓導。有北通備稿。

和西涯相公春興詩

山館悠悠倚峻坡，别來已是兩年過。鹿麋昔日遊偏好，風雨他鄉夢更多。松下小軒閒筆硯，月中荒徑掩藤蘿。歸來若待頭顱白，其奈巖花笑客何。

竹垣向裏闢新池，徑曲門迂去每遲。鳥弄落花人未到，魚吹新荇月先知。天邊客夢何時醒，江上歸舟此日移。喚起巢由作賓主，不知身在帝堯時。

傅汝舟

字木虛，侯官人。弘治間諸生。有傅木虛集。

節錄名山藏高道記：「傅汝舟，自號磊老，閩縣人。作閩縣，誤。方顴碧目，小指有四印文，與高瀫齊名。閩人諺曰：『高垂股，傅脱粟。言齗齗，中歌曲。』中歲好神仙方外學，輕别妻孥，不問生産。高瀫説其事，而不能從之。汝舟乃與吴航人劉一企，治竹筐、食擔、葫瓢，臨武夷歸宗巖，築土竈炊食。留十日，遇異人，衣冠如聖儒，兩人視其膚革有雲氣，口數三典，如數一二諸行斂術施，咸中文章。教之曰：『仙術無旁，但緣倫常。』兩人拜受，其人忽竦身不見。」又閩書侯官韋布志：「傅汝舟所著有噿囈棄存、越吟諸藁。」又東越文苑：「傅汝舟者，字木虛，侯官人。高瀫者，字宗吕，閩縣人也。按，高雲客編石門集作『侯官人』。皆博學工詩文。而汝舟長於書，瀫長於畫。鄭善夫嘗數從兩人遊，爲莫逆交，才嘗勝之，而學微不及也。御史李元陽以直指使者按閩，已聞此兩人賢，使使奉束帛迎傅、高二山人。二山人衣褐至，見御史，止戟門不肯前。御史故倨堂微察兩人，兩人即卻退請絶。御史使人問故，答曰：『公以符召我，當坐行伏堂下受令。今以束帛招我，我不敢處於無禮以慁公高誼。』御史於是遽屣履迎門延入。其後，郡太守汪文盛及諸當道有名者，無不與此兩人抗禮投分，厚遇之。此兩人卒亦未嘗少貶損，取其一錢也。無何，瀫卒。汝舟乃逃於二氏，獨游桂林、象郡之間，庶幾遇之，間爲二氏弟子講説經義以自給。諸公故人欲有所獻遺以爲汝舟壽，汝舟終辭謝不肯受。凡游二十餘年乃歸，卒於家。」福州府志文苑傳：「傅汝舟爲文作秦漢語，古色蒼黝，至不可句讀。與高瀫並游鄭繼之之門。繼之且死，遺言曰：『詩文、妻子，付高、傅二弟經理。』其氣誼如此。汝舟椶鞋箬笠，求仙訪道，遍游吳會、荆湘、齊魯、河洛之間。王慎中序其集曰：『汝舟才智文采，足以得意於仕進，獨舍去而不好。其舍之盡，至於鄉井屋廬不復可居，而妻子不足畜也。舉一世之榮利無足好，而區區吟咏之工不能忘。亦其才志所斂，不可終藏，而見之於此也。』」蒼按，嘉靖間，童南衡刻傅丁戊詩，其時丁戊未死，晉江王慎中序之。王世貞詩評曰：『傅汝舟如言法華，作風語，凡多聖少。』徐興公曰：『汝舟詩雖師鄭吏部，而天然之趣尤勝，吏部當爲卻步矣。』」徐表然武夷志：「傅汝舟負雋才，善草書，工於詩。嘗寓止止庵，與江山人一源結爲烟霞交。貽江詩曰：『安得草堂移傍汝，溪光清映白綸巾。』而江山人亦有『相逢卻是秦人谷，攜手虹橋看日斜』之咏。夷猶賡唱，相結甚讙。」明詩綜：「傅汝舟有前邱生行已外篇。鄭繼之云：『生詩淵致蕭散，多發之性情。其道江湖林壑、神仙隱逸，直臻其要妙。上下魏晉，抗聲於武德、天寶之間，大曆而還不論也。』」靜志居詩話：「前邱生詩，刻意學少谷子，故多崛奇語句。如『楚樹懸猿直，衡雲帶雁斜』，『宿雲長抱殿，游鶴不歸松』，『野客逢迎少，山僧出入尊』，『白爲溟海浪，青盡島夷山』，『地濕菰蒲氣，風生鸛鶴毛』，皆鎚鍊而出，不肯猶人。」光緒辛巳，蒼借楊氏冠悔堂本重刻，爲丁戊山人作補傳：「傅汝舟，侯官人。初名舟，字遠度，又字木虛，一字磊老，以家在丁戊山，自稱丁戊山人，其地在福州郡治登龍巷，後人於石上鐫『丁戊山』三字。鄭善夫寄木虛詩：『吾弟知名早，鋒鋩不可當。交情自端復，文體下齊梁。霜驥時猶蹶，風鷹勢必揚。嵩山讀書處，烟雨壓茅堂。』或稱七幅庵主人，或稱扶桑下臣、唾心道士，又稱步天長、前邱生，時或自署爲紫白仙人、箜篌主人，或曰江東傅汝舟，或曰中原傅汝舟。父大將軍荆山公，常鎮川蜀，母劉夫人生兄三雨，潯梧參藩。荆山公以箕宿在天之夕，夢巨星入懷驚覺，而妾張氏誕公。犀角岐嶷，小指有四印文。長而修幹白晳，目光曄曄若巖下電。少時夢一黄面老子手折線香曰：『兒吞之，吞之妄心下矣。』掬視之，寸寸成金針。又夢唾心出，赤血淋漓，軟動掌上。自是文思愈進，自言十二歲學撰文，即識莊騷。總角喜青衿，十八娶李家女。嘗云：『世無絶代佳人，如司馬相如伉儷，秀色可餐，庶幾旦暮遇之。』弘治乙卯年二十歲，北試不售，即棄舉子業。二十一好佛，二十二學仙。曾夢與王喬、空同、麻姑、宓妃游藏樓。搆七幅庵，繪巢由洗耳、傅説應夢、禰衡撾鼓、司馬滌器、朱詹抱犬、許彦負籠、天龍豎指七圖於庵中。七圖爲客，而自爲主。其意不可一世人。按，閩御史李元陽、太史汪文盛相與交契。恣游吴、越、齊、楚、燕、趙者二十年，紅粉、詞人靡不傾倒。好飲酒馳射，入山冷坐，出山走馬。家貧，留客竟夜。好急人之難。與高瀔同游鄭繼之之門，時稱高、傅二山人。木虚於小西湖築宛在堂，招高瀔偕隱。瀔死，爲其子槃走千里乞銘於上雋汪太守文盛之子宗伊。所著有前邱生行己外篇、鄭善夫行己外篇序：「前邱生，予友傅子也。行己外篇，歲爲卷，歲之乙亥與予交，予贊之，錄其所爲詩，篇始乙亥，始交予也。前邱生詩淵致瀟散，多發之性情，其道江湖林壑、神仙隱逸，直臻其要妙，蓋本風塵表人也。平生志不專詞章，然其爲詩，實上下魏晉，抗聲於武德、天寶之間，大曆而還不論也。予誠愛之慕之，其不能使予忘情者，是篇耶？前邱生日所切磋者，悉見之外篇，自予外，皆豪杰士也。豪杰之士，無文王猶興，詎分以詞章自坎乎。前邱生進於是矣。其發之性情，故曰行己；其見之文字，故曰外篇云。」七幅庵草、吴遊記、唾心集、步天集、英雄失路集、拔劍集、箜篌集、噑囈存卷、棄存稿、烏衣、燕子諸小集。光緒辛巳，蒼借楊雪滄觀察所藏刊本七幅庵草、吴游記、唾心集、步天集、英雄失路集、拔劍集、箜篌集，益以曹氏十二代詩選之嗿囈存卷，選得十分之六。又於志乘各集鈔錄遺詩，附於嗿囈存卷各體之中。按，晉安風雅稱木虛所著有丁戊山人集，浙江採集遺書總錄有寫本傅山人集三卷，未知是否即係棄存稿及烏衣、燕子諸小集也。所著歷代詩選曰桃都集，文選曰香案集，禮記傅傳，君王將相書，古先生、大英雄、三異人、五豪人諸集，李維禎稱其著作之富『累萬卷』。木虛生於成化丙申，卒年八十餘。按，少谷子卒於嘉靖癸未，其序木虛行己外篇云「歲乙亥與予交」，所云乙亥乃正德十年。木虛百哀詩云「乙卯之戰北」，又步天集小序「乙卯秋風鎩羽」，乙卯二十歲乃弘治八年也。以此計之，當生於成化丙申。木虛自敘七幅庵末載「萬曆壬子閏月」，楊名遠跋七幅庵乃萬曆癸丑，顧起元序唾心集乃萬曆丙辰，自成化丙申至萬曆丙辰，計已八十一歲。葬福州西門眠狗山。木虛墓蕪廢已久。子龍兒，夭。」

遊太姥石門

名山多石門，太姥奇莫狀。想當開闢來，必有萬鬼匠。大石架不如，小石巧相放。乍看怖欲墮，諦視極牢壯。一夫過僅容，雲至不能讓。初從俯身入，棧級屢下上。天牕漏日微，龍井滴泉旺。暗折展復光，九門遞趨向。出門見石峰，秀色九天望。一削倒地平，匪特取屏障。霞古蕩幽痕，真骨固無恙。老樹多生芝，幽潭亦成浪。好鳥時出游，於人每相撞。始知東方生，圖記語非妄。斯游滿深衷，何以答神貺。

登招山詩

招山不放海水過，坐與潮汐爭咽喉。軍門鼓角動地遠，不覺送我招山頭。風沙冥冥海在下，濤浪滚滚天真浮。一目可到九萬里，寸心遥飛十二洲。千峰盡處日脚動，百鳥絶飛雲色愁。帆檣散亂點秋葉，蛟龍出没如獮猴。天門盪久恐將裂，碣石漫過能不柔。未知尾閭果安在，祇見萬水皆兼收。將軍教我認絶域，日本西户東琉球。

中秋烏石山

良夜孤峰頂，秋天陰復晴。大江煙下滅，低月雨邊明。雁過聲猶濕，雲收意未平。狂歌誰獨和，漁笛隔洲鳴。

芀崱峰酬陳子惟濬

秋日同高望，秋空指顧間。白爲滄海浪，青盡島夷山。逐客停杯酒，悲風動壯顔。去天雖不遠，誰扣紫皇關。

喜少谷歸

一笑春初盡，南歸意已勞。王風時不競，人事日相高。地濕菰蒲氣，風生鸛鶴毛。柴門近湖水，知上釣魚舠。

聖水峻山多古黄楊樹，予爲置二株庵前

閏厄無人見，山深攜汝回。暮蟬哀不去，秋草喜同來。梁棟隨明世，茅茨合短才。千年如礙日，能記野翁栽。

弋山眺和

峰青畫龜石，水麗控龍沙。楚樹懸猿直，衡雲帶雁斜。笙歌塞江縣，琴響徹山家。思君整飛舄，待此步烟霞。

宿少谷墓下作

良友竟亡悲鳳死，遺編雖在泣麟窮。休論十載追趨地，只漫千山夢寐中。青草漸生今日

雨，白楊時動故園風。撫墳豈稱酬知己，愁絶春原薜荔叢。

聖水山月下

行尋流水從吾好，臥看青山奈爾何。永夜松風掃星月，經旬衾枕傍天河。身閒漸與仙人似，地靜頻聞山鬼過。短劍秋深思故國，白雲回首萬峰多。

與西湖中人

雙魚斗酒别遲遲，字字相憐好寄詩。楊柳夢中新翡翠，桃花愁處舊胭脂。一湖白月誰家櫓，半嶺閑雲若箇棋。記得斷橋紅雨下，黄鸝啼過繡襦時。

山樓醉雨

萬頃瀟湘枕上聽，歘來鐵塵讀殘經。樹容似向天池浴，山色如從酒國醒。紅顔藉草還爭緑，白眼逢雲亦任青。好鳥幾聲煙裏度，一天秋色染空庭。

藍子激甫招登白塔，過平川，微雨，信宿董氏留贈

隱君家住平川上，清流十里平如掌。高門華屋世屢胄，芝术桑麻日爭長。男婚女嫁賤珠襦，弟勸兄酬足盆盎。過客頻留宿水堂，居人尚爾稱山長。晝苑冰濃碧碗漿，夜庭錦爛丹書幌。諸郎索詩義不薄，野夫據榻顔真强。寧嫌風雨阻登臨，且戀邱園敘鄉黨。卜鄰倘遂武夷居，九曲扁舟共來往。

登襄城歌

客子道路浮雲輕，北風發發飄鑾荆。二妃漢濱昔解佩，龐公襄陽今入城。天清峴山水上出，日倒習池花内明。錯將玉笛興此弄，盡使九天鸞鶴驚。

游歸宗巖按，在甌寧縣。

徑仄青林上，亭虛白露前。洞門通尺地，巖障及諸天。草樹飄香異，烟霞變態全。漫遊回曉月，貪懶愧靈仙。

敬謁考亭書院下作

斥逐遭時禁，憂勤淑世心。滄洲半畝宅，吾道此山深。俎豆嚴徽國，宮牆麗孔林。迷津從佇問，煙水正沉沉。

暮過九鯉潭按，在南平縣。

共有垂綸興，何期並釣船。中流頻鼓枻，得意久忘筌。岸靜秋濤落，帆收沙月懸。蛟龍正入夜，神理太幽潛。

汎舟重經青原

阻關冬再入，客路日多閒。巖色斜移樹，泉聲半出山。拂人黄葉過，穿竹白雲還。不惜芳華晚，風霜且煉顏。

訪子發登道中

攀山辭玉笥，輟浦問珠林。四村流水暗，三月落花深。嶺晦行雲氣，沙明止岸陰。所思若下士，被髮正鳴琴。

九日集獨髻山

九日復九日，久客畏高臨。雲使鄉心近，江承秋氣深。雜花難似菊，孤雁不隨禽。非君重節物，誰肯到松林。

訪梅山

按，梅仙山，漢梅福隱處，在甌寧縣。

隱吏燒丹地，飛樓燦碧峰。錦葉妝隋瓦，瑤階起漢松。泉香經藥洗，虎善與仙逢。探歷未云畢，高城發暮鐘。

江　上

纜帶水中苔，船從樹裏催。草聲聽岸過，沙色辨風回。洲土晨崩屋，村山或起臺。無論下與上，俱是離家來。

姜侯攜酒過資壽寺中

三年不到娛溪上，千里相逢滄海間。入寺杯盤留夜月，出城車馬動秋山。松陰密傍星河轉，鶴影低隨燈火還。野客明時甘老去，勸君青鬢莫投閒。

擬築宛在堂奉招石門隱君按，堂在福州西湖。

城外西湖烟霧光，孤山宛在水中央。門開獨樹懸青磴，逕遶千花上碧堂。蘭艇桂橈操自穩，藥房荷榻臥偏長。秋波不隔尋真路，乘興須君到隱鄉。

天游觀即事呈同游

衆壁群峰夾路生，百花千竹引人行。螟蟲飧葉聲疑雨，澗碓翻泉響似更。春在客中偏易暮，世於方外亦難輕。因思少小瑶華洞，零落他山空復情。

追送趙子後以病止龍城寺，因寄趙此書

颺絮飄花怯遠人，荒山古寺閲殘春。他鄉惟有前朝柏，得見躊躕送客身。

全閩明詩傳　卷十五　正德朝一

侯官　郭柏蒼
　　　楊　浚　錄

戴大賓

字寅仲，一字蘋庵，莆田人。正德三年進士第三，廷試第三人。以探花授翰林院編修，年二十一以憂毀卒於途。

柳湄詩傳：大賓，弘治十四年鄉舉第三，有神童之目。登進士，逆璫劉瑾欲妻以兄女，大賓縱酒佯狂得免。遺稿無傳。

古邊吟

天役不可遏，蔽志劉國慝。考翼詔童孫，負殳亦帝力。鍛戈畫泥沙，臥馬辨星域。邛素卑賤者，官長宜愛職。

九鯉湖

雲霞莽相逐，水天同一色。何處有瑶花，湖空秋月白。

王大用

字時行，其先揚之真州人，明初以戍籍隸興化，遂爲莆田人。正德三年進士。授工部主事，轉刑部員外郎，擢廣東按察司僉事，遷副使，改江西參議，調貴州，擢廣東右布政，轉左，遷應天府尹，陞都察院右副都御史、巡撫順天，尋改巡撫大同，陞右都御史，入掌院事，尋罷。起巡撫四川，陞南京刑部右侍郎，罷歸。有蘖谷集。

柳湄詩傳：大用以白草番帥衆攻破平番堡，給事中扈永通罪以「失事、基禍」，遂坐還籍候勘。卒於真州。其後，子邦圻疏請卹典。邦圻之請，太宰李默嘗遺書趣之，至則默爲趙文華誣奏繫獄。時嚴嵩兒世蕃竊威福，諸以恩澤請，非八千金屏不奏。而邦圻橐無一錢，徒蒲伏候謁，後從里中士大夫匄貸得百金餽之。世蕃訝之曰「爾父苦節，若安得有贏金乎？」，麾不内，已而忽如所請。後知爲嚴嵩在西直嘗召其子語之曰：「王時行一世偉人，數著戰功，家甚窶，爾毋以恒調困其兒也。」後邦圻孫家相，以蔭爲潮州通判。

遊焦山弔古

焦子垂綸處，雙峰屹釣臺。至今三詔洞，猿鶴有餘哀。尚父終當出，狂奴去復來。九原如可作，聖世自憐才。

岳墳

金人膽落撼山易，奸相謀成縱虎難。千古英雄長下淚，幾令墳上不曾乾。

遊武夷

控鶴仙人跡渺然，幔亭寂寂倚青天。溪流曲曲淪漪去，九十九巖凌紫煙。

鄭光琬

字世潤，一作『寶』。一字栗齋，莆田人。正德二年舉人。授餘姚訓導，入爲御史，巡按應天等府，陞湖廣僉事，遷陝西參議。

秋日同邊華泉登千佛閣

古木陰陰最上層，倚欄萬景入憑陵。燕京雙闕秋雲淨，魯甸諸天宿靄澂。世上可能容傲吏，山中只許著閒僧。斯遊未愜平生意，何日聯騎更一登。

郭　湍

字順夫，清兄，應聘父，良翰祖，俱見下。莆田人。正德二年舉人。授靈山教諭，陞太平教授，擢太平通判。以子應聘贈兵部尚書。

題三海巖

層巒疊嶂入雲端，海氣東來六月寒。石乳凝成瓔珞細，澗泉滲作寶珠繁。許多勝景歸雙眼，終古浮名誤一官。不羨神仙羨閒逸，金丹靈藥只空壇。

林文俊

字汝英，一字方齋，從兄典，從弟繼賢，莆田人。正德二年鄉試第一，六年進士。改庶吉士，授編修，預修武宗實錄，擢春坊贊善，充經筵講官，南北祭酒，陞南京禮部左侍郎，改吏部。贈禮部尚書，謚「文修」，賜葬祭。有方齋存藁。

蘭陔詩話：方齋少英敏，家貧無書，就書肆閱之，過目成誦。爲南雍祭酒日，嘗校勘二十一史。卒時太常議謚曰「良恪」，上特改曰「文修」，異數也。蒼按，龔殿撰用卿送南京國子監祭酒方齋林公序：「先生之在詞林也垂二十年，自翰林爲春坊，不一再遷，皆安於其職而能不色動，視夫速化而驟進者，漠漠如也。今膺斯任，人皆以爲華，先生不色喜，方且惴惴然以弗克爲懼。其識之過於人遠矣。」

將抵昌平

渺渺昌平道，停車日欲昏。浮生皆是夢，薄宦復誰論。小邑圍平野，迴溪抱獨村。從來征戰地，古戍至今存。

送黄以承游遼陽

長亭日暮酒初醒，策馬西風問去程。幾處啼猿催客淚，滿林落葉送秋聲。嗚笳晝寂狼烟淨，黄篚東來鴨綠平。燈火萬家絃管沸，不知遼海是邊城。

秋夜旅泊言懷

空江木落奈愁何，臥聽霜鴻帶月過。老去身隨青雀舫，秋來夢落白鷗波。青牛早解莊生語，衰鳳真慚楚客歌。早晚歸尋樵牧侶，深山結屋傍雲蘿。

吴益夫

字惟裕，一字裕甫，閩縣人。正德二年舉人。武學教授。有古迂集。

維舟山溪旁書所見

懸藤俯晴紺，一碧天容開。下有白玉泉，中涵青鏡臺。浮雲忽自散，幽鳥時復來。對此覺飛越，恬然怡素懷。

漆室女

古有漆室女，自顧身無家。朝爲倚柱吟，夕作倚柱歌。所憂惟國事，妾心良匪他。俗子但譏識，視妾將如何。謂妾有所思，所思在絲蘿。妾雖欲自明，詞贅理則訛。一死謝俗子，默默愁無那。

感秋追次謫仙諸公韻

玉宇掃微氛，天風灑庭竹。對之懷抱開，蕭爽已可掬。道腴貌任古，年老居恥獨。流光轉眼過，百歲一信宿。及兹世途嶔，握粟應出卜。龜筮喜合繇，云當不遠復。感此勤洗磨，中夜費思覆。解帶行有期，且覓藜羹熟。

江上阻風雨用岑嘉州韻（正、嘉時，人稱益夫詩學岑嘉州。）

江村冥雨零，况復悲風發。寒光刮面生，雲氣低山出。饑鳥號晚嶼，潛蛟舞幽壑。排空積浪高，過眼飛帆没。會須成舟航，能不摧心骨。天公此斡旋，晴明應倏忽。

次少谷書大悲寺壁

王官肅將命，去去云歸休。霧含虎豹隱，日抱黿鼉游。江鄉少奇觀，風雨悲素秋。望極瑶池駿，賜願文山牛。飄飄欲自託，浩渺不可留。感慨發長嘆，注目蒼波流。

對　雨

千山萬山雲，十日五日雨。幽牕客來稀，獨對自踽踽。突聞入竹聲，清商間宮羽。三農合歡呼，乾坤施澤溥。道人久忘機，靜與琴書伍。默默竟何言，兀坐成太古。

送中峰表弟會試

江帆窅渺江波長，修程入望空蒼茫。男兒生長當豪邁，覊龍縛虎如驅羊。窮通得喪信有分，掇第豈在工文章。我曾蕆業行射策，三戰弗克成穿楊。歸來抱膝面秋水，清歌一曲增悲傷。巫咸下招子期起，横空劍影猶精芒。知君大志不難此，十載雄負今其償。殷彝周鼎已合薦，排雲浩叫風斯颺。經綸入手衹漫爾，柏梁松桷登明堂。邱園之賁愧落寞，眄子獨立天中央。

晚翠軒卷

喬松怪柏交蘢葱，懸巖慘淡煙霾中。陰隨白日轉地底，時作晴翠紛天東。幽軒道人蓬萊客，煉藥澄砂坐苔石。爲嗟浮世苦沈痾，千里行行雙脚赤。軒牕晝掩日色靜，覆階瑶草生春花。欲從萬物運玄化，直斞玄汁銀河涯。黄鵠夜驚飛，雄聲在寥廓。孤雲極目黯不流，江月江風有深約。杖藜扶得道人歸，忽忽南星回斗杓。

登京口泛揚子江

驚濤萬里乘風發，水底魚龍競奔突。碧雲開曉天光寒，隱隱遥山青一髮。乾坤蒼漭心目高，雙飛白鳥空中没。旅懷得酒忽眇冥，醉卧江船弄江月。

雪後偶成

灑空淅淅時有聲，入户娟娟夜生色。朔風捲地滌頑陰，萬里乾坤眼中窄。長安酒價如天高，笑擁寒爐嚼冰檗。登樓吟望極九垓，雪晴雲外千山白。

秋　感

蕭颯復蕭颯，羈遲獨可憐。那知狂客興，竟過醉翁年。書劍一身在，烽烟到處傳。古迂迂拙甚，吟醉菊花前。

送周山人游會稽

山中深歲月，閭里不知時。老鶴摶新翮，孤松翳別枝。行行探禹穴，采采得仙芝。莫逐浮雲去，浮雲無定期。

歸來

萬事歸來好，閒心落野田。漫遊黄竹徑，幽夢白鷗天。秀句尋常得，青山邂逅便。任渠鄰叟詫，吾醉亦陶然。

歸途漫興

歲晚溪山空，水枯霜葉紅。斷霞見遠嶺，幽壑起長風。一鶴樊籠外，孤舟圖畫中。平生弧矢志，長此託冥鴻。

擬咏春日田園雜興

春入田園日，風光次第妍。牧吹楊柳笛，社散杏花天。秧壠過初耨，箔蠶已再眠。不聞朝市語，便覺此身便。

江行值雨次韻

索莫雙蓬鬢，臨風試一搔。雨聲和石溜，秋信落江皋。葦伴飛鳧宿，雲隨斷雁高。先生高臥足，書卷對村醪。

登于山次澤西先生聯句韻

眼底乾坤著此山，倚空琳碧有無間。慣看白鶴時供馭，不見青牛夜度關。行到亂雲深處坐，聽餘流水靜中還。神仙已去遺蹤在，珂珮猶聞下九寰。

送　別

折柳江亭送客行，暖風吹浪趁帆輕。兩山夾岸幾千里，幽鳥弄晴三四聲。亂後逢人惟淚眼，尊前何處不離情。知君久負濟時略，匣劍宵深試一鳴。

游雲門寺書壁按，雲門山在閩縣，俗稱猴嶼。

隱隱曇花覆石臺，揭天圖畫望中開。如蚶甲第參差見，似馬青山取次來。雲鎖寺門僧定寂，陰聯松徑鶴聲喈。登臨不爲尋幽跡，直欲扶摇到上台。

畫　景

老放扁舟過五湖，乾坤清興古今無。南飛野鶴來何暮，秋色一林山月孤。

玉女峰按，在武夷山。

寓形宇内爲奇石，抹霧梳雲自旦昏。莫任春風老苔蘚，碧溪原是洗頭盆。

題背立美人

寶鏡新開古錦囊，輕梳淡抹内家粧。羞將艷色傾人國，背立東風看海棠。

林澄

字太清，一字前埥，侯官人。正德三年，年十七而亡。

閩中錄云：太清與同里戴貴同學，館於戴之西軒。貴女弟伯璘嫻翰墨，常爲貴繕寫書籍，點畫工媚，澄心喜之。問貴，乃知出其女弟之手，心竊慕焉，乃題詩於團扇。伯璘侍兒壽娘入西軒，攜澄所題以示女。女見詩知生意有所屬，女以未曾許字，密答古詩，令壽娘寄生。生驚喜異常，於是酬唱不絕。相訂元夜女赴西軒，鷄鳴而别，蹤跡由是漸密。中秋，生復會女於綉房，漏四下，貴家奴某陰知其事，持斧突入，意有所挾。生急奔出，觸斧遽殞。女見生死，乃取羅帕自經。兩姓父母嗟悼欲絕，乃合殯於東郊清貴里，題曰雙鴛塚。

贈阮沅郎

鱗次臺前野氣昏，幾株老樹蔭柴門。朝朝分手朝朝淚，不覺黄衫遍淚痕。

宿表兄阮湘育于山夢鹿館

野色七城陰，衾寒月在林。百年幾今夕，人世一知音。我酌盃中酒，君彈壁上琴。一彈復再鼓，淒絕兩難禁。

丁卯二月同敬仲沅郎游小西湖

日暖風和稱小舠，穿橋看柳不嫌勞。長杉列砌村莊暗，遠水涵空雁鶩高。滿眼風光宜竹葉，少年丰采迫夭桃。來朝更著遊山屐，石鼓臚螺待我曹。

無　題

六街歌吹月中聲，我亦通宵夢不成。千古藍橋千古恨，人間何事説多情。

再贈沅郎

此生踪跡阮郎知，那解蓬山有路歧。他日人琴消息杳，虚牕燈火憶修眉。

喜潘恭應邵副使試捷戲寄

高館燈殘月亦殘，起看星斗倚闌干。斲輪妙手君休羡，畫到鴛鴦筆筆難。

吟罷何曾一字安，翩翩白馬送歸鞍。潘郎等是前宵面，鄰女牕櫺刺紙看。

游璉

字世重，連江人。正德六年進士。授新建知縣，入爲户部主事，轉員外、郎中，知登州府，遷廣東按察副使，擢江西布政司參政。有少石稿。

柳湄詩傳：璉還海南兵備副使，有平黎功，民爲立平黎生祠。著有東行、西行二稿及平黎集，國朝已經重刊。事蹟詳郡志。

丁亥擢守登州，舟次京口，從陸暫往留都，宿神樂觀，次壁間韻

簾疏清暑氣，花靜客來時。庭柏環青嶂，巖藤裊翠絲。詩成山鳥下，心遠野雲遲。採藥歸來否，松間覓道師。

燕南泉莊上

暮天雲氣盡，靜看海霞飛。黄鳥歌中樂，蒼苔石上衣。青山堪作伴，明月豈相違。但得吟中趣，何妨醉裏歸。

酒後遊惠山，又飲惠巖水簾精舍

惠巖精舍傍山泉，水樂穿林别有天。照眼野花薰舞袖，狎人溪鳥近歌筵。山多名勝過盤谷，壇有詩人即輞川。且盡清尊休嘆息，霜鴻重寄白雲篇。

鄭懋德

字成昭，一字雪齋，莆田人。正德六年進士。授鉛山知縣，擢刑部主事。以劾錢寧予杖，謫外。歷陞臨江知府。

獄中雙柏亭與提牢御史言懷

院門深鎖小亭開，滿地殘花掩緑苔。舊事捐金憐馬骨，此時躡屩愧烏臺。草沾霜色秋芳減，鴉帶寒光暮影來。惟有前除雙柏樹，蕭蕭風雨枉相摧。

郝鳳升

字瑞卿，長汀人。正德六年進士。授大理評事，遷寺副。忤旨，下錦衣獄，又諫南巡，再下詔獄，杖幾死。謫都察院照磨，擢知嚴州府。以杖創告歸，卒。有九龍山房集。

柳湄詩傳：鳳升，汀州衛人。嘉靖中起爲嚴州知府。茅坤序其集云：「機杼所向，固不欲鑱心刻腎以求古人之所至。而其因心爲聲，因聲依永，大都雜出海内騷人墨客者之林，而相爲淋漓遒宕不自已。」蓋九龍詩神鋒儁異，能自出機杼，成一家風骨者也。

送人還蒲州

故鄉蒲坂西，餞酒燕臺北。疋馬行且春，萬木森可悦。冥鴻雲漢高，歸志家園切。男子垂功名，光華炫竹帛。君友八埏士，所見天地窄。太行萬仞山，中有蛟龍穴。青萍一露刃，頭角立可得。君當醉且歌，暫復此相别。今宵獨坐時，長空落梁月。

詠五老峰送人遊江南

峰前峰後廬山水，五老何年曾到此。青山削出金芙蓉，日暖風和暮煙紫。乘槎仙客雪浪來，褰衣直上攀崔嵬。丹砂石室訪陳跡，不知塵世空浮埃。

修竹凝陰爲余千兵題

龍孫解籜穿山曲，漸入園林作新緑。風篩日影上霄漢，一派虚涼洗塵俗。淇水竹林孰不知，幾見壺觴繼芳躅。將軍醉後耳熱時，細展兵書竹陰讀。

華清病齒圖爲張錦衣作

華清妃子雙眉皺，櫻唇半掩香羅袖。近時羯鼓不成歡，一枝帶雨梨花瘦。中使傳宣藥品來，金籠玉裹非凡材。仙方海上如可得，定當驅石登蓬萊。宫中不忍一齒痛，馬嵬忍把全軀送。從來哀樂輒相乘，繁華往事皆春夢。佳人意態萬千殊，描其病齒祇一隅。將軍賦就獻天子，便是當年無逸圖。

聖駕入城次韻

河海晏中原，材官鎖北門。帝輿回朔漠，春木秀郊原。地軸雙環轉，天樞一位尊。涣頒綸與綍，治日焕當軒。

九日登高次陳白沙韻

慘淡秋容靜，登高藜杖扶。滌懷千盞少，著意一詩無。納納乾坤大，蕭蕭侶伴疏。懸知鬢髮改，子細看茱萸。

晚過山寺

山險路猶溼，微茫徑不分。巖花傾宿霧，嶺樹帶寒雲。日午僧厨靜，庭閑鳥語聞。何時塵慮淨，得侶鹿麋群。

六月初病稍甦，時林質夫柩歸，不能往奠，以此代哭按，質夫名公黻，長樂人，以諫死。見卷十六。

來時登月闕，歸路掩泉棺。但得丹心在，寧辭白骨寒。文章爲祟物，天地共愁看。予病猶裀褥，何曾淚雨乾。

棘垣楊柳樹，今日鎖空門。槻返惟留骨，魂來尚叫閽。遺風連海岱，直氣自乾坤。簡點宦囊裏，貧無一物存。

秋興和鶴城韻

萬樹涼飈曉氣微，一穿芒屨走如飛。煙銷江國芙蓉老，雁過田疇稻秫肥。去路草荒空脈脈，談詩燈炧尚依依。白頭怕作悲秋賦，坐對林泉且息機。

揚州道中

蕩蕩香風送綵舟，萍踪今復寄揚州。石橋流水千人渡，白酒青帘百尺樓。鷄犬有聲天已斷，瓊花無色苑空留。兩行金線堤邊柳，一任心星西向流。

滕王閣

滕王閣倚大江邊，占斷江南第一天。千古豪華摇落盡，滿川風雨釣魚船。

郭　清

字直夫，湍弟，見上。正德六年進士。官南京户部主事。

洞庭清隱贈林廷用

愛爾青山下，翛然木石居。覆牆多橘樹，入饌有鱸魚。得句蒹葭外，行歌風露餘。遥知問奇客，花下日停車。

山房落成

閒居祇藜杖，野性合幽棲。種菊慚陶徑，誅茅異剡溪。沙平疑野曠，樓迥覺天低。滿路桃花發，能令訪客迷。

趙德剛

字崇節，閩縣人。正德六年進士。授德興知縣，歷武昌府通判。

廣陵懷古

白石黄流湖上堤，堤邊楊柳有鶯啼。琵琶月伎今何處，二十四橋烟雨低。

朱鳴陽

字應周，莆田人。正德六年進士。授户科給事中，禮科都給事中，出爲浙江參政，左遷雲南參議，補廣西，遷浙江右布政。有南崗集。

臨江道中

驅車出江滸，曲折循郊原。近水疑無路，穿籬別有村。危橋横短壑，密樹壓頹垣。忽憶陶元亮，追尋五柳門。

書懷

世路多巇嶮，奔走非初心。浮雲莽無極，白日生層陰。寶瑟空自彈，誰復爲知音。長歌賦歸去，高鴻何冥冥。

重過信州有感

當年啣命下饒州，萬里攜家此地遊。世上宦情皆短夢，眼中楚水盡東流。乾坤阻隔三千界，風雨淒涼十二秋。笑我浮萍無處著，壯懷暮色兩悠悠。

余瓚

字君錫，莆田人。濟寧州學正。正德六年進士。擢兵科給事中，以諫南巡予杖。尋轉都給事中，陞太僕寺卿，告歸。

送周子明之楚

六月出金臺，長林靄香霧。茅亭列几筵，清江散鷗鷺。八龍駕輶軒，繡服披湛露。悠悠聚散情，渺渺沅湘路。長才世共聞，清節衆所慕。結交二十秋，何以愜悃愫。市虎寧當途，林鶴懸待哺。歲晏勵青霜，周行擢高步。落日忍分歧，目送征鴻度。

方從鯤

字世元，一字翠峰，岳子，見上。莆田人。正德五年舉人。有翠峰詩。

邑人朱淛題翠峰詩後：翠峰膺鄉薦，再躓春官。見素致其父秋崖書，以爲「失士」，且曰「正須遲之，使成上器」。秋崖欲其專意事事，不許學詩。及卒，友人束其寓京邸時所作呈秋崖，秋崖曰：「使吾爲之，亦未必善是。」昔李文貞哭其愛子兆先，悔其不使肆力於詩，以極其才之所至。

金陵篇送周伯子秋試

金陵佳麗地，六代擅豪華。霸氣沉淪久，王圖展擴賒。山川龍虎勢，日月帝王家。宮闕連雲起，歌鐘迫漢斜。兩都懸鉅概，萬國泛長槎。燕子磯前水，鳳凰嶺外霞。曲調公瑾顧，肘繫伯仁誇。異代風流雋，前身骨相嘉。秋飈馳駿足，別苑醉仙葩。一字都門貴，千金海内遐。世恒嗤刻鵠，子實握靈虵。標塔臨天竺，深杯酹雨花。江聲素練月，雲影赤龍紗。鞬囊中原迴，因之惜水涯。

繆璉

字宗貴，福安人。正德初諸生。有雪巖遺稿。

寄中山劉先生

迢遞中山碧海東，烟波無處泊孤蓬。鶯花不共天時變，心跡休於象外窮。看劍懷高人已老，寄書郵遠雁能通。多情只有西樓月，一色嬋娟兩地同。

次郭柏莊先生見寄韻

小亭瀟灑晚涼天，風遞荷香入酒筵。流水琴音清奏曲，博山爐篆細騰煙。青蒲緑筍常留客，羽扇綸巾半學仙。不解高軒果何事，邊庭烽火説年年。

遊羅漢寺

咫尺招攜時一登，閑來屢屢訪山僧。齋堂聞梵雲初合，老鉢藏龍水自澄。客散鶴行松下路，樵歸猿上澗邊籐。塵緣終古消難盡，回首巖頭又佛燈。

傅汝楫

字木剡，又字太和，自稱臥芝子，侯官人，汝舟從弟。見上。正德中布衣。有臥芝集。

閩詩話：木剡貧而好學，州縣闢爲黌宫弟子，不就，一意詩歌。時稱二傅，又稱大傅、小傅。蒼按，木虛詩「吾父生兒只兩個」，三雨，木虛兄，則木剡爲從弟。汝楫早卒。詩學晚唐，如「野人臥酒翻荷爵，山鬼縫衣傍荔牆」、「沙際學書尋鳥跡，林間會意解禽言」、「幾處姓名留洞府，十年瓢笠任風烟」，皆佳句也。

面泉贈龍魯之

雲中泉，流沫一何多。迴飆空夕景，近壁摇煙蘿。盈虛有至理，古今無增波。損德必在足，損名必在高。謙謙君子心，面茲終巖阿。

賦得閩海亨龍送鄧介夫應貢北上

金晶飛飛射龍屋，驪龍屋下眼珠熟。五雷驚散雲作花，捧出明珠獻天族。雲歸君别君猶龍，下天上天雲相從。暗室投珠千載忌，寒潭化劍今朝逢。何人卻笑潛淵者，相送殘春江上峰。

沙溪獨坐有懷霞居亡友按，霞居子，高瀫也。

尺五樓開烏石尊，桂枝梅樹淨柴門。按，瀫移居福州郡治桂枝坊。壺觴旦日家中宴，衣服秋冬海上村。沙際學書尋鳥跡，林間會意解禽言。奇蹤忽憶霞居子，淚落溪流過竹根。

閉門

頻年罷釀老愛酒，客至無錢强出賒。落盡庭梅三日雨，香風閒對一甌茶。

棲霞攜酒觀音溪避暑

溽暑那可避，言尋溪上花。逢人坐流水，不見泛胡麻。芝席移青嶂，冰盤薦紫霞。郭仙如可問，吾意浴丹砂。

毌湖

前堂背郭樓，湖水日悠悠。地即香蓮界，山仍梅樹秋。杯前狎鷗鳥，籬畔繫漁舟。安穩風波外，吾生樂未休。

送王甥春先省親之瓊州

子往寧親日，予慚得壻初。酒杯三接後，衣劍百愁餘。庾嶺遲梅使，瓊山少雁書。蠻方慎眠食，應足慰離居。

柬高成甫

邇來高伯子，衰病復何如。藥圃苦留價，文園漫著書。日眠花閣暗，風避草堂虛。未説長生訣，千金愛女軀。

匡惠先大夫

肺病憂勤積，明時爲政初。楚岡留竹虎，燕水泣銀魚。臣得終王事，兒慚讀父書。回思宏化地，伽木正扶疏。

山　居

用世無中策，青山豈願違。門開揚子宅，井息漢陰機。菰米秋田食，天蠶卒歲衣。閑垂一溪釣，呼酒換魚肥。

衝天臺對月次呈高宗呂三十一按，臺在福州郡治烏石山。

登臺孤笑懷良友，江月於人色轉清。坐懶詩篇虚歲月，交深山水識吾生。光垂露葉疎疎見，寒近星河曲曲明。爲愛一樽長對此，風塵物色總浮名。

聚月翠亭追感昔游用韻

坐滿高臺虚月涼，萬松風合石樓當。野人臥酒翻荷爵，山鬼縫衣傍荔牆。李賀鳳悲賢者死，鄭莊麟泣大夫良。冥冥夜色雙鴻遠，影落遥天聲漸長。

潘子積中將游白下，索詩，作此貽之按，福州郡治烏石山「石天」二字，嘉靖丁亥潘積中、謝宜相題。

汗漫潘郎賦大遊，烟花三月動輕舟。腰纏不控揚州鶴，機息初回海上鷗。遠地芝雲勞得夢，高名冠蓋定相求。白門見柳如堪折，遲爾滄洲覓釣儔。

中秋懷丁戊伯兄

閉門坐月月未明，露下高歌銀漢横。衣上桂花時自落，池邊秋草夢還生。即看仙犬蒼雲幻，遠度賓鴻紫塞輕。聞説海邊招士榻，尚賢今喜得吾兄。

再送四山至越臺兼訊河陽二黄子

舟楫春風桃李溪，送君晴日越臺西。忍聞求友啼鶯合，喜見留人芳草齊。積學鄭玄非句讀，傳經劉向豈筌蹄。河陽幽事遥相報，門外垂楊幾處低。

過石田草田哭之

頻年我理吴航棹，按，長樂稱吴航。幾度相逢笑口開。沙雨江風今日淚，歲寒愁絶是重來。

寄嘲沙源

寄語沙陽黄子正，如何不棹酒船來。碧筒五月多涼冷，夢在栟梧寺裏迴。

陳　宇

字時清，和子，褎父，見下。寧德人。正德中布衣。有五真集。

柳湄詩傳：宇時稱五真居士，貧甚，落拓江湖，多遊覽登陟之作。貧士一篇，其寄志也。

客　懷

去住應無定，青陽逼暮年。亂峰殘雪後，孤客夕陽前。海岸魚登市，山村水覆田。故鄉消息杳，迴雁若爲傳。

發夏口驛

夏口午方發，扁舟坐浪行。英雄爭戰處，今古去來情。翠壁啼猿度，滄江斷靄橫。坡公遊賦後，山水有高名。

遊小支

石路轉層巒，空門可靜觀。躡雲雙屐冷，照雨一燈寒。蝸篆粘經卷，苔痕上井欄。因思在城市，塵土滿衣冠。

春園漫興

無端幽興擾，去作探春行。一澗夜來雨，數峰江上晴。暖風醫柳弱，斷靄襯花明。且盡今朝樂，浮生亦自輕。

阻　雨

客愁歸未得，何事獨淒淒。纔到清明節，偏多杜宇啼。山雲擎雨重，溪樹壓煙低。非是聞詔者，蹉跎若在齊。

次汪汝温上舍園隱韻

陶然不與世情移，一畝幽居獨樂時。疏牖日紅春睡足，破厨煙溼曉炊遲。雲横山腹初疑畫，花落鶯唇誤點脂。屋後巖前無限趣，題詩聊寄故人知。

重　陽

生逢七十五重陽，隨俗登高醉一場。今日不知來日事，老年渾似少年狂。厭看世俗多新態，喜見秋花只舊香。詩思滿囊歸已晚，掀髯舒嘯海天長。

金鄣寺

湧金勝地在層阿，風景其如客老何。新竹引根穿曲徑，古藤投蔓上迴坡。心閒自覺安禪穩，酒熟還期結社多。俯仰獨來尋故事，摩挲巖蘚記重過。

園居

無事柴扉盡日閒，懶惰幽興每相關。卻嫌新筍都成竹，遮過門前一半山。

貧士

敝衣不掩肘，他人不堪憂。處之常晏如，自昔聞黔婁。清風天漢遠，壯節江河流。如何百代下，鮮見斯人儔。理也苟如此，哀哉吾行休。

陳唐田舍

結茅在田次，努力向春耕。朝出暮來歸，妻子欣相迎。饘粥適一飽，濁酒有時傾。雞豚籬下喧，機杼牕前鳴。祇爾日復日，那知州與城。辛苦亦云樂，庶免禍患攖。分内尚思盡，薄劣笑平生。

客邸秋夕

欲歸歸未得，兀坐思冥冥。短鬢逢秋白，孤燈照壁青。雲中聞斷雁，牕隙入流螢。自笑無媒者，浮蹤等泛萍。

客懷

逢春仍作客，歸雁復離群。旅思深難慰，鄉音杳莫聞。暖風催谷鳥，晴絮雜江雲。行處頻看劍，寒芒動斗文。

尋五真園

尋芳信所適，步入白雲堆。詩思催春發，泉聲觸石迴。蜂喧屯徑竹，蟲篆上苔梅。每覺吾私愜，旁人浪致猜。

寄邳州學正林復初先生

莫怪頻頻懶寄書，疎狂雖盡尚留迂。望連渭北春雲重，夢共樓西夜月孤。世事自憐今日異，交情知是昔時無。蘇湖教澤遺芳在，又見庭前彩鳳雛。

和馬别駕題御書閣韻兼柬陳司訓

鶴山高結廣文廬，講退蕭然一室虚。石澗引泉春煮茗，竹牕留月夜看書。詩成簾外雲猶溼，閒極牕前草不除。九載多君容往返，瓜期未及二毛初。

雅談林先生茶溪清趣

趣在前灣舊種茶，誰知移住洞仙家。霜根向暖回春意，雪乳生香染露華。風引白雲浮盎面，日薰碧霧遶簷牙。高人杖履尋遊處，兩袖歸來帶落花。

天王寺

藜杖乘閒陟翠微，老僧勾引到山扉。鶴雛歲久諳禪語，苔色春深染定衣。池上琴鳴魚起聽，林間棋罷鳥忘飛。古碑石柱依然在，欲問前朝事又非。

雲門寺

幽陟空門副夙期，春陰滿徑紫苔滋。猿移别樹雲生處，鶴立高枝露落時。載酒豈無人問字，臨流或有客耽棊。紛紛回首紅塵滿，始覺方袍結社遲。

安仁寺

萬事浮漚置勿論，且攜笻竹扣空門。偶從陟磵尋泉脈，獨自看山坐樹根。日映花叢清有韻，月穿潭水静無痕。幾回會到忘言處，纔到忘言又欲言。

金峰廢寺

千年遺阯寄層峰，蘿蔦深深積翠重。流水不關興廢事，落花空掩去來蹤。斷碑雨過添荒蘚，古洞雲歸起蟄龍。自是建皇崇重道，恐教禪學混儒宗。

響山巖

俯臨深澗勢崩騰，誰向巖巔鑿路登。側足恍如虚地立，呼聲多在隔山應。花枝倒蘸嬌如滴，松蓋高擎翠欲凝。北望萬重猶阻絶，綵雲隨步上層層。

遠道曲

君心摇盪似楊花，化作浮萍不戀家。無奈杜鵑啼血盡，驅車依舊向天涯。

俞應辰

字仲尊，「仲」，志作「元」。一字東渚，釗子，莆田人。正德九年進士。歷繁昌知縣，遷職方主事，晉郎中，出爲廉州知府，移石阡知府。

福平懷古

我行北螺邨，蓊蔚美山水。芳畦長藥苗，幽徑落松子。緬懷歐陽公，讀書巖谷裏。同心有二林，文苑稱齊軌。科第破天荒，孝友垂青史。千秋仰清塵，徘徊尋舊址。高風渺難追，落日半山紫。

林　達

字志道，一字愧吾，俊子，見上。莆田人。正德九年進士。官南京吏部郎中。有自考集。

約遊囊山次頤晦

青囊不數峰，霞壁懸蒼麓。幽尋得屢來，抱被僧牀宿。凌晨宿莽開，經行入深竹。植杖復登邱，散坐幽棲谷。土膏杞菊莳，山盤薦新馥。談深曠古懷，盃引詩成速。疇能借長繩，爲我繫羲轂。佛燈明上方，金輪看轉輹。

馬明衡

字子莘，一字師山，思聰子，見上。莆田人。正德九年進士。授南京太常博士，改監察御史，建言，廷杖削籍。

蘭陔詩話：嘉靖三年，興國太后誕辰，朝賀既已。舉行慈壽皇太后誕辰，忽有旨：「免朝。」明衡上言：「暫免朝賀若出皇太后，中間必有因事拂抑之懷，往來存歿之感；若出聖意，則母子之情有隆無已，豈忍輟此盛禮哉？」時朱淛亦上言：「皇太后親挈神器以授陛下。母子之情，天日在照。今乃旬月之間一舉一罷，彼此相較，形跡太分，何以慰母心而隆孝治？」疏入，永陵震怒，命捽二人至庭詰問，將置之死。蔣文定膝行泣救，乃免。

柳湄詩話：佘翔稱：「明衡詩如黃金在鎔，芒采百道，目瞬不得正視。」

感懷

十日不窺園，園芳已摧折。枯柳號天風，吹雲若飛雪。凄凄涼氣入，曖曖重陰結。感此歲寒心，愴然五情熱。安能揮長戈，倒影回日月。

别筵贈柯生

去年秋風生，送子南關路。南關松柏何青青，君行南海向烟霧。今年竹徑入秋聲，與君把袂竹間行。三年喜對故人面，千里誰問此日情。滄海東流去不迴，白駒過隙何易哉。世間萬事果何有，勸君更進手中杯。一曲驪歌爲君别，後夜相思月圓缺。十年强半客他鄉，莫訝參差鬢成雪。

同朱必東侍御移舟訪顧志仁督學西沖寺别業按，莆田朱淛字必東。

倚月停孤棹，披雲臥綠蘿。溪山萬事足，勳業百年過。聽法巖猿定，啣花野鹿多。玉簫聲不徹，鸞鶴奈愁何。

懷詹給諫少華草堂

惜别虹橋後，思君欲改顔。一堂溪雨静，六月松風寒。巖壑憐同病，棲遲老閉關。應知蘿月夜，時取玉琴彈。

聞豫章兵變，時家君以使事往，愴然有懷

乾坤悲戰鼓，羽檄起横池。封豕淩京國，長鯨播海陲。王師初渡日，使節未歸期。悵望衡山道，南來一雁遲。

答黄西壺先生

孤亭高敞紫霞傍，招隱歌成逸興長。靖節早應歸栗里，龐公久不入襄陽。百年海上丹心遠，五月松風白葛涼。徙倚高臺瞻北斗，山中夜夜挹清光。

彭大治

字宜定，甫子，見上。文質父，憲范祖，見下。莆田人。正德九年進士。授南京户部主事，晉郎中，出知揚州府，調敘州，改韶州，遷長蘆運使，未任卒。有定軒集。

蘭陔詩話：定軒守漵州日，值洞蠻叛，川北騷動。單車入其壘，諭以禍福，即日解散。平生操節矜嚴，身後無尺寸田廬。詩亦清越。

望斗杓

貨泉行，真人出，天上斗杓漢家物。天生予德予誰欺，德不類孔胡支離。君不見，月犯少微謝敷惻，吴中高士死不得。

城市山林爲陳秀才作

幽居最愛此中閑，半是城扉半是山。花市隔牆紅霧少，柴門深鎖白雲還。清風膝上琴三弄，明月庭前水一灣。他日主人騰達去，歸來依舊掃松關。

全閩明詩傳　卷十六　正德朝二

郭柏蒼
侯官　　　　錄
楊　浚

林春澤

字德敷，應亮父，如楚祖，俱見下。侯官人。正德九年進士。授户部主事，疏諫南巡，遷員外郎，司藏失盜，謫寧州同知，遷吉安通判，肇慶同知，陞南京刑部郎中，出爲程番知府，以大計免歸。有人瑞集。

竹窓雜錄：百四歲人瑞林旗峰公自題畫像云：「武宗皇帝曰：『爾器資端慎。』世宗皇帝曰：『爾大雅不群。』愧一官之蹇滯，負二聖之乾文。幸殘喘之苟延，龐眉皓髮；每曠懷而獨適，青山白雲。心平道矣，玩詩書而不厭；爲斯世也，笑功業以何聞。忘此生之碌碌，咏太平而欣欣。是爲我之云云。」公與鄭善夫友善，爲詩多所唱和。善夫不滿四十而公壽逾百齡。卒之日，頭顱不垂，端坐而逝。

柳湄詩傳：春澤居侯官旗山之北嶼，生於成化庚子，萬曆己卯，年百歲，有司爲建人瑞坊於城中。鄭善夫爲鐫「人瑞峰」於旗山。莆田朱淛壽百歲翁詩：「有目不曾見甲冑，有耳不曾聞鼓鼙。歲時閭里相歡洽，姻族共保無參差。長夏芳辰屬初度，草堂旭日春遲遲。雲仍滿目環膝下，繽紛賀客陳文辭。遠近來觀塡巷陌，氤氳瑞氣光門楣。」子應亮，以户部侍郎侍養，亦年七十矣。應亮子如楚爲督學，官工部侍郎。春澤卒於萬曆癸未十月，壽百有四歲。閩小紀載：「春澤百歲時，妾舉一女，配竹嶼鄧遷之子、云南督學鄧原岳。」春澤少時與鄭少谷、方棠陵、按，棠陵曾入閩。郭澄卿、林克相、張崑崙爲詩友。世所傳人瑞集，乃其子應亮所編，王湛、陳鳴鶴校訂，古今體分十二卷。相傳旗陽服松梅丸，故得大年，又傳林文秩、文秸與旗陽皆旗山山神入世。卒祀鄉賢。」春澤祠在南嶼，榜曰：「四十登朝，甲戌還逢甲戌榜；五旬舉子，長孫猶抱長孫兒。」

六里屯行

策馬上東門，行行六里屯。松柏連阡庇邱壠，幡幢耀日羅祇園。峨碑浪揭生前事，華屋冥棲死後魂。問是誰家蒙葬地，當年聲氣揚天閽。天閽高，聲氣豪。古來惟有一死無人逃。當年烜赫今何在，野風日夜吹藜蒿。君不見，嬴秦虎狼横四海，趙高一豎傾胡亥。不知白刃入齋宫，頃刻肌膚成俎醢。君不見，東京中人歘群起，自把門生戲天子。黨獄株連炎火微，袁曹一麾礫腐鼠。邇來揚塵東海邊，陵谷市朝多變遷。力錮南山猶有隙，何須石槨爲三年。玉魚金盌不終秘，可憐白骨黄沙田。郊原寂寞日色瞑，惟有白楊含暮煙。

別馮東沂太守渡彭蠡湖有作

巖頭扣罷雙石鐘，餘音遠振雲間松。長揖故人下彭蠡，北風高挂南飛篷。青山陂陁露鼇背，白浪噴薄愁窮冬。飄然中流縱一葦，颯如風雨奔蛟龍。長安逐臣正憔悴，興來向此情尤濃。揚瀾左蠡相激蕩，大孤小孤當其衝。沅湘下注九江水，星緯高臨五老峰。銀河瀉下一瀑布，香爐紫霧飛蒙茸。天空逍遥送遠目，八極漭瀁羅吾胷。蜉蝣已在氛埃表，江湖豈惜流萍蹤。袖中莫邪忽吼動，斗間閃見光芒鋒。

西湖次鄭繼之韻

湖上尋春事，天涯泛梗同。角巾山寺晚，白馬柳堤風。澤國吏情遠，帝閽愁緒中。未能從逋老，莫擬哭途窮。

小野堂對菊

客次悽疏放，寒庭菊有花。西風驚歲月，南國負煙霞。三徑秋山暮，重陽落景斜。淵明歸未得，愁絶向京華。

宿青縣公署

江亭寒色淨，夜榻水光連。遠意青山外，孤心白月前。生涯真泛梗，客路又窮年。深坐燒官燭，聞鷄獨不眠。

曉發河西驛

驛路遵河滸，歸程近帝鄉。野鷄寒唱月，戍角曉吹霜。霄漢紅雲動，關山紫氣長。江湖不盡意，望闕更徬徨。

吴城望湖亭

憑高見彭蠡，愁思迥然開。山與水經緯，鳥兼雲往來。時違淹逐客，興發漫登臺。未死心猶壯，長歌天地迴。

晚秋出郭

出郭意不樂，看山日載陰。窮荒寒氣早，老眼暮雲深。野獸號空谷，丹楓染舊林。南樓無雁過，何處寄歸心。

惠山絶頂望五湖

一酌清泠味，登山望眼青。湖光混天色，雲氣動山形。時事悲吾出，春愁向此醒。扁舟愧范蠡，芳杜渺煙汀。

沙灣夜泛

長河積春水，芳草漫平沙。遠路久爲客，孤舟翻是家。天遥深逝鳳，樹密亂棲鴉。明滅金波影，飄飄泛月華。

長沙謁賈傅祠

平生悲賈傅，老我度長沙。日月漢庭上，風波湘水涯。古松巢夜鶴，芳藻薦春華。千載俱流涕，長途漫獨嗟。

滄峽夜雨 按，倉峽在南平縣。

窮陰雲氣合，入夜雨聲號。峽急雷霆鬭，山寒虎兕嗥。世途堪涕淚，客棹恐波濤。燈火孤帆影，征魂遠夢勞。

憶鄭繼之

少谷吾憐汝，形骸亦已忘。飄颻四海志，嬾漫十年郎。玩世惟青眼，歸山有草堂。且從金馬隱，與爾共徜徉。

昌平弔劉蕡祠

志士惜流落，故山還有祠。名高下第日，心苦上書時。一黜歸何晚，群姦死已遲。豈知朝代別，揮淚誦君詩。

歲暮寄京華舊游

咄咄山居又一年，白衫芒屨足風煙。天寒落木疏林下，歲晚孤亭短日前。漫折野梅思驛遠，愁看隴月向人圓。三邊消息今何似，時向西江問使船。

渡　湘

萬山驅馬黔陽路，五月移舟湘水潯。漢賦空遺賈生恨，楚騷猶見屈平心。風波漠漠鴻冥遠，煙雨瀟瀟竹淚深。詞客歸來還自慰，渡江高唱水龍吟。

答劉雙池

晴光散雨釀春和，詞客開顔同笑歌。天外青山江意遠，庭前綠樹鳥聲多。塵蹤已入白雲社，聖世不揚滄海波。花木一亭誰是伴，清風半榻待君過。

雨中憶鄭繼之草堂

獨上孤亭憶草堂，野雲度峽望微茫。鷓鴣啼歇山横雨，白鷺飛來水滿塘。病起尚緣詩思瘦，秋高偏爲客懷忙。翠旗峰下吾廬舊，何日林陰掃石牀。

宿金城觀

萬松深鎖洞霄扉，谷口鐘聲一鶴歸。漢韭秦花今落寞，海雲山雨晚霏微。清宵剩有仙遊夢，浪跡渾忘宦轍違。笑道玉皇香案吏，爐煙猶帶舊征衣。

病起即事示憲兒、起兒，价夫、薦夫二外孫陳价夫、薦夫也。

病軀老迫歲深期，獨喜春風願不違。喬木煙蘿人靜處，小樓燕雀日高時。行厨已報晨炊熟，臥榻方驚午夢遲。賴有兒孫供筆札，碧桃花下寫新詩。

喜玄孫生口占按，此詩作於萬曆癸未，即於是年卒。

傳家二十有三世，老我百年仍四春。爲報玄孫湯餅會，問渠高祖是何人。

林　炫

字貞孚，一字榕江，庭㭿次子，見上。世壁父，見下。閩縣人。正德九年進士。授禮部主事，改南京兵部，歷禮部郎中，擢通政司參議，未上卒。有榕江集。

馬恭敏森集載：林炫航學習静，博極群書，好爲詩歌自適，追古作者。與無錫顧可久、長洲皇甫沖、上海朱豹、東陽張大輪、太平方涯、武陵陳洪謨、華亭胡岳、南昌姜儀、錢塘錢宏、江夏羅英、鄞縣謝汝儀、貴溪江以達、晉江王慎中，同郡林春澤、龔用卿、鄭漳，海内鉅公五十餘，結鶴圃清音社，又與郡人袁表、張萬里等爲「鼇峰七友」雅集。曠達觴詠，翛然有出塵之想。每一詩出，爭傳誦之。文如江天澄瀅，奇變萬狀。」蒼按，龔殿撰用卿祭林榕江文：「維君席簪纓之累奕而心不華，奮少年之科第而行不奢，敦古人之志誼而量不塞，景名賢之事業而氣不竒。有汪汪之襟宇，於物無忤；有休休之體度，惟善爲佳。」

長歌行

千歲梧桐枝，結根纏風霜。驚霆震其下，乃有蟄龍藏。斲爲膝上琴，月露朱繩張。聲聲諧玉石，字字鳴宫商。一彈天地合，再彈鸞鳳翔。俗耳厭不入，淫哇亂竽簧。揮手謝世人，收置古錦囊。八音獸率舞，終當升廟堂。

感述

我馬玄且黄，乘之登西山。曲巘既局促，方椒始盤桓。青松夾道隅，流水鳴濺濺。仰視飛鳥翔，俯察原花繁。叩石發浩歌，清飈振巖巒。歌罷一迴首，摧然傷肺肝。

雜　詩

夏日不可暮，既暮微風和。强餐脱粟飯，起步庭中阿。庭中無別物，松枝帶女蘿。松枝一何勁，女蘿一何芳。雲破明月來，皎皎生輝光。流螢時自至，微飆胡能長。

今昔行送湖西張子還閩

昔年送子來燕山，張燈剝蠣梅花間。今年送子歸閩海，青青宮柳春雲靄。白日紅顔速飛電，誦子新詩驚十卷。篇篇珠貝泣鮫人，字字虬龍纏寶劍。長安風埃高蔽天，相逢忽謾是離筵。君去堪尋武夷石，我留空望香爐煙。鷫裘脱换東陽酒，我歌吴歌君拍手。忘形自古結交難，爛醉何辭更一斗。黄金臺上月如盤，玉河橋下水拖藍。蒙茸草長錦亭滿，寥落鶯啼紫陌闌。都門曉發車聲起，美人胡爲數千里。鷓鴣暫棲珊瑚枝，魂夢隨君渡江水。

橋西雨坐和平嵩按，劉世揚字平嵩。

萬里之水東流去，白日西飛亦不住。天清細路開小堂，雨坐疏簾引新句。我在江亭雲霧深，美人千里青燈暮。幽草題詩一似君，黄鸝幾箇橋邊樹。

有感用杜韻

將帥承新渥，軍儲惜去年。似聞千里霧，猶蔽九重天。貴戚爭開府，烽烟近到邊。玉關何日閉，遺恨自張騫。

游慈恩寺

平臨高閣上，徙倚眺斜暉。野樹蒼苔合，春田白鳥飛。幽懷吟不盡，佛法轉相依。薄暮同騎馬，沙陰十里歸。

次韻贈朱青岡太守郊行

聞得農人語，鶯花未足憐。夕陽牛背笛，春雨郭東田。政簡官如水，時豐俗自便。村村鳴社鼓，歡喜説今年。

平黎倡和次韻贈蔡半洲司馬按，蔡半洲即張經。

鐵騎風雷肅，緋袍霧雨侵。登壇戈日淨，横海陣雲深。相業長城地，雄圖捲甲心。瓊厓三奏捷，瀘水七成擒。

入春苦雨，穀日稍晴，忽湖西張子有詩來簡，次韻答之

積雨掩荆扉，初晴靄翠微。林鳩驅婦去，江雁背人飛。細草薰平麓，殘霞帶落暉。無因共登眺，攜杖賞心違。

登鼓山次張東沙韻

海色連郊甸，秋聲落澗阿。孤峰上雲日，萬井俯星羅。草密蒼龍洞，江迴白雪波。幽人倚雙樹，擊石發清歌。

和平嵩兼簡半洲

靈源新約雨初晴，共泛洪江彩鷁輕。白髮相知天下少，青山無數日邊明。經年木榻松雲滿，一夜柴門春水生。欲訪半洲江上去，薜蘿深處踏花行。

歲晚言懷次朱青岡太守

乾坤遠業悲身病，風雨空山又歲殘。紅樹乍驚霜信早，滄洲坐對海天寬。行從野老看雲徑，藥乞鄰僧種石欄。朔雁數聲江上至，高樓日日望長安。

登建州黄華山閣，都閫方益齋、周湖皋請游

高閣危欄徙倚初，溪山縱目晚晴餘。黄華開盡三秋雨，白雁遥傳萬里書。蘿壁泉聲宜對酒，松雲野色獨憑虚。將軍好客兼文武，花外清歌更駐輿。

草萍驛書壁

青春作伴又南歸，畫省蹉跎心事違。一笑草萍山下路，停車閒看白雲飛。

林大輅

字以乘，一字二山，敦復父，見下。莆田人。正德九年進士。除刑部主事，歷工部員外郎。爲黄鞏

輩救諫南巡，杖繫謫判夷陵州。嘉靖初起江西按察僉事，歷副都御史、巡撫湖南，自劾歸。卒年七十四。有塊痦集。

林茂貞云：二山詩，在仕宦者忠憤激烈，無依阿取容之態；在林居者沖適雅淡，無憤時嫉世之心。要皆出於性靈，非騷人墨客風雲月露之作也。

閩中錄云：以乘之入獄也，妻黄氏留邸舍，朝夕籲天爲其夫祈免，緹騎偵得之，以詛祝告，上震怒，併逮入詔獄。以乘受訊楚毒備至，不肯承。主者危詞怵黄，黄慷慨對曰：「妾夫被繫，妾焚香告天，幾幸皇輿不出，忠良獲宥則誠有之，庸敢有他？妾以兒女子無知，使吾夫重獲罪戾，妾惟有一死以謝官家並謝吾夫。妾方有身，分不任受刑，請速賜之以死，則徼惠於執事多矣。』主者口噤而罷。居五月得釋，夫婦偕出獄，都人夾道聚觀爲歎而下泣，稱爲鐵夫人。尤展成有鐵夫人詩云：「武皇南巡臣拜杖，良人繫獄妾心喪。妾家兒女本無知，焚香籲天誠有之。邏騎拏來生呪咀，夫婦牽連入圜土。妾今有身不任刑，惟拚一死謝夫君。情辭慷慨相决絶，法吏滿堂誰忍聞。一旦天恩並放歸，都人夾道盡沾衣。還將舊日香重爇，長祝君王罷六飛。」

夢還山歌

浪跡懷名山，軒車及明發。遥程看暮煙，浩思催寒月。鷄峰玉澗薜荔秋，吹簫聲入紫泉流。應門少鶴何曾倦，呼酒流鶯不解愁。金臺故人舊相好，尺書報我邯鄲道。燕去鴻來凡幾年，昨日壯顔今日老。歸舟欲謁武夷君，九溪仙笛空中聞。南下江門連海色，振衣長躡兩山雲。

過淮陰侯墓

雲夢僞游日，翻成力士謀。功高終震主，氣憤薄封侯。楚甸横山拆，秦淮入海流。英雄多寵辱，誰泛五湖舟。

順昌道中簡馬振之知縣

看山隨處好，春服灑層雲。溪隱蛟龍窟，林喧鳥雀群。村舂懸溜急，野市隔橋分。仙令初飛舄，民歌十里聞。

送謝光宇往武岡訪童衵守備

清秋逢謝朓，别袂大江邊。與爾同摇落，臨觴一惘然。魚書湘浦月，雁字郢門煙。獨舸兒童共，飄蓬記此年。

登金山寺

金山歲晚獨登臺，佛日曇雲送酒杯。樹色海門吴岫立，潮聲京口漢槎來。乾坤浪跡書生淚，今古悲歌壯士懷。返照依微僧磬寂，呼黿招鶴意遲迴。

秋興答竇惟遠給舍

供奉班隨漢署香，菲才那敢賦長楊。紫霄宫闕千門靜，白塞風烟萬里長。燕子全歸秋社雨，梧桐欲老禁林霜。雲中近報寒衣節，定采黄花入壽觴。

有懷

黄鸝恰恰囀青林，寒食蕭然别院深。風雨自憐多病日，雲山誰識遠遊心。川迴樹色荆門渺，天入江流漢浦陰。欲問兩山麋鹿徑，石門何日許招尋。

徐懷雜興

白竹山莊歸路賒，霧船風纜欲爲家。芙蓉黄菊秋如許，盡日南行不見花。

吴　音

字師夔，一字三麓，承宗孫，莆田人。正德八年舉人。官全椒知縣，遷海寧知州。

東山限韻

憑高遠見水連空，渺渺青畦接海東。雲鎖竹門飛翠溼，山明石竇落霞紅。鶯花歲月容扶杖，風雨江湖任轉蓬。一笑野人狂故在，不妨兩鬢已成翁。

常儒甫

字遜學，福子，莆田人。正德八年舉人。官簡州知州。

柳絮次周小山韻

春盡江南廿四橋，濛濛飛絮乍辭條。因風欲起愁難定，到地無聲恨不消。黄鳥啼殘花雨亂，白駒踏徧雪泥驕。可憐化作浮萍去，又向天涯趁暮潮。

張岳

字維喬，一字淨峰，茂曾孫，綸孫，慎子，峰兄，宓父，迎祖，惠安人。正德八年鄉試第一，十二年進士。除行人，疏諫南巡受杖，調南京國子學正，入爲武選員外，歷祠祭郎中，出爲廣西提學僉事，調江西提學，謫廣東鹽課提舉，遷知廉州府，轉浙江提學副使，歷參政，以僉都御史撫治鄖陽，改江西，尋以右副都御史總督兩廣軍務，召入爲刑部待郎，掌都察院事，復出總督楚蜀。卒贈太子少保，謚「襄惠」，有小山類稿。

靜志居詩話：襄惠初釋褐，與林希元、陳琛談理學，時目爲泉州三狂。始以言禮忤永嘉，繼忤貴溪，分宜，幸以功名終。文治武功所至登績，詩其餘技。然如「宛宛西飛日，餘光照我裳」、「江空留月華，白石光凌亂」、「理深物有悟，興極感相因」、「幽篁迷舊蹊，回磴距飛轍」、「微風萬里陰，落日半江煙」，非熟精文選理者不能作也。

柳湄詩傳：岳，弘治甲子舉人，英德令張慎子。生而祥光滿室，齠齡即有志聖賢之學，領正德癸酉解元，岳二十八歲發解，當生於成化二十年。例謁鎮守太監。岳隨例見太監羅籥，長揖不拜。籥曰：「今科解元豈琉球生耶？」丁丑成進士，授行人。毅皇寢疾豹房，岳疏請九卿科道輪直嘗藥，防奸變。上南巡，岳同司官泣諫。上震怒，跪曝五日，械繫詔獄杖之，又杖於闕下，謫南國子學正。世廟即位，乃召還。後出爲廣西提學，按龔祭酒用卿集，岳以主客郎出爲廣西提學。調江西，以選貢不用新法，降廣東鹽課司提舉。既貶，以屬官謁御史。御史適欲杖典史，岳不同守、令跪求免。御史怒曰：「吾欲杖典史，知府以下官皆跽爲求免，提舉獨笑而不言，以吾爲是乎，爲非乎？」岳曰：「提舉不與民事也，典史之是非，惟太守知之，提舉不知也，提舉安敢以不知者爲公道乎？」御史曰：「是嘗兩爲提學，安肯跪我？」岳揖而退。按，同安林希元送張淨峰郡守提學浙江序云：「昔淨峰兩任提學，所至以道帥諸生，不爲空言之教。其在廣右，選貢之法方嚴，不貶心以徇時好，君子稱其直。其在江右，易簡之説方熾，能正詞以禁時非，君子稱其義。」明日，命防夫持牌委岳署南海篆。防夫迫岳行，岳杖之。御史愈大怒，將奏治之。州中柴、陸二司代爲解，強岳往謝。岳曰：「提舉杖防夫爲得罪御史，御史重矣；防夫辱提舉，不得罪天子乎？天子反輕乎？提舉頭可去，不能爲二公勉此一行。」會陞廉州守，乃寢。岳居官多風節，事詳明史、通志。

留客亭

憑軒有所思，所思在遠岑。我有青絲瑟，欲奏無知音。萋萋芳草色，遲遲美人心。佳期不可敦，離憂故難任。冥迷風雨交，歎息河梁深。歸來臥山中，浪浪涕霑襟。願乘空谷駒，翩翩夕巖陰。桂枝聊攀折，芳馨日相尋。山阿華歲晏，莫受霜霰侵。按，此首小山稿選與原刻異。

同翁夢山遊三海巖

夙愛山水游，茲山屢延賞。披雲入青冥，巖屋岈弘敞。玲瓏開北户，峭壁排銀牓。初駭溜石懸，漸喜瓊芽長。幽泉時一滴，毛骨森蕭爽。壺觴屢獻酬，清言激靈響。天末多風波，陳跡成俯仰。徒聞海上洲，中宵勤夢想。聊茲永日留，真性非外奬。暝色望征途，何由釋塵鞅。

流觴渠

去去澗中水，悠悠頭上巾。歲月如飛彈，不飲生秋塵。家有紫霞精，一迴三千春。注之金荷葉，投彼寒流濱。寒流清且駛，荷葉何逡巡。列坐藉春草，籌影亂紛繽。當歌即成曲，逸響動潛鱗。引脰川原外，翠靄千巃屯。理深物有悟，興極感相因。試同世人飲，誰得此中真。

飛雲峰

長嘯林下木，挂冠林木巔。山農荷鋤歸，相與話豐年。微風萬里陰，落日半江煙。渺渺生虚谷，淒淒翻野田。小溪流未穩，寒漲欲平川。阿婦視春筐，蠶老簇且眠。兒童浪驚喜，剖竹奔流泉。山園霜露深，黍稌蟠蛟蜒。社酒及時釀，春秋豚一肩。無爲歌蟋蟀，使我抱悁悁。

少宗伯王甌濱先生持節封益藩便道歸省

江空流月華，白石光淩亂。孤舟泛層波，一往如飛翰。遐哉遠遊心，爲國樹藩幹。明遣辭玉衣，倚門發皓粲。悠悠甌水濱，春日浴鳧鸛。爲爾立斯須，言笑遲昏旦。回首百念并，時時瞻星漢。

登靈山縣北松嶺同夢山有作

越宿期登山，晨雨聊復止。薄暮雨氣收，駕言披榛杞。躋攀陟雲端，曠然煩抱委。長松何翛翛，枝柯互相倚。密葉布成幄，餘響散清徵。通川明井落，平疇水瀰瀰。禾黍豈不佳，水多懼生耳。平生畎畝心，十載隔泥滓。一丘未能謀，萬壑安敢擬。翹首望白雲，瞬息千里駛。乘興理巾車，雨霽寧由已。

遊員常寺

晚涼欹枕罷，振策復山行。冉冉雲穿袖，迢迢谷遞聲。平原天際盡，孤嶼海中明。忽覺襟期遠，呼觴坐自傾。

和可齋憑祥途中即事

昨晚猶孤棹，今朝獨木橋。千峰旌旆遠，萬里鬢容消。歸鳥入雲定，殘花過雨飄。交南消息近，客意自瀟瀟。選七。

和可齋飲駐仙亭

亭陰清翠篠，樹影摇青楓。偶此殊方會，翛然滿檻風。棋敲靜夜子，月挂下弦弓。不爲流連飲，天涯任轉蓬。

送林次崖致政還鄉

寒迎初雨晝陰連，草舍蕭疏意慘然。世態備經方自悟，秋丹結盡竟誰憐。可堪物節催雙鬢，又見風花似去年。湖海生涯興不淺，如君風骨故天緣。選二。

入邕州

邕州城北兩江來，五管金湯亦壯哉。海賈盡通身毒布，堠亭遥擬白龍堆。臥關虎豹春霾霧，入匣雌雄夜吼雷。御遠古來資上略，天南璧馬已枚枚。

發邕州往鎮南關

隔年梅雨記重游，風景依稀潦瘴收。老去筋骸慚櫪馬，誰將華髮博蝸牛。孤光冉冉瀧頭月，雙櫓迢迢天際舟。夜數星辰翻百念，非關鄉國起離憂。

翁東厓、鄭長溪、馮次江赴憑祥途中遇雨賦贈

别時霽柳拂前驅，别後雷殷水滿湖。俄頃陰晴迎伏暑，淩兢車馬戒泥途。岸沙帶浪東西落，田鸛逢人向背呼。愁絶同袍關塞客，南山欲與剪扶須。選一。

袁達

字德修，閩縣人。正德八年舉人。貴溪知縣。坐事下詔獄，既釋，補湖廣都司經歷。有佩蘭集。

柳湄詩傳：按萬曆府志載：「袁達能詩，博學强記，性迂不曉事，世謂達爲癡兒。貴溪令。家居，自負其才。嘉靖間詣闕下獻賦，罷歸。」乾隆福州府志引萬曆志，列達入文苑，又於人物傳中引湖廣通志云：「袁達，嘉靖初知安仁縣，涖政嚴整。邑素多盜，躬自捕獲，一訊即得其情。自是邑無盜竊。」乾隆府志兩列正德癸酉舉人袁達，應删。按，天順末府學貢生有袁達，官臨水知縣。志稱其「愷悌愛人，親療民疾，勢利淡如，年九十卒」，湖廣志所載，當是此人，若德修之迂，何能治盜療疾？

貽傅丁戊山人按，即傅汝舟。

獨步才名盛，三秋吟思高。校書幽鳥下，洗硯毒龍逃。山色霑青屨，花枝挂白袍。散愁思爾過，風雨暗蓬蒿。

過西湖宛在堂按，在福州西湖。「白魚」、「青鳥」，高瀔寄謝傅汝舟築宛在堂詩也。

晉山不出事如何，日把綸巾濯錦波。五代宫堂王氣盡，一天湖水客星過。江妃倚竹羞環佩，山鬼迎人笑薜蘿。紫蟹白魚秋正美，滄浪萬里起漁歌。

幽懷

結忻憩孤巘，紫氣縈松扉。采藥鶴隨杖，看山雲滿衣。仙人煙霧眇，落日漁樵稀。一臥巖前月，長留石上輝。

次陸守衡州太平寺韻

倚郭開蘭若，流泉漱碉毛。雪山僧相古，衡嶽地形高。種竹春鋤徑，烹藜曉汲濤。旻公元好事，麗藻足吟豪。

王希旦

字文周，又字勤庵，侯官人，佐孫，見上。㬇兄，應鐘父。俱見下。正德八年舉人。官禮部郎中。有石谿集。

萬曆癸丑府志：希旦早有文名，與其弟㬇競爽，屢上春官不第，遂謁選。太宰汪鋐閲其文，大奇之，欲授吏部主事。選郎尋故事，前此未有也，乃以爲銓部幕，轉禮部祠祭員外、郎中。希旦在春曹時，御史楊瞻等請以薛瑄從祀，下部會議，霍韜、徐階、鄒守益等以爲宜祀，獨郭希顔曰：「瑄可爲一時之豪傑，不可謬稱理學之宗支；可饗一方之明禋，不可濫叨聖門之禮樂。莫若罷之便。」而希旦以爲「求士於六經章明之後，則躬行爲急。矧主上敬一有箴，而瑄之學實自敬始。宜如韜等議」。論者以其言爲正。希旦甘於貧，環堵一室，常至不能舉火，而處之漠如也。後以憂歸，尋卒。墓在福州北郊竹柄山。

海陵行贈林思泉

吾嘗結髮事橫行，掉頭避世逢漁父。山中虎豹獵煙霧，海上鯨鯢釣風雨。空林翕曜夏飛霜，平沙叱撥日推鼓。折節爲儒始夜讀，便欲跨背招黃鶴。揚州富貴非不聞，玉蕊瓊花意流落。就中更有游龍河，獨背大江倚天目。政暇遥憐萬里明，詩成坐見千山出。養雛親得仙人經，挾鯨不使凡夫覺。巍闕皇都意氣酬，桑田陵谷詎能留。君不見天風海濤石鼓下，雄聲軼韻橫千秋。

對雪憶任少海夜過聊短述

飄飄玉屑弄晴暉，因風入户沾人衣。初驚白晝天浩浩，睇視紫禁尊巍巍。須臾散盡不復有，寂歷墮地愁殘威。閉户尊開北海深，故人夙昔勞我心。指揮星象策消軫，嘆息炎鼎生雲霖。寶玦入袖出袖雄，狗屠鹿掎俱成空。眼前群蒙豈足死，直斬妖彗開天衷。感君意氣夜不寐，詎憶白雪當寒風。爲君取醉歌不發，矯矯延佇真人龍。

還泉歌

流蘇寶帳金盤龍，玉錯冰酣香霧濃。麻泉剖液通仙氣，巫峽憑高招楚風。閉户憐渠禮數殊，驕矜自惜遭喧呼。何曾避客斷歌舞，當場暗結真丈夫。就中戟髯老詞伯，海上煙霞撫松柏。卻能下馬醉千鍾，別有風光可留客。

送鄭水部平川治水南河

地鑿龍門險，天開馬頰深。長淮風萬里，七澤水千尋。白璧漢空禱，黄河鼎自沉。非君真禹益，虞帝若爲心。

贈鄧松澗

賢勞君自喜，歲晏幾京華。南海香從尉，河陽縣滿花。驛樓秋度客，星漢夜乘槎。無惜尊前別，聲名早起家。

與寇子愓齋並馬西望諸山，因憶武夷舊事，命酌成詠

川原淨秋色，天末起遐思。仙蹤宛如昨，妙矚良在兹。探石欲爲贈，濯流長自怡。相將不可緩，吾生海上期。

元日早朝

景陽鐘啓玉關扉，合殿深嚴歷翠微。萬馬不嘶齊鵠立，九龍浮動夾翬飛。鷄鳴人立雲樓曉，虎拜官分火樹圍。卻憶競趨嚴鼓夜，九天宫露獨沾衣。

送林少江之任保昌

仙班初散玉螭頭，傳道南征事擬休。最好歸農驅戰士，更無過客説封侯。江津萬軸通諸縣，嶺嶠千盤控十洲。共訝仙鳧何日至，太平春放百花樓。

送謝以齋歸閩

海外煙波接混茫，得歸隨處釣滄浪。獨龍臺上清風滿，五虎山前秋水長。萬里星槎天上

泛，九衢雲馭日邊忙。君持玉劍誰堪贈，我夢江南遍遠鄉。

客　裏

客裏日逢生事違，風塵長與斷柴扉。獨行影向天中没，兀坐心從海外歸。黄菊暗依秋共長，暮雲低與雁爭飛。徒聞星象關天道，荆衛何人燭太微。

暮春懷張崑崙山人

日長省署春意幽，鶴夢蛛絲各自由。樹色遠浮雙鳳闕，鳥聲猶在百花樓。敢辭爲吏風塵際，忽憶題詩山水頭。解佩得依巢父輩，一尊真欲老滄洲。

挽林南澗中丞

曾是閩西第一人，也曾天上掌絲綸。胸中經略秋横塞，海内山川遠避秦。三十年來餘正氣，八千里外慟元臣。此生不盡追隨恨，淚灑羊曇醉後身。

鄭洛書

字啓範，祥子，莆田人。正德十二年進士。選上海知縣，擢河南道監察御史，建言，拜杖，出爲南畿督學，以憂歸。補浙江道御史，遭誣免。有鄭思齊未刻文一册。

木蘭晚泛

蘭谿歸路晚，欸乃棹聲喧。拳鷺依沙聚，啼鴉繞樹翻。山容全黯淡，野色漸黄昏。仰見林端月，纖纖露一痕。

黄待顯

字君俊，一字栢牕，綸孫，莆田人。正德十二年進士。授户部主事，轉員外、郎中，以議大禮予杖，謫戍碣石衛。隆慶元年追贈太常少卿。

西園漫興次汪兵曹韻

獨客渾無賴，流連共雪齋。微風穿細葉，纖月散陰霾。衣薄頻呼酒，林深不掩柴。夜長燒燭短，主客兩無懷。

林公黼

字質夫，又字石峰，應春父，長樂人。正德十二年進士。授大理寺評事，諫武宗南巡，下詔獄，杖死，年四十四。嘉靖元年贈太常寺丞。福王時追謚「忠愍」。

柳湄詩傳：惠安張岳撰公黼墓表云：「正德己卯春三月辛亥，武皇將南幸。中外訩訩危疑，廷臣交章諫。上怒，責先諫者跪外廷，待五日罪，止來者勿敢諫。丙辰，行人司奏繼上，上愈怒，群捽去下詔獄。翌日，大理寺闔寺繼之。又翌日，工部屬三人又繼之。上命鎖項械手足曝廷中五日，復繫詔獄，待後命。同年長樂林君質夫，稟素癯，繫械出入，神氣閒靜。越四日壬申，杖於獄，又越五日丁丑，杖闕下，兩髀無完肉，流血漬街砌，舁至刑部。主事鄭君與聚舍，按即鄭源渙，時亦被杖。遂絶，就殮焉。余時臥瘡，岳亦被杖。未親見其死狀。六月，予謫南京國子監學正，乃攜質夫喪偕行，至延平，付其子逢春歸葬。質夫忠孝沉默，心事瑩明，無一不可質諸鬼神。其事親居家，孝友恭儉，交接不苟喜怒。今天子即位，贈太常寺丞，授逢春光祿署丞，轉九江推官，陞署正。逢春子模，萬曆間歲貢生。同質夫時諫者百數十人，械繫詔獄者三十七人，死者十一人。「無罪殺士，無罪戮民」，聖人之言可三復也。公黼墓在長樂縣某鄉之原。按乾隆府志刪去公黼傳，不知所謂。

六平别陳簡甫並寄同志

人從滄海去，山向故鄉青。且逐浮雲發，休令别酒醒。深恩惟旦暮，餘事是家庭。寄語西牎客，吾生亦稍停。

鄭　漳

字世績，旭之後，瑛玄孫，亮曾孫，俱見上。伯和子。正德十二年進士。授户部主事，歷員外郎，嘉靖初出爲肇慶府，坐事待察，復起登州府，擢兩淮鹽運使，轉廣西參政，改河南，入爲南京刑部侍郎，乞歸。卒賜祭葬。

柳湄詩傳：漳參政河南時，甌寧李默爲太宰，歷薦入爲南京刑部侍郎。默得罪，言者誣漳年老，乞歸。墓在福州西湖北三都程田山。漳性狷介不屈。夏言爲漳同年進士，意殊厚，邀漳，竟不見。嚴嵩父子持柄，漳以左轄入覲，持數青布爲贄。卒之日，僅遺圖書若干卷。

留侯祠

高祠遥瞰古彭城，汴泗東流不斷聲。隔岸塵生騅馬逝，中宵波起祖龍驚。莓苔夜月尋真路，蘋藻秋風辟穀情。知散長陵朝會日，赤松相過坐吹笙。

張日韜

字席珍，莆田人。正德十二年進士。授常州推官，擢河南道監察御史，以議大禮杖卒。隆慶初追贈光禄寺少卿。

九鯉湖

賓主群朝揖，山形壓十洲。峰巒連碧漢，洞壑俯清流。仙閣吞新月，爐煙散暮秋。一塵飛不到，吟望自悠悠。

林遷喬

字遷于，一字西谷，莆田人。正德十二年進士。官刑部員外郎，諫南巡，拜杖，罷歸，累薦不起。

飲林氏留雲閣

叢青飛閣上，尺五入晴雲。野色兼天迥，溪光坼地分。疏花窺好鳥，密葉逗斜曛。更惜芳筵興，微風散宿醺。

葉珩

字鳴玉，一字梅麓，莆田人。正德十二年進士。累擢貴州左布政。

同虞惟貞侍御登太白樓

翩翩羽騎共登樓，落木淒風兩鬢秋。平野望窮山似髮，孤城天遠地如浮。簡書在抱難行樂，時事東隅已失籌。采石仙人如可起，騎鯨白日願同遊。

王鳳靈

字應時，一字耕原，鳳儀弟，初姓吴，莆田人。正德十二年進士。授刑部主事，出爲襄陽知府，歷廣西參政，以考察罷，家居，死於倭難。有筆峰存稿。

閩中錄：鳳儀、鳳靈兄弟俱正德丙子八十二名、八十四名舉人。初姓吴，後復姓王。蒼按，邑人鄭岳撰鳳靈父玉琯墓誌云：王氏世居沙堤，元季有諱發者，隨母依舅氏耕原以居，遂冒吴姓，至鳳靈始奏復王姓。其父與朱愷、朱悌之父同詣九仙祈夢，夢一人曰：「高步王宫，難兄難弟；大開朱户，元方季方。」已果同登，而王之兄弟名次高於朱矣。

病中別鄭子啓範之上海

無力送君行，臨門爲我別。應憐憔悴顔，語我丹邱訣。語畢出門去，音稀跡亦滅。念此病轉深，愁腸生百結。飛鴻向江南，團扇辭秋節。翱翔羨爾游，棄捐復何説。鴻雁自有期，扇棄待炎熱。物理豈能常，所貴無終絶。願言保交情，勿以中道輟。

過淳于髡墓

横議即喧囂，七雄紛若鬨。齊有淳于生，簧舌時一哢。大道詎曾聞，談言偶微中。哭馬雖已狂，輩禽亦妙諷。空樊入楚庭，善謔聲彌動。千載閟荒原，玄默同爲夢。猶存辯士名，短碣見新甓。

除夕懷母

何處呼歡震，羈人剩獨眠。夢回還異域，漏盡又他年。世事存爐火，春光上燭煙。不堪予季恨，陟屺誦殘篇。

送别山齋少司馬還山按，山齋，鄭岳字。

直道曾三仕，閑身乞再歸。客星隨隱見，鄉月自光輝。楚國聞歌鳳，商山憶採薇。秋風日夕競，鴻鵠正高飛。

憂勤長悄悄，獨立荷明君。總有緇衣賦，誰爲貝錦文。松關還舊隱，竹帛已高勳。何似終南徑，青山老白雲。

送鄭少谷歸鼇峰次韻

渡頭喧欲發，谷口遠將歸。祖席歌初散，東風帆正飛。北來稀伴侣，君去失親依。明日滄江上，煙波處處違。

貧病今如此，遠游意若何。冥鴻歸路杳，芳草故園多。鳩署慚何補，鼇峰好寤歌。無能共把臂，長笑入烟蘿。

山中秋晚

山人歌式微，山色故霏霏。落日餐黄菊，秋雲送白衣。幽禽深自語，放鶴晚知歸。野性原相得，貞心誓莫違。

贈郡守葛巵山

淮海風塵舊不驚，自君爲吏有餘清。絃歌晝靜依樽俎，牛犢春深散甲兵。郭外帆檣天萬里，湖西燈火夜深更。孤琴獨鶴來何處，猶似巵山草屋情。

過分水關

無情如此水，各傍故山流。何事山中客，年年作遠游。

林若周

字吾從，一字養齋，莆田人。正德十二年進士。授博羅知縣，嘉靖初徵爲南京陝西道監察御史，建言，拜杖，乞終養。倭陷興化，被創，數月卒。

蘭陔詩話：明代莆陽士大夫皆尚氣節。正德丁丑登進士者十九人，林御史若周以劾霍韜、張璁亂大禮杖；張御史曰韜、邱郎中其仁以議大禮杖；姚御史鳴鳳、鄭御史洛書以爭大獄杖；林員外應驄以救朱、馬二御史杖；黄郎中待顯以諫章聖尊號杖；林員外遷喬、朱郎中可宗以諫南巡杖，同科拜杖者九人。又其時林大輅、黄鞏、余瓚、周宣以諫南巡杖，鄭一鵬、林有孚、陳廷鸞、郭日休、方一蘭以議大禮杖，朱淛、馬明衡以諫昭聖太后誕辰免朝杖，方一桂以劾汪鋐杖，鄭懋德以劾錫寧杖，同時拜杖者二十餘人。亦吾鄉盛事也。

游黄檗山按，在福清縣。

紆迴鳥道鬱千盤，海若居然入眼寬。谷口長年皆欲雨，龍湫五月亦生寒。下方塵壒何時淨，邊境烽烟欲避難。共有新詩題石壁，琳琅留與後人看。

陳文沛

字維德，一字獅岡，初姓林，時範父，見下。長樂人。正德十二年進士。授工部主事，歷郎中，出知撫州府，調蘇州，遷霸州，擢山東按察司副使，以陝西行太僕寺卿罷歸。有世槐堂稿。柳湄詩傳：文沛罷歸。世宗初，楊一清、胡世寧、李承勳皆薦其才略可大任，太宰汪鋐以私忌擠之。家居二十餘年，不入城市。子時範，嘉靖辛丑進士。郡志俱有傳。

華亭晚發

千岡萬岫削如壁，孔道迢迢越山脊。峰頭突出兩新宫，云是西來王母宅。叉牙老樹蔓藤蘿，籠霞幙霧人間隔。丹成石畔竈還留，人去爛柯遺殘奕。懸猿雖智亦愁顔，飛鳥無風胡斂翮。巀嶪意態不可窮，迤邐崑崙元一脈。自從宦轍寄行寺，一歲曾經幾蹤跡。春風浩蕩萬木新，欻忽秋容轉頳赤。鷄鳴引領望扶桑，欲曙未曙東方白。高臨絶巘望蒼昊，恍若星辰手可摘。低俯斷澗怪昏黑，仰望青天如疋帛。夾道當空午猶陰，深林未晚日先夕。霜氣侵裘手足僵，僕夫汗浹珠垂額。臨風立馬久躊躇，憑誰可問登山屐。

清平驛和韻

客中愁萬種，風物易相干。何處三更雨，將來五月寒。鬢毛羞對鏡，髀肉漸消鞍。燈火邊城夜，清尊强自寬。

懷遠堡和韻

峭壁棲危石，徒杠漫遠沙。河流隨溜曲，樹影逐風斜。客枕移更鼓，鄉愁起暮笳。官齋何寂寞，鄰舍兩三家。

瓦亭次壁間韻

沙漠經年走使臣，還期名節重遐濱。羇棲不管衣裳舊，浪跡深慚歲月新。冷署相看真俗眼，旁蹊畢竟達通津。重門半掩黄昏雨，思遶梨關憶老親。

望農家

數椽茆屋傍山開，横麓平簷雪滿堆。耳畔春風還料峭，田家錢鎛尚塵埃。鷄豚咤客穿籬入，牛馬馴人際晚回。何事憐翁喧笑語，爲儲舊穀接新來。

桃源洞

巖扉澗牖鎖烟霞，天啓神仙一大家。洞躡秦人雲外跡，樹移度索山頭花。泠泠紺瀑分瓢窟，耿耿文星挂石崖。出谷時乘白鹿去，春風袖裏棗如瓜。

林希元

字茂貞，一字次崖，同安人。正德十二年進士。授南京大理寺評事，遷寺正，謫泗州判官，棄官歸。薦起寺副，擢廣東鹽屯僉事，改提學，陞南京大理寺寺丞，落職，知欽州，擢僉事，備兵海北，罷歸。卒年八十五。有次崖先生文集。入通志儒林傳。

柳湄詩傳：希元，同安縣翔風里廨浦山人。見蔡獻臣次崖先生傳，他書誤晉江。按，希元父應以避黨從晉江徙同安。世廟登極，奏「息内臣機務以拔禍根，罷内臣鎮守以厚邦本」，其後十三省鎮守盡罷歸。其學專主程朱，後以考證大學古本，爲改正經傳，疏上之，竟以此得削籍。葬從順里四五都坑内山之原。王提學世懋祀之於學宫。希元居官廉介，謫泗州，又謫欽州，民爲立生祠，歸日襆被蕭然。新作祠堂已商工揆日稱貸罔獲中止詩曰：「確守官箴固分然，到頭無計祀豚肩。百年香火頽垣下，轉使人將不孝傳。」

送　行

勞君千里來，送君千里去。相送出郭門，相看寂無語。安得如晨風，隨君雲盡處。一本作「惟願風送馬蹄輕，送到嶺頭雲盡處」。

出龍江回望京邑懷舊有作

仲冬寒氣至，百草萎嚴霜。浮雲依鐘阜，朱陽闇無光。俯視衆鳥啾，仰盼飛鴻翔。感此歲事非，撫膺時自傷。晨車發北郭，走餞紛冠裳。回首望舊都，列第何輝煌。昨日雷與陳，今日參與商。安能隨飛燕，日夕登高堂。乾隆刊本與原刻異。

古體送高郡守入覲

驅馬出東門，北顧臨洛橋。林陰散朝旭，素波生寒潮。岡巒迴複疊，道路阻且遥。君子有行役，遠赴正王朝。征車淩晨發，木落風蕭蕭。敷奏諒有聞，况值夔與陶。重會未有期，鳴鳥知遷喬。感此腸九迴，披衣起中宵。

清源聞張白溪巡撫致政奉寄

秋風日夜涼，岸柳皆蕭瑟。物類有變遷，歲序忽代易。念我同心友，此時在巖石。軒冕非爲累，投簪何太急。山川阻且深，相從無羽翼。夢想寄遐思，臨風一嘆息。選一。

送合浦胡縣丞北還

京邑分攜後，星霜忽二更。萍蹤同越嶠，樹影隔江城。彭澤歸陶令，長沙滯賈生。路歧從此别，翹首不勝情。

飛來寺

江干夕陽寺，何處却飛來。塔影隨波去，山僧帶月回。前朝碑刻在，古殿野花開。有帶堪留鎮，慚非學士才。

秋日東郊餞李少府

秋日郊原上，筵開雨乍晴。醑分新釀熟，涼受午風清。草色連城郭，山光映旆旌。人生幾聚首，臨發不勝情。

登姑蘇虎邱寺

姑蘇城北寺，地近吳王臺。佳樹琳琅合，名山圖畫開。舟航入闤闠，梵唄接蓬萊。上國方多事，慚予獨舉杯。

六月初十夜見月思鄉

幾度京華見月明，客中何處不鄉情。小亭花柳閑來問，故國溪山夢裹行。攬鏡始知雙鬢改，爲官虚被一生名。鷄聲喔喔蒼龍没，夜氣何如宦况清。與原本異。

與堂官論事不合引疾後呈諸僚友

三載微官位似尸，山林清興願應期。初終不負平生意，辯論應留去後思。秋色滿林人亦老，西風一病藥還支。白雲蒼狗隨變幻，萬事到頭悟已遲。

聞謫判泗洲

本以疏狂爲國憂，翻從遷謫赴南州。萬鍾於我知無益，三尺如人豈不羞。滿眼西風悲落木，頻年幽夢到滄洲。長岡立馬重回首，雲斷蒼梧江自流。

彭城遇中秋有述

佳節重臨是半秋，風塵奔走又徐州。從來明月難爲客，今日黄河頓改流。浮世百年雙短鬢，壯懷萬里一孤舟。廉欽此去無多遠，銅柱功名敢浪謀。

過吴門有感

旅懷牢落路偏長，兩度閶門十二霜。吴下雲山猶昨日，客邊風景近重陽。星霜忽忽雙蓬鬢，嶺海遥遥一短航。身世浮沉吾不悔，何須作賦弔沅湘。

晚下建溪

歸來兩鬢已深秋，千里溪山一葉舟。詩思烟雲同澹遠，宦情鷗鷺共沉浮。幾灣松徑巖間寺，夾岸人家水上樓。寒菜滿畦焦麥熟，舊巢安穩傍滄洲。

登天涯亭

平生夢不到天涯，此日登亭獨舉杯。一水護門朝海去，幾家成市傍山開。聖朝冠帶從茲盡，交趾王租久不來。銅柱功名誇漢將，百年流落愧凡才。

戊戌生日

乾坤生我太沉浮，再謫邊城刺遠州。門上往時虚挂矢，天涯此日復添籌。風高窮海雙蓬鬢，歲暮空江一敝裘。竹帛每慚無尺寸，百年空有氣橫秋。選一。

得欽州生祠春祭文有述

一去欽州已十霜，春風俎豆始生嘗。三秋政績慙無補，萬里蒼生念不忘。文教未能追蜀郡，專祠偏得似潮陽。浮沉宦海終何事，敢領遐荒一瓣香。

柯維熊

字奇徵，英子，莆田人。正德十二年進士。由行人遷給事中，改工部郎中，罷歸。有石莊集。柳湄詩傳：維熊四兄弟皆能詩。爲行人時，劾張璁、桂萼希旨躐進，斥爲無耻，張、桂銜之。後爲都水郎，督開運河，爲萼所中傷，罷歸。

送方郡判惟立還家

秋懷那忍別，尊酒復江亭。落日還餐菊，西風咏採苓。君恩無厚薄，吾道惜飄零。鼓枻滄浪水，乾坤笑一萍。

題靜軒圖爲方思緝作

野外獨柴扉，往來車馬稀。溪紆山更寂，花落鳥初歸。兀兀如無地，悠悠自息機。草玄時已畢，叉手送斜暉。

撫松亭言志

自與世相違，寧論生計微。沙田秋後熟，漁艇夜深歸。種樹曾收利，灌園甘息機。本無食肉相，非戀故山薇。

夏日即事兼懷同志次王石沙代巡韻

微雨苔花暈滿門，探泉稚子滌清尊。竹間盡日棋聲碎，江上春風釣石溫。虹跨晚山收霧氣，鷗乘秋水亂沙痕。班荆月色忘歸去，鐵笛一聲何處村。

送翰林待詔文衡山致仕

遥林松桂入秋芳，猿鳥聲中一草堂。風露滿天人獨醒，并州今日是他鄉。長安爲客幾經年，悵望南州歲月遷。焚卻銀魚騎馬去，碧山湖上未論錢。

全閩明詩傳　卷十七　正德朝三

侯官　郭柏蒼
　　　楊　浚　錄

張　經

字廷彝，一字半洲，初姓蔡，侯官人。正德十二年進士。授嘉興知縣。嘉靖初召爲吏科給事中，歷户科都給事中，晉兵部右侍郎，總督兩廣軍務，轉左，遷右都御史，以憂歸。起南京户部尚書，改兵部，總督江南、江北、山東、福建、湖廣諸軍，改右都御史，兼兵部右侍郎。爲趙文華、嚴嵩所陷，與巡撫李天寵同日棄市。隆慶初追謚「襄愍」。有半洲集。志載：「隆慶初，經孫懋爵詣闕訟冤，乃復故官。」按，晉江俞大猷隆慶紀元有代張半洲子訟冤疏，則懋爵爲半洲子可知。

閩小紀：張大司馬經懸車日久，忽有倭亂，起公總督。公行止未決，聞里人能以箕召，命卜之。神良久不至，忽然箕旋轉如風，食頃乃止，大書曰：「吾關雲長也。」留詩曰：「萬里縱横事已空，戰袍裂盡血猶紅。夜來空有思鄉夢，雨暗關河路不通。」書畢而去。公殊惡之。然逼於朝命，遂出破賊，後果爲趙文華所譖棄市。

靜志居詩話：襄愍死非其罪，郡志冤之，國史白之。虞山錢氏以爲東南之論，傳聞異辭，不可不覈。以予所聞，趙文華病篤，命禱其生平所陷六人，襄愍其一，則文華已心悔其誣，且與楊忠愍同日死於市。公論亦可定矣。其詩特清婉，無拔劍横槊氣。

柳湄詩傳：襄愍初冒蔡姓，久之乃復。所居在洪塘東，墓在侯官西郊圓店。半洲詩凡四稿。咸豐七年，蒼有團練鄉兵之役，與共事者十數人。撤局時鳩資重刻，工竣，交公八世孫雪濤收藏。三十二年來，雪濤之存殁不可知，恐未必廣傳也。

孟縣道中

風吹細雨濕平沙，路入河陽近水涯。高浪短篷孤客棹，小山叢桂幾人家。野田索莫生秋草，井邑蕭條起暮鴉。何處更逢潘岳令，滿城桃李不開花。

蘭河曉渡

月落金城鼓角殘，危關曉色拂雕鞍。黄河渺渺中原隔，紫塞迢迢邊地寒。西望旌旗連瀚海，東來風雪滿皋蘭。萍蹤萬里休惆悵，虎節龍沙亦壯觀。

望華嶽

豈無佳山水，長自憶關中。入關忽瀟洒，太華何其雄。始至詫獨異，諦觀安可窮。諸峰互羅列，蓮花迴尊崇。陰陽變昏曉，日月懸西東。仙掌挂丹壁，玉女臨瑶空。想像金銀闕，内有神人宫。脩真吸珠露，煉藥供青童。飄飄乘鶴馭，颯颯來天風。翛然振羽翰，一揖希夷翁。

月下聞笳

戍樓笳鼓晚來多，獨坐空庭月影過。莫向今宵動愁思，秋風吹去滿關河。

孟津河上

孟津河上畫船開，白日中流鼓角催。星海西來三萬里，奔流東去幾時回。

直沽道中

值此苦寒月，曠野多飄霜。村居且寥落，遊子路何長。白日倏已晚，歸鳥必雙翔。物情各有適，我行殊未央。涼颼起沙漠，玉露沾衣裳。張燈入野店，繫馬園邊楊。愀然動蕭瑟，旋洒舒中腸。懸弧挾兩矢，壯志在四方。棲身一宇宙，豈必論他鄉。

邯鄲道中謁吕翁祠

盧生昔日逢吕翁，青駒短褐嗟困窮。黄粱未熟一枕覺，世間萬事隨轉蓬。君不見邯鄲歌舞妙且工，酒酣擊筑何其雄。陌上蕭條盡禾黍，相傳向是明光宫。又不見平原意氣真如虹，指揮咤叱奔王公。荒草飛沙没古塚，斜陽斷碣悲秋風。人生擾擾百歲内，翻雲覆雨空怱怱。自昔豪華亦夢幻，鶴樓鐵笛誰能同。

咸陽謁周文王武王陵有感

文武由來幾千載，園林鬱鬱南山對。祀典頻年石碣開，神功聖德昭如在。秦時宫殿空巍峨，極目蕭條青草多。漢代諸陵誰復辨，離離禾黍秋風過。自昔豪華盡黄土，旂常獨重周文武。霸氣雄圖久寂寥，丕承丕顯垂終古。炎天使節走紅塵，展拜焚香輸寸誠。落日傷心數丘隴，東流清渭只無情。

次劉平嵩連窩道中韻按，平嵩，世揚字。

晚風吹落日，極浦渺歸舟。宿鳥盤雲下，寒江湧月流。旅懷聊對酒，病骨易驚秋。隔岸人家靜，孤吟夜正悠。

庚辰孟夏入妙峰待方巖未至按，方巖，郭波字。

相期梅雨後，重入妙峰山。遊子來何暮，幽人坐已闌。鳥聲蒼樹裏，僧語白雲間。草閣紅塵迥，應先半日閑。

江涇夜泊

遠村懸暮靄，古樹動淒風。萬事形骸外，孤舟煙雨中。汀花侵岸白，野燒隔江紅。篙師解人意，暫爾落孤篷。

我有青桐琴

我有青桐琴，泠泠涵素心。攜之過碧澗，一操披煩襟。子期不復作，千載空沉沉。徘徊山水間，明月照北林。

潼關即事

秦地誇天府，潼關號鐵城。危峰連鳥没，飛堞與雲平。夾岸翻波浪，緣崖度旆旌。重門猶設險，何處是咸京。

贈鄭方巖謫官江右

閩南諧夙好，冀北定新盟。正慰三秋別，俄驚萬里行。赤心懸日月，壯志薄鯢鯨。戇直緣忠憤，生全仗聖明。憂時雙鬢短，去國一舟輕。岸柳摇春思，林花對曉晴。月隨孤客夢，波撼九江城。宣室終承召，江都豈爲名。停雲還入望，歸雁各含情。去住真萍梗，行藏似奕枰。都門看意氣，寶劍有青萍。

陜州早發

今朝行獨早，徑窅山逾高。晨風吹宿霧，涼露溼征袍。陟巘天河近，鳴笳林木號。崗巒莽回互，村塢遞周遭。野樹連雲合，窑居鑿石牢。年荒歉禾黍，地瘠長蓬蒿。歲月虚雙劍，驅馳見一毛。經時猶沔洛，何處是臨洮。識薄還思奮，恩深敢憚勞。盤空任鳥道，設險陋龍韜。大舜羅干羽，成周戒旅獒。朝廷輕玉帛，冰鑑析秋毫。夙駕趨王事，磨巖拂寶刀。

妙峰行贈鄭毅甫之衡州戎幕

妙峰西控三山雄，君家峰北我峰東。參差竹樹每相過，洪塘放櫂時能同。舞劍當筵迴落日，少年壯氣真如虹。那知赤驥垂兩耳，鹽車久頓塵泥中。過都歷塊不得意，翻蹄窣尾還嘶風。北斗城邊忽攜手，衡山攬轡何匆匆。萬頃滄波洞庭暝，岳陽樓映江花紅。幕府參謀擁賓從，要令暮夜毋興戎。買犢春田肅蠻洞，寧須介子稱奇功。請君把劍頻拂拭，寒光夜照星河中。

岳墳

城外雲山枕碧流，南枝草木岳王丘。一身死去公何惜，匹馬歸來事已休。凜凜尚存忠義魄，冥冥猶抱國家憂。武林臺殿連雲起，汴水園陵空復愁。

屠九峰邀游金山

鼇背雄山控急湍，浮蹤何處更奇觀。雲峰南去金陵近，潮水東流玉柱寒。樓閣幾層摩日月，江湖千古集衣冠。憑高北望群星拱，永祝輿圖萬代安。

登黄鶴樓

鐵笛吹殘黄鶴休，白雲繚亂楚山頭。水分江漢雙朝海，目極乾坤獨上樓。草色遥連鸚鵡夕，樹聲猶帶漢陽秋。翰林詞藻誇崔灝，今亦空隨檻外流。

題戴氏雙湖草堂用方棠陵韻按，棠陵名豪，字思道，開平人，曾入閩。明史附鄭善夫傳。

越上新開半畝堂，小舟乘興泝滄浪。魚吹白浪湖心出，雨溼紅蕖水面香。静有蛟龍眠日月，時多鸂鶒對鴛鴦。葛巾野服隨疏放，肯與鄰翁索酒嘗。

方棠陵、郭淺齋二憲副枉顧草堂賦謝

卜居遥在白沙頭，祇爲柴門近水鷗。地僻長懸孺子榻，夜深誰泛剡溪舟。霜威並肯移雙節，駟馬新看入半洲。更喜老親偏愛客，濁醪糲飯苦攀留。

過六盤山

西風裘馬曉衝寒，石磴岧嶢過六盤。鼓角聲疑霄漢路，旌旗影近斗牛看。驚時更覺殊鄉切，行路誰知此地難。白草黄沙關塞杳，五雲回首望長安。

電白城樓觀海

城上危樓控海開，乘秋登眺見蓬萊。山從鼇極穿波起，水自天河遶地來。雲擁扶桑懸出日，雪翻驚浪迅轟雷。直探一氣爲噓吸，潮汐千年去復回。

舟阻瓜洲移居熊四園亭

江上孤舟阻，移居得舊家。層山叢怪石，繞徑植名花。亭古青蘿合，樓高白日斜。旅懷饒野況，不覺在天涯。

少谷深入武夷九曲，日旰不得食，因抱病崇安，書來以文稿相託，隨放舟南下，抵家之次日而終焉。或者不能無憾於山水之癖，因賦

久抱烟霞志，空懷廊廟憂。山中餘破屋，海內失名流。諫獵存高節，垂堂略遠謀。遥憐小兒女，惻惻不勝愁。

曉　起

曉起逼秋思，推篷向渺茫。浮煙分曙色，細雨暝江光。露重蘼蕪歇，風高鸛鵲忙。沙頭晴弄影，矯首望扶桑。

石塘夜泊

微月波心出，涼風林際生。歸舟下遠浦，短笛起孤城。犬吠柴門迥，山空鬼火明。殊方仍獨旅，不耐故鄉情。

登岳陽樓

岳陽樓上望，今到洞庭邊。水遠如無地，波涵獨有天。滄茫淩渤海，倏忽異風烟。却愛君山樹，青青滿目前。

除夕

無數良宵邁，人情似不知。何緣今夕酒，偏憶少年時。鼓角江城動，椒花客館遲。五更瞻北斗，玉珮滿彤墀。

張漳源侍御邀游皋蘭山五泉寺

駐馬臨邊徼，開筵向上方。巖深蒼蘚合，塞遠紫雲長。晚角喧林鳥，春河渡野航。殊鄉難會面，回首憶禪堂。

黄田按，即水口上四十里之黄田驛。

已駕洪塘五日船，猶牽錦纜越江邊。樹聲兩岸風初動，月色一川人正眠。點點夜光依綠草，茫茫春水漫黄田。旅愁坐對孤燈影，何處漁郎又扣舷。

湖南寺

松桂森森護小堂，幽襟對此自徜徉。黄開野菜曛晴日，白破江梅訝曉霜。春水到門便釣艇，斷雲隨客入僧房。獨憐芳草萋萋地，樓閣當年亦上方。

九日登梧月山亭

梧亭棲露鬱蒼蒼，兩度登高嘆異鄉。雲物每隨時節换，年華空逐羽書忙。杯觴且共揮清晝，鼓角何堪起夕陽。却怪邊城秋色澹，尊前未放菊花黄。

古　溪

陌上紅塵水面風，浮生萍跡自西東。雲歸鳥宿山村暮，人在孤舟月在篷。

郭　波

字澄卿，一字方巖，珙孫，軒子，閩縣人。正德十二年進士。知長洲縣，擢工部都水司主事，降江西布政司照磨，除蕭山知縣。有方巖存稿。

龔殿撰用卿祭工部主事郭方巖文：吁嗟方巖，有濟物之才，而位不滿於所施；有高世之志，而時不值於所遇。不知者望之以爲陵轢一世，傲睨萬物，而不可仰視；知之者但見其温温恭人，如玉如金，固和平而樂易。嗚呼，以若人自負之高，自信之篤，宜其行之無不利，而胡爲使卓犖倜儻之才泯没摧折，竟不得於一試？嗚呼，豈天之不容爲，而命之不可致邪？吾竊謂君有不可窮之心，有不可屈之氣，九泉有知，諒不爲愧。名山之游，風雨之晦，曾幾何時，致此顛躓，追憶交遊，良可出涕。嗚呼方巖，竟其已邪？同安林希元祭同年郭澄卿文：子四十無子，忽死於夭。吾每痛子之薄福，恨造物者之太酷也。茲遺腹呱呱，幾絶而續。子之所得多矣，又何問乎富貴聲利哉？

柳湄詩傳：波，侯官芋原人。初知長洲縣，性敢摯無所避，民間事巨細必知。遷工部主事，以抗織造太監張志聰，誣奏下詔獄，調按察照磨，卒於嘉靖十四年。事詳蘇州府志及郡志。

冬日郊居

寒沍動郊坰，氣候變晨夕。倏忽天地間，茫然俱改昔。卉木絶時妍，江皋眇行跡。扁舟横隱汀，綸竿卷殘月。僵卧茅茨中，仰視烟波密。

古　意

美人隔湘浦，明月遲孤岑。月明照妾影，月弦比妾心。妾心不用鑑，妾影何避陰。懷金者誰子，徒慚桑樹林。

走簡林寒泉東道及座中諸客

西河不赴招，北山空延佇。遲遲費蹇策，行行嘆飢苦。命薄窮鬼隨，飯善食神妬。百歲誠寡歡，一飽故不遇。諸君及世平，況各匪年暮。陡然逢酒徒，莫以獨醒去。

郊　行

玄冬風日晴，凌霜出西郭。西郭何蕭條，鷙鳥舉相搏。澗水去無還，巖花幾開落。所以石上松，蒼蒼自盤錯。

醉後寄贈丁戊、太和兄弟

大傅小傅雙鳳雛，巖棲海釣清時逋。王門何意不鼓瑟，按劍詎敢輕投珠。有時抱膝看晴昊，又欲乘雲過瑶島。陳家元仲真二難，陸氏機雲名共早。我本東山一酒徒，仰人白眼看人無。時能向汝低頭拜，四座驚云好是迂。

晚投苦竹舖

冬行不見山中雪，夜行祇見山頭月。萬木蕭蕭松露光，寒梅半吐明山骨。山月還能照遠人，野客偏驚物候新。燈火郵亭多苦竹，徧題詩句恐傷神。

除夕次青岡

去國心仍在，逢時意轉遲。片雲空未斂，萬水日俱馳。杯送今宵臘，梅傳隔歲枝。草堂堪守歲，心事阿戎知。

朝房即事

畫地誓不入，叩閽甘自投。乾坤雙闕迥，湖海半生浮。九死無餘罪，寸心何所求。長安天咫尺，漠漠片雲收。

贈陳明水從軍

紫闥來何遠，滄溟戍未歸。書憐燕地獄，淚溼楚臣衣。短劍東南下，浮雲西北飛。相看俱放逸，秋雨正霏霏。

懷聶蘇州雙江

聞子爲邦憂治深，虎丘時復費登臨。簿書昔有吴都賦，几席風生澤國霖。茂苑鶯花芳草思，東山漁唱白頭吟。十年回首同游地，千里相思一夜心。

贈王復初之洪州

汝去洪都訪舊游，江山雲物總堪求。滕王閣在雲霞壯，孺子亭空日月留。憶昔登樓聞楚些，從今對酒看吴鈎。諸君問訊煩相報，我正行吟杜若洲。

洪厓逸樂爲鍾氏作

昔人仙去幾經年，此地洪厓尚有傳。藥杵半懸秋夜月，洞門深鎖暮雲天。碧梧翠竹相迴合，白鶴青鸞自往還。千載子期今見汝，高山流水信潺湲。

華嚴寺舊寓偕劉平嵩諸君餞别葉、袁二丈

野寺峰含烟樹林，江天日謝洞門陰。幾回蘿薜他山夢，十載風塵故國心。璚草瑶花聊共掇，短牆喬木合追尋。漫山萬竹能無恙，隔水疏松已到今。

門外溪光淨不流，階前草色故然幽。巖雲日過時留几，海月秋新欲上鈎。短榻當年猿鶴夢，五弦終曲鳳鸞愁。人生出處亦漫爾，老我何妨君遠游。

西湖雜咏

逋仙孤興寄孤根，疏影寒塘月共存。無數繁華俱寂寞，我來猶此對芳樽。

活水將有東浙之役走筆贈之

謝安今向江東去，雁蕩天台合爾棲。緱氏峰頭發孤嘯，等閒更過若耶溪。

廖世昭

字師賢，雲騰子，懷安人。正德十二年進士。除知海州，以病乞教職，改國子博士，卒於官。有越坡集。

徐𤊹跋越坡詩：師賢世居越山之下，自號越坡。父雲騰，登進士，官刑部郎中。先生以易舉正德丙子鄉試第三名，丁丑成進士。授海州守，以病乞教職。間歲卒於官，年三十五，無子。所著有一統志略，汪郡守文盛刻置郡齋，盛行於世，而詩文則散佚無傳。𤊹家藏先生手錄詩一卷，字法蒼勁，恒寶愛之。近曹能始選梓明詩，乃錄而附於陳東槐堂集之後。先生名列郡志文苑傳。蒼按，世昭，雲騰子、雲翔姪也。雲騰、雲翔有宦績，俱見郡志。世昭爲人，體不勝衣，而攻苦讀書，襆被蕭然。無何，夭死。與郭波、方邦望皆有詩名。

秋日郊行訪半洲同年

出郭滌塵慮，乘閑過半洲。秋懷共揺落，吾意復淹留。雖有壺觴樂，難忘廊廟憂。我非濟世者，行望遠驊騮。

定光塔登高按，在福州郡治九仙山。

寶塔層層上，危欄面面開。江城圍樹密，海水接天回。日射珠光迥，風迎鐸響哀。振衣共霄漢，秋思雁邊來。

平遠臺同年友登眺按，在福州九仙山。

隱隱三山閣，悠悠萬里情。秋濤天外淨，夕照鳥邊明。濟世慚無術，經生笑不成。登高空望遠，烟靄暗神京。

送張淨峰同年謫南都按，惠安張岳字淨峰。

聞道金陵好，遺經國學開。師儒君不忝，忠諫我慚陪。伯起三鱣在，天王八駿回。臣心如朔雁，嘹唳五雲堆。

聞同年舒梓溪謫閩按，羅狀元倫、舒狀元芬先後謫福州市舶提舉。梓溪，芬字。

三疏忠誠達聖明，海邦新命亦恩榮。孰云天下無男子，君到閩中有令名。社稷神靈方倚芘，朝廷民力正孤惸。一峰官舍留詩在，丹荔綠榕不盡情。按，羅倫字一峰。

廖　梯

字雲卿，一字梅南，莆田人。正德十二年進士。歷官南京户部郎中，謫知湖州府、安吉州，移寧國府同知，陞鎮遠府。

蘭陔詩話：梅南居家以孝友聞，在官以廉潔著。其詩亦清婉和粹，如「風聲帆影急，人語棹歌喧」，「悲笳急杵城鴉暮，疏雨寒雲塞樹秋」，皆琅然可誦。

彭城驛

滿天風雨暗彭城，此地英雄幾戰爭。戲馬臺荒空有迹，拔山人去竟留名。鹿歸赤帝誇先得，騅向烏江渡不成。千古興亡都夢幻，江山依舊獨崢嶸。

凌雲

字應賢，閩縣人。正德十一年鄉貢。官常德府通判。

湘潭離思

洞庭秋水來，木落萬山處。飄飄楚客帆，日夕愁風雨。心逐鴻雁飛，極浦空延佇。

劉世揚

字實夫，一字平嵩，鶴翔、鵠翔父，見下。閩縣人。正德十二年進士。改庶吉士，除刑科給事中。

轉吏科左給事中。晉都給事中，予杖，下詔獄，復以言事謫江西布政司照磨，遷常州通判，歷河南提學副使，告歸卒。有平嵩集。墓在西門群鹿山。

古意

采蓮復采蓮，蓮子已長大。不慮涉江深，只愁蓮葉敗。

林應驄

字汝恒，志作「桓」。一字次峰，耀孫，堪子，莆田人。正德十二年進士。授户部主事，陞員外，建言逮訊，謫徐聞縣丞。有夢槎奇遊集。

宿榆河

衝風出郭欲何之，國計民生兩繫思。關戍經年虛斗粟，江南二月賣新絲。愧無充國籌邊策，忍讀祁招諫獵詩。蕭瑟榆河眠未得，一天霜月正遲遲。

鄭憲

字有度，孔信子，長樂人。正德十二年進士。授户部主事，改刑部，歷官光祿寺丞。

堅瓠集云：憲未第時館於大姓家。東家之親以作宦自京還，主召飲，鄭與焉。定位首宦，鄭次之，將登席，宦虛讓鄭，鄭毅然就之，宦頗愠。酒數巡，宦指壁間畫曰：「先生高才，請各賦一絶。」鄭題遍，一座稱善，宦乃愧服。

柳湄詩傳：莆田鄭岳撰憲父明允墓誌云：「五季有諱攝者，自河南光州入閩，居長樂，長樂之有鄭始此。明允父疾，嘗糞請代死。子慶，領鄉薦；寅，邑庠生；憲，户部主事。丁内艱，不入私室者六年。」

題楊太真圖

龍顔回首顧紅顔，醉臥東風上馬難。不是侍兒扶不起，只因恩愛重如山。圖乃太真醉臥於地，二宫娥扶之不起，明皇顧笑之狀，故云然。

題朱買臣採樵讀書圖

一擔荆薪一束書，且行且讀樂何如。擔頭自有經綸策，堪笑糟糠妾婦愚。

題韓淮陰乞食漂母圖

乞丐當時事本虛，英雄未遇古誰無。臨題恨殺丹青手，不畫登壇拜將圖。

陳則清

字君揚，一字蘭汀，閩縣人，懷安籍。正德十二年進士。以泰州知州改祁州，陞南直隸滁州，歷南京刑部員外郎，坐誣，謫台州通判，擢程番知府，累遷至都御史、巡撫雲南，陣亡，賜葬祭。

柳湄詩傳：則清墓、祠在侯官西象山。家譜載：「則清陣亡，象山之葬俱衣冠也。」國朝林衡筆記以「蘭汀冒稱宋儒陳述古後，創祠立碑」。蒼按，則清欽賜葬祭，則創祠不始於則清明矣。

房山縣途中

崑崙隱隱伴行旌，一別帝都不計程。幾有逐臣遷謫地，到官翻有故鄉情。

陳琛

字思獻，一字紫峰，晉江人。正德十二年進士。授刑部主事，以母老改南京户部主事，復召吏部考功司，詔徵用，辭。又一年，即家拜按察司僉事、提督學校，俄改江西，皆力辭。卒年六十九。有陳紫峰文集。入通志儒林傳。按，弘治十八年漳浦進士陳琛，故他書多誤爲紫峰。

柳湄詩傳：琛受業於蔡虛齋先生，所著文集五册，明史附蔡虛齋傳。同安林希元祭紫峰文云「江右督學之命，斯道大行之機也，而竟以疾辭」，此節他書多遺漏，或云曾官大理評事。按，惠安張岳撰琛墓誌銘稱「江西提學僉事」，而不載大理評事。琛生於成化十三年，祔葬父秀林山墓。」

春晴對酒簡王閒齋

平生負戰藝，自擬無遺鏃。不侯由數奇，利穎徒爲禿。採芳入儒林，歲晚逞幽獨。峨冠談唐虞，勝我十年讀。春風與時雨，英俊任薰沐。逍遥吏隱兼，清寧天與福。何日訪子真，惠陽見鄭谷。

金陵别諸朋舊往淮安至江上有所思

黯黯一年别，迢迢千里行。論交期晚節，顧我自多情。涉世防深阱，看山憶舊盟。誰爲元德秀，眉宇向人清。百年將欲半，一藝不能長。進德慙多病，觀書苦健忘。情真時忤俗，意豁轉成狂。籧瑗吾師也，知非且自强。

丁亥元旦

艷艷燈花發，霏霏江雨勻。柳從梅作色，人與物俱春。拜起勤雙膝，歡呼動四鄰。酒盃三百後，靜坐養吾真。

贈高抑齋太守

人生在世間，談笑無百年。百年亦瞬息，生理忽茫然。惟有桐鄉愛，廟食自綿綿。天地同悠久，詎肯稱神仙。東溪通黄河，萬里自天上。飲流尋其源，月掬光在掌。九曲來棹歌，靜夜得清響。光霽正無邊，勞我馳夢想。

壬戌下第三月二十四日出張家灣

聞説春歸已有期，可人春色亦應稀。客思遠道催行急，舟繞長灣故去遲。江上一樽忘獨老，天涯何處覓相知。懷中多少平生夢，説向癡人恐未宜。

晚步玉河橋有懷

芳野萋萋萬里同，遠游誰敢恨東風。得官更覺貧中味，經事方知靜處功。城外好山來紫翠，河邊細水入玲瓏。美人胸次無沾染，顔色猶應似舊紅。

茂松清泉圖爲潘東崖賦

逍遥谷裏自容身，此老當年亦識真。白眼那堪常對客，青山終是不生塵。微風入樹琴清耳，積石明泉玉可人。都付東崖長作主，多應借我往來頻。

立春後到淮安夜坐書懷

欲借東風一解顏，春來正在舳艫間。嚴持酒戒偏能飯，稍放書程亦自閑。心裏有天堪白日，眼中何地不青山。千週未了參同契，一炷清香坐夜闌。

寓金陵感秋

俯仰周旋强作顏，將心能得幾時安。讀書盡説居官易，得路方知涉世難。三徑西風黄菊瘦，一天秋水白鷗寒。易圖元有真消息，姤復中間子細看。

與高太守索曆日

詩書筆硯帶烟霞，寂寞柴門自一家。要看好春無曆日，漫將消息問梅花。

鄭豸

字秉憲，莆田人。正德十四年舉人。授茂名知縣，遷泰安知州。志稱其「清介自勵」。

登泰山

巍巍泰岱擁邦畿，特地來尋封禪儀。怪樹似陳秦劍戟，奇花疑列漢旌旗。珠簾泉瀉千尋瀑，石洞雲封一局棋。七十二君在何處，斜陽芳草認殘碑。

周鳴鸞

字士和，公安孫，莆田人。正德十四年舉人。官武宣知縣，旌表孝子。

題樵者

破曉曚曨樵徑寒，芒鞋踏遍萬重山。歸來飽飯科頭坐，身世浮沉一夢間。

方邦望

字表民，閩縣人。正德十四年舉人。惠州府推官。有平洲集。

靜志居詩話：表民與郭澄卿皆喜爲詩，林文恪謂「郭學杜而短於才，方學孟而學不足以充之」。鄉曲之言，不阿所好，可使掌邦國之志矣。蒼按，鄧原岳明詩：邦望有春雲集。

訪張山人

曉尋仲蔚居，碧山容偃蹇。蓬蒿如人長，託興復不淺。酌我青澗水，對君綠荷裳。班坐依雲芽，嗒然忘所將。

懷夢竹、寒泉二年友

玄霜百卉凋，六幕爲虛迥。懷哉素心人，儵忽遺形影。寒泉不成汲，竹夢亦已冷。微茫碧水虹，悽惻白雲省。空感劉郎情，悲歌莫能永。

登龍川霍山

霍山何崚嶒，崚嶒頫龍川。上有太乙巖，下有犀牛泉。昏旦吐烟靄，近窺羅溪巔。山中冥棲客，巾舄日延緣。左挹葛洪袂，右拍藍橋肩。緱嶺衝騰去，徽音空復傳。

虛谷清秋

西山何巍巍，下瞰千仞谷。逍遥仙靈棲，旖旎芝蘭馥。凜秋歘受謝，商意滿林麓。洞壑日清虛，朝市謝羈束。梓澤竟何哉，王官道不辱。惟應招隱吟，寤寐懷明淑。

潤州甘露寺

北固山前逢夏五，客子依依重延佇。采真一憩甘露臺，沙界岧嶤瞰江滸。百舌無聲鶪始鳴，大浸窺天蛟出舞。遥憐一點金焦青，累塊積蘇成傴僂。臨風弔古意惘然，榴朶蒲觴還獨撫。空中忽送鸞鳳音，萬里烟波倘相許。

松陰攜琴

泉壑春相問，松篁晝轉陰。何人專素尚，暇日擁鳴琴。風動蘇門嘯，雲依積雪吟。鍾期逢豈易，山水自高深。

平遠臺

臺據全山勝，秋開萬里情。風烟連絶徼，樓閣倚層城。半嶺鐘聲動，中天刹影横。誰能捐物念，長此説無生。

芋原發舟

小舟别芋原，長嘯望江門。積水浮虚岸，殘霞現遠村。風前帆影疾，竹裏鳥聲喧。自笑乘槎客，何時到水源。

海門雲樹

廣文到廣陵，官况有餘清。樹接扶桑近，雲連海市平。春風多士集，淮水一經横。舊是垂綸客，潮來定不驚。

淩霄臺

一亭翼碧岑，暇日獨登臨。風起青蘋末，雲生白石陰。遠江多去棹，隔水有歸禽。玄覽方無盡，秋懷更不禁。

邕水送陳獅岡北上按，陳文沛字獅岡。

曉日登臨處，風生邕水波。雨餘花氣馥，林靜鳥聲和。列席看青嶂，揚帆聽棹歌。朋遊方自適，無那別愁何。

送周子北行

已是窮秋日，如何別友生。霜明殘角曉，風勁一帆輕。客路逢來雁，都門聽早鶯。試看入洛者，誰並陸機名。

送戴廣文

聞鶯懷故林，騎馬出江潯。共惜先生去，誰知隱者心。春風吹祖席，山月照離襟。他日思安道，悠悠剡水深。

春日偕楊蘭石遊鼓山寺

春山聊引眺，梵宇歷幽偏。鳥囀依林樾，花飛傍石筵。巖前雙樹淨，雲際一燈懸。世故真如幻，君心本尚玄。大觀臨遠海，高步躡長烟。揮麈談深夜，東林月正圓。

鄭小湖園林宴集

園林處處絶纖塵，共據胡牀岸角巾。晝靜徐看槐蔭轉，眼明方覺草痕新。閉門琴劍誰爲伴，遠水鷗鳧許結鄰。朋輩皆甘澹泊者，滿筵蔬筍不爲貧。

秋　興

一臥滄浪年復年，越王臺下見桑田。筆牀茶竈聊乘興，沅芷江蘺不繫船。梁燕影稀村社後，寒鴻聲在夕陽前。誰能好事如司馬，五嶽徜徉躡紫烟。

越王臺按，在福州南。

城南十里沙爲岸，鱗次千家擁釣臺。往事祇看流水逝，寒宵虛有月華來。十洲蘅杜蒸微靄，五虎風濤撼怒雷。指景況逢鄒湛賞，清詞寧續仲宣哀。

白嶼

孤嶼崔嵬出海雲，琪花夾路散清芬。最憐靈貺通仙境，沙石皆成篆籀文。

田頊

字太素，一字希古，濡子，尤溪人，先大田籍。正德十六年進士。授户部主事，歷兵、禮二部郎中，擢湖廣僉事，領提學道，遷貴州按察副使，交薦不起。有秬山集。柳湄詩傳：頊年四十乞歸，以文章自喜。家居三十年，足跡不入城市。詩學少陵，盤拏中寓樸拙之態，人稱其詩似李夢陽、鄭善夫云。

贈黄小壺

吾愛黄初平，餐雲學久生。金華一叱石，千載揚芳名。余亦攜瓢笠，清秋華頂行。中宵弄笙鶴，呼爾赤霞城。

春暮登天湖按，天湖在尤溪城北之蓮花峰。

春歸百卉盡，老去一傷悲。倚杖夕原外，泉光暎渌滋。招尋有夙好，昏黑要天池。剩月聽哀狖，高吟謝客時。

送李中麓餉夏州

賀蘭山高風日晴，草黄路脩邊馬鳴。河水照人玉巉嶒，野樹埋雪花分明。念爾獨違門下省，衝寒遥餉夏州城。泰華終南兩奇絶，與誰擁被月中行。

江　風

數日不分風太强，今番簸蕩誰禁當。魚龍喧豗地震沸，猿鳥叫嘯天蒼黄。舍南枯桑已折盡，水際桀霧仍飛揚。我欲松門窺石鏡，扁舟爲爾牽蘿傍。

天　津

海霧濕樓閣，晴江晚不分。長風捲落月，荒戍發春雲。枕靜暮潮入，城轟畫角聞。吾生太飄泊，日與白鷗群。

寄玉谿舅

廉水扶桑北，石城勾漏西。吏情甘散地，春色在扶藜。椰葉斜侵屋，江魚逆上溪。飄飄犯蠻府，淚應暮猿啼。

答木虛卜居西湖按，即福州小西湖之宛在堂。

荇藻綠不歇，芳湖秋可憐。天低四野樹，日落萬山烟。朗月虛笭榻，疏花明釣船。時聞有過翼，遥寄卜居篇。

聞　道

聞道迷陽寇，東屯信不虛。風雲隨戰伐，天地日邱墟。列峒分旗鼓，行營沓羽書。哀哀荷殳者，汝業本樵漁。

三月晦日

竹色靜平沙，荒烟數落花。春歸有底急，興遠一咨嗟。雨葉巢鶯密，風江飛燕斜。客愁應不廢，杯酒送生涯。

首夏出郭

數日不出郭，閉門猶水濱。如何春事改，遠見荷花新。槲葉碧委地，草光青逼人。行將理烟艇，垂釣武夷津。

春　怨

銅虬分淨夕，玉筯暗沾衣。起視雲中雁，乘春又北歸。影度關河遠，行迷沙塞稀。如何征戍卒，音信斷金微。

旅　夜

北斗直樓閣，天風吹漏殘。雪餘今夜白，月映萬峰寒。凍鵲驚仍定，江雲巧自盤。此時誰會我，萬慮倚層欄。

伏日游孤山

不到西湖久，長懷六一泉。孰期三伏裏，兩坐孤山巔。竹閣明海日，松欄生夕烟。相留□住此，未忍進歸船。

送廖明府入覲

疏林開雲雪，木落寒江清。憐爾雙鳧舄，遥飛五鳳城。谿山百戰後，撫字二毛生。敷奏能無及，遐荒痛哭聲。

秋　城

雲日冥冥溪霧紅，山城鼓角散天風。諸軍轉戰蒼巖北，萬木彫傷白露中。溟海秋深蛟正蟄，澤梁冬逼雁初通。田州未報干戈息，上將休矜汗馬功。

同崑崙遊柘山寺

參差鳳刹倚層巒，别有龍泉遶碧壇。鏡裏雲光摇草樹，階前花雨擁梅檀。白馬真如來鷲嶺，黄河遥望極桑乾。共忻蓮社詮玄象，不羡蓬山控紫鸞。

秋　興

居延城北古甘州，榆落鵰盤風色愁。上將高張青海幕，單于新渡黑河流。旗干嫋嫋黄雲暮，邊塞蕭蕭白草秋。西國壯丁多戰死，天陰鬼哭夜啾啾。

清秋憶上妙高臺，水碧沙明天倒開。元氣千秋浮砥柱，洪濤萬頃激風雷。焦邱葉下霜初落，瓜步山青鳥獨迴。聞説先皇曾駐輦，至今鮫室錦雲堆。

夏集一松園池

習池陰森朱夏寒，風庭颯颯摇松檀。青霞抱石錯綺繡，翠篠流霧翻琅玕。況有幽亭延暝色，遥飛爽氣靏林端。珠簾珍簟生冰雪，河朔深盃不厭乾。

釣龍臺

江草離離江岸迴，昔人曾此釣龍來。龍隨人去不復見，古樹寒煙空綠苔。嶼色晴分山殿碧，濤聲東蹴海門開。中原極目風塵迴，北望神京思轉哀。

僻居

蕭蕭門巷馬不到，庭階雨積蒼苔深。豈無琴樽足娛樂，奈爾疾病紛相侵。蔦雲茘月日在户，楓葉蘆花秋滿林。東野堂開鴉雀淨，天風倚杖一長吟。

春雨

春來雨多寒氣侵，背牆茅屋常陰陰。涓涓階除日注水，颯颯風雲曉傍林。隔花黄閃流鶯濕，漬席青歸野蘞深。明發天晴眺廬嶽，開樽準擬對高岑。

江閣

結茅蒼雲根，笑語日日静。誰鳴孤榜來，亂我蘭茗影。

村　居

黄葉由迅風，白雲泥危轍。芳村人住稀，野兒啼深雪。

子夜歌

儂作新安江，見底不易色。郎心如迅湍，險峻不可測。

京　口

楓葉蘋花兩岸秋，荻洲著雲凝不流。扁舟縱説江南去，水碧沙明人自愁。

韋尚賢

字思省，通志誤「肖」。又字鷺沙，南安人。正德十六年進士。授户部主事，督漕南畿，遷廣信府、九江府，尋罷歸。卒年六十四。

柳湄詩傳：尚賢前後爲大學士夏言排擠罷官，家居八年，足不入公門。營遺安堂，徜徉山水，課兒輩耕種。生於成化戊申，卒於嘉靖辛亥，自擇墓在晉江四都歐古山，同安林希元爲之誌。

鉛山舟中

江上山形似土囊，惜無巖磴映江光。舟人忙殺沙灘險，未向建溪險處嘗。

全閩明詩傳　卷十八　正德朝四

侯官　郭柏蒼
楊　浚　錄

鄭一鵬

字九萬，一字抑齋，遷善孫，應齡父，莆田人。正德十六年進士。改庶吉士，授户科給事中，轉吏科左給事中，以議禮受杖，又不奉詔，受杖罷歸。家居二十六年，卒。隆慶初贈光祿寺少卿。

蘭陔詩話：一鵬丱角登第，在諫垣四年，上百餘疏，皆中體要。兩罹詔獄，再杖闕廷，臀肉盡削，幸得生還，貧窶無以爲養。授徒建寧，敝衣布冠，主人不知其爲前諫官。有弟子員入塾中，有矜色，詢其年，傲然曰：「纔三十耳。」一鵬笑曰：「此僕拜杖之年也。」乃大駭，謝之。嘗大書塾壁曰：「希聖希賢，作天下第一流人物；維忠維孝，扶世間億萬載綱常。」

懷友

幽居愜岑寂，寒燈寡儔匹。欲爲秉燭遊，莫繫西飛日。舊業仍馬帳，隱憂慚漆室。永言同心者，何時復促膝。

夜中有懷

輾轉夢未成，空齋數夜更。兵戈斷北信，旱沴復南征。誰發長孺廪，永懷終子纓。如何紓獻納，端拱媿王明。

登黃華樓按，黃華山在建州城中。

傑閣何年構，幾春三徑空。偏於人境迥，却訝洞天通。筇杖青霞外，琴尊落照中。紫陽如可起，吾欲問參同。

謝　蕡

字惟盛，睿子，啓元父，見下。蒙亨祖，閩縣人。正德十六年進士。除禮科給事中，以諫大禮廷杖，又劾張璁、桂萼憸邪，奪俸。尋命轉右給事中，出知太平府，卒。隆慶初贈太常少卿。有給諫集。

曹石倉云：公以議大禮廷杖。隆慶初錄言事諸臣，而蕡已故，贈太常寺少卿。然予觀其子啓元有讀先君疏草詩曰：「吾皇真廣大，納諫信如流。我父懷忠悃，披肝不避仇。昔借上方劍，請誅安昌侯。今看衣濺血，淚灑午門秋。」則公又嘗掊擊權奸，非止於議禮獲罪矣。

柳湄詩傳：嘉靖二年給事謝蕡疏陳福州太監鄧原所開新港六害，奉旨填塞，林俊爲記。黄留心鄉國，不僅忠藎已也。墓在福州西北佛國山。入祀鄉賢。其題楊妃春睡圖末數語哀豔可誦：「玉顔如花恩如海，高臥知君終不改。吁嗟悔洗影棚兒，碧眼窺春三十載。漁陽鼙鼓動地來，閒關蜀道入馬嵬。西風瑟瑟夢初醒，花落黄沙真可哀。」

臘月道中見柳

窮臘物皆變，青青楊柳林。故將衰謝意，來結歲寒心。色先春光好，陰連湖水深。平生憐獨立，爲爾一長吟。

除夕同張廷彝、彭正郎、許少參飲岳陽樓廷彝，經字。

尋常皆守歲，此夜岳陽樓。湖水環千里，君山出大流。湘妃休墮淚，越客正多愁。何日騎黄鶴，横空一篴秋。

白沙月下感懷

野曠霜空萬木凋，歲寒孤棹度清宵。江聲永夜驚虚枕，月色中天上遠潮。千里風烟勞夢想，十年心跡愧漁樵。白沙翠竹情無奈，玉宇瓊樓望轉遥。

經洪州寧庶人故宫

綺宫瓊館擬蓬萊，瑞草瑶花春自開。歌舞却思前日事，興亡徒使後人哀。半庭落日悲荆棘，一炬回風盡刼灰。從此東南消王氣，襄王無復夢陽臺。

黄鶴樓

鐵篴聲沉黄鶴秋，仙人去後幾登樓。青山對峙龜蛇伏，野水平分江漢流。日蕩千帆明曲檻，風回一雁落平洲。長安閶幡俱萬里，目極烟雲不盡愁。

答方思道按，方豪字思道。

棠陵仙子近如何，泉石清幽野興多。客路風塵勞問訊，山城樽俎記行歌。白龍未許閑陰洞，丹鳳還看下薜蘿。歲晚思君毛塢月，自憐身滯洞庭波。

李　默

字時言，一字古衡，甌寧人。正德十六年進士。改庶吉士，授户部主事，進兵部員外郎，吏部郎中，謫寧國通判，遷雲南副使，督學政，歷浙江參政、按察使、左右布政，入爲太常卿，吏部、禮部左侍郎，陞吏部尚書兼學士，進太子少保。以論事死獄中。隆慶中復官，予祭葬。萬曆中追贈太子太保，謚「肅志作『文』愍」。有群玉樓稿。

柳湄詩傳：默曾祖鐵，祖埜，父枏，先建安人。枏年十三，同母范孺人始别居高陽，遂爲甌寧葉墩人。默因辯論賓禮位次忤王司馬，謫倅寧國府。擢廣東僉事，雲南提學副使。陞吏部尚書，進賢拔滯，嚴嵩不得引用私人，咸寧侯仇鸞亦以請託不遂，交讒中傷，罷歸。鸞以逆誅，御批起默吏部尚書。大計獨持衡鑑，嚴嵩不悦。會侍郎趙文華求大司馬，不從，乃摭部試策題爲謗訕，嵩主之。誣奏下獄，尋卒。事詳明史。穆宗朝臺省岑用賓等明其寃，准復官，勅祭葬。萬曆十二年贈太子太保，謚「肅愍」，入祀鄉賢。墓在建寧郡城西敬客坊。按，同安林希元祭李古衡冢宰文有「公理廣東鹺政，去宿弊，更新法」，是默曾泣粤。

雪後塘弟饋予新醪，薦以匏注，覩其形制詭奇，意必海外物也。思以玉壺奪之，因作長句

方春弄餘寒，飛雪被廣屋。念此人日祥，暄晴有恒卜。陰威不敢肆，墮地成霢霂。揮手

謝銅烏，掃蕩天如沭。荻扉晝慵啓，盤飧枉文叔。瓶罌世豈無，匏注今所獨。頗挾金石姿，方犀復疑木。雕琢窮鬼工，黝瑩等玄琭。把玩誇比鄰，奇衺詫荒服。斟酌詎匪嘉，鯨鯢嗟滿目。欲刷維罍恥，忍撑石鼎腹。突兀眼花明，雲烟散箋牘。逸興繞滄洲，池草春更緑。我有白玉壺，長懷奉美禄。北斗如在挹，心期爲君暴。

壬辰被譴至河西留别藍石橋立馬作

去國未云遠，别子何獨難。悠悠河畔草，不共遊子歡。雲霄一失路，誰當振羽翰。浮驂豈緩轍，迅棹無回湍。征夫日以遠，居人倚暮看。浩蕩從此别，臨分起長嘆。去矣勿復陳，芳紉有秋蘭。

東郊望雨

鶻鷉呼春春事徂，欲雨不雨桑苗枯。三農胼胝貧未已，五陵衣馬豪仍麤。山雲皚皚復滿地，桔槔喔喔空平蕪。何事林鳩解人語，飛鳴作意隨樵蘇。

擬恩放作

積禱通玄極，疏恩仰帝闈。詔從深殿發，人向杪秋歸。三徑勞重闢，孤雲倦晚飛。餘生荷更賜，腐草共春暉。

送崑山方侍御改南臺

玉立青霄客，移官復帝鄉。時人避驄馬，吾志在朝陽。驛路千山曉，澄江一葦航。十年塵土夢，珍重記行藏。

秋夜泊下邳值雨

濁河元楚塞，古驛自秦城。旅泊河山異，飄零風雨生。波濤喧獨枕，鐘鼓暗深更。秋事方蕭索，應知歲晏情。

答贈同時寓公

好友經旬別，秋光知又深。涼風動哀壑，霜葉下疏林。望月他鄉淚，銜蘆去雁心。聞君嘆摇落，幽思若爲禁。

曲江亭次韻邀王南江同賦

曲榭俯城頭，川光帶晚舟。遥汀初下雁，夕氣半含樓。表裏分吴甸，微茫入楚流。誰知攀賞地，高韻得英游。

次萍鄉值雨

積雨泥橋路，微風薜荔牆。鄉音已半楚，山色似南荒。旅雁依寒堞，流澌遍野塘。蹉跎驚歲晚，驅馬向瀟湘。

平坝公署讀東沙題壁

客游驚歲晏，猶自滯他方。楚澤連天遠，蠻煙引塞長。年隨流水競，春入鬢毛蒼。撫事慙知己，非才荷寵光。

盛夏，獄卒移葵偶當吾門，頗笑非時。已而花萼化緋爲紫，色態殊常，觀者異之

誰遣園葵雨後移，淺紅猶帶兩三枝。初看舊葉垂宵露，忽訝新粧出曉姿。翠萼娉婷依日麗，紫蕤瀟灑共霞披。狂蜂戲蝶休相問，自有貞心託素知。

七夕夜坐

青袍豈爲儒冠誤，白首翻憐劍術疏。世事春雲那足問，交情秋葉竟誰如。河流靜夜窺清淺，天上佳期隱珮琚。欲語愁心何處所，圜扉獨立正躊躇。

至居庸關

山堂石塹轉嵯岈，鐵障稜稜勢欲叉。細柳半屯三輔甲，材官盡出五陵家。重城月閉邊聲黯，間道林歸獵騎譁。多少雄圖總湮滅，戰場空倚夕陽斜。

宿蘭溪之青陽鎮作

蘭洲渺渺暮生烟，灘靜猶聞百丈牽。隔水孤燈投暝宿，一溪疏雨對秋眠。山昏不辨還家

路，雲白渾疑欲曙天。記得衢陽更西下，武夷南去是平川。

贈别龔亹齋少參北還

按節同爲五嶺游，東風何處問行舟。楚天雲盡家千里，桂海人歸月滿樓。直道於今欺白髮，素心元自照清秋。且揮玉斝留君醉，無奈鶯啼亂客愁。

贈别洪西淙方伯赴廣西

麟閣知君早致身，炎荒今已遍朱輪。三湘雪後烟波闊，五嶺雲開驛樹新。春雨故園肥紫蕨，客衣芳草變緇塵。相逢爲報清羸久，慚愧河汾俗化醇。

陳大濩

字則殷，省父，見下。長樂人。正德十六年進士。知上虞、光山二縣，陞隰州知州，遷思恩府同知，以子省封僉都御史，卒年八十六。有雙溪拙稿。

柳湄詩傳：雙溪傳云，大濩父垄，嘗冒死上書，遠戍歸，食貧教授。子大倫，以子瑞貴，贈大司馬；大用，爲監察御史，守常州；大濩，垄少子也。大濩初通判高州，後調山西隰州，遷思恩府同知。

去官之日，襆被蕭然。著有毛詩四書口義、讀易管見。

憶故園

我家東海隅，溪山似蓬島。春來百花開，處處風光好。田有東陵瓜，池有惠連草。東園栽松筠，西園植梨棗。澗水遶柴門，野碓舂秔稻。歸去邀親朋，爛熳芳樽倒。

過彭蠡湖

吾憐彭蠡湖，風景天下絶。天長島嶼遥，浪闊滄溟窄。小孤擁其南，大孤擁其北。松門鬱以葱，石鏡明可掇。壯哉匡廬山，空翠森噴薄。我來掛雲帆，正值風濤作。朝辭湓浦城，暮宿星子郭。長嘯失瀟湘，回首望衡霍。由來范蠡船，不數揚雄閣。終當乘蘭橈，於此卧松雪。

嚴光傳

懷仁服義天下悦，阿諛順旨腰領絶。此是嚴光傳中語，讀之凛凛如斧鉞。惜哉侯霸難與言，帝亦哂之爲饒舌。狂奴故態既不容，咄咄子陵安肯屈。竟使帝座失夔龍，客星直置雲泥隔。

鐵柱宫

蒼按，南昌許真陽鐵井，世多指爲「許真人」，明詩綜五十四卷有詩辯之。

吾聞豫章城内鐵柱宫，宫前古井與江通，鐵柱屹立井之中。憶昔異人許真君，斬蛟逐祟驅妖氛。鑄鐵作柱鎮此井，黄牛追跡徒紛紛。君不見昔日神禹鎖支祁，長淮鎮静無蛟螭。旌陽鐵柱障南土，纘禹之緒非公誰。

灌嬰洗馬池

君不見灌嬰昔日洗馬池，碧波千頃堆琉璃。琉璃汗漫浴仙女，彩衣照耀珊瑚枝。匿衣少年者誰子，似是劉阮輕薄兒。雖從藍橋結伉儷，終焉化鶴凌雲飛。空餘池頭連理樹，千秋萬古長相思。

天寶七哀詩行

七哀者何？哀七子也。七子者何？河南節度副使張巡也，睢陽太守許遠也，東京留守李憕也，御史中丞盧奕也，常山太守顔杲卿也、長史袁履謙也，饒陽偏裨張興也。

君不見盧龍羯狗犯紫微，二十四都無孑遺。河南河北盡解甲，中原處處豎降旗。惟有七人仗大節，以身殉國死如歸。巡也遠也死睢陽，誓爲厲鬼殲天狼，眥裂齒碎神揚揚。憕也奕也死東京，數賊之罪賊震驚，烈哉留守與中丞。杲也謙也死常山，罵賊至死賊膽寒，疾風勁草袁與顏。興也抗節死偏裨，引頸就鋸甘如飴，義士聞之爲歔欷。嗚呼七子死節不愧天，就中張顏之死尤可憐。張巡身經四百戰，糧援俱絶命倒懸。茶紙食盡食雀鼠，經旬枵腹羸且瘨。殺其愛妾飼餓卒，卒不忍食空淚漣。城陷之日天震怒，一星徑墮轅門前。平原倉卒起義兵，以身捍賊攖孤城。城崩兵潰身被虜，罵不絶口聲錚錚。賊斷其舌死不屈，英風鋭氣何崢嶸。一門死節三十口，轟轟烈烈如雷霆。噫吁噫，諸公雖死死猶生，丹心耿耿照汗青，直與秋霜烈日凌蒼旻。我作七哀哀七子，千秋萬古傳其名。

迴岐驛

日落迴岐渚，寒生南浦雲。灘高潮不到，沙闊岸平分。山帶烟霞色，江舒錦繡紋。愁看汀際樹，霜葉落紛紛。

十五夜舟中對月

水國人初靜，江村月漸高。九天開霽色，百里見秋毫。興已懷鱸鱠，官猶滯馬曹。孤舟對清夜，湖海思滔滔。

南巡

仙仗中宵發，貔貅百萬從。不憂疲八駿，直恐沮三農。西北軍需困，東南杼軸空。愁聞更草詔，欲册泰山封。

未息沙河役，還爲夢澤行。徵求何日已，供億幾時停。歲歉蛇猶捕，村騷犬不寧。輪臺須早悔，萬里慰生靈。

朱仙鎮岳武穆祠

駐馬朱仙鎮，傷心武穆祠。誰憐宋社稷，竟失漢旌旗。星墮天應憒，師班帝豈知。空餘祠外柏，蕭索向南枝。

擬杜登兖州城樓

趨庭仍覽勝，訪古更登樓。地接青徐野，天横海岱秋。秦碑苔已没，魯殿水空流。獨有看雲處，蓬萊紫氣浮。

登岳陽樓

乾坤供嘯傲，雉堞結江樓。楚水來三峽，吴天到十洲。微傷浮海嘆，似已濟川舟。獨有登臨興，滔滔萬里流。

滕王閣

臨江丹閣跨青蒼，秋半登臨俯大荒。五老峰頭來鳳翥，百花洲畔見龍驤。雲連吴楚風烟異，天入滄溟錦纜長。却憶子安清宴日，洪都高唱壓詞場。

滕王亭子

帝子風流最愛山，此中亭榭日躋攀。遠江水繞巴渝外，絶巘雲連梓閬間。丹竈昔留黄鶴守，紫壇今悵綠苔斑。我來不見神仙侶，欲向何人問九還。

陳騰鸞

字士遠，又字浴江，莆田人。正德十六年進士。授户部主事，晉員外郎、郎中，以議大禮拜杖。有浴江詩草。

柳湄詩傳：騰鸞世居黄岡，曾祖克讓徙江口，故號浴江。嘉靖六年以疾卒於京邸，年四十有八，貧不克葬，至十三年始窆於待賓里東山之陽。邑人鄭岳爲撰墓誌，稱其文「沉鬱奥美，至奇澀處殆不可句，其後漸趨古雅，成一家言」。林懋揚稱騰鸞「多意氣，堅操守，詩亦悲壯」。

和柯石莊遊郭將軍園林

將軍多野意，近寺有雲莊。鳥過黄兼白，苔深綠間蒼。樓臺開古跡，花樹淨禪房。道氣相隨久，妖氛白晝藏。

高世魁

字紹甫，圭孫，閩縣人。正德十六年進士。授慈溪縣，歷監察御史，罷官。隆慶初贈光祿寺少卿。

河上醉歌

玉指朱絲響夜堂，當時曾醉美人旁。重來獨倚沙邊棹，目斷溪雲春晝長。

林　鉞

字克相，壑子，見上。閩縣人。正德十六年進士。除浙江道御史，巡按山東，謫夷陵州判，罷歸。

通志文苑傳稱：鉞爲諸生，即專志古學。莆田林俊見其所作，以語鄭善夫，名遂起。居官忠鯁，謫夷陵州判，罷歸。詩與鄭善夫、傅汝舟、高瀔齊名。

過滹沱河

故壘經行處，河流非漢家。堤危崩古渡，水漲坼平沙。晚棹歸殘月，征衣引落霞。悲歌愁不極，秋色滿蒹葭。

郭日休

字德夫，莆田人。正德十六年進士。授户部主事，以議大禮拜杖，落職。尋復官，遷郎中，歷湖廣布政司左參議，雲南右參政，貴州按察使。有九華山人集。

柬馬子莘

黄石青山外，丰神憶馬周。暌違今隔歲，摇落况驚秋。得罪悲孤疏，幽棲偃壯猷。賢才寧獨愛，時事正堪憂。

福州小西湖

林陰水鳥日相呼，城上輕煙晚入湖。村舍背山出樓閣，寺門臨水隱菰蒲。清歌對客月當席，畫槳摇船酒滿壺。眇眇予懷沉沉夜，舟中醉卧不須扶。

鄭登高

字日進，一字次山，瑗子，見上。莆田人。正德十六年進士。歷官廣西按察司副使。

謁南山祖祠

暴骨中原儘可傷，先生端合卧南陽。螢牕草屋春宵盡，鶴髮金仙夜夢長。雲裏溪聲連寺磬，月中湖色漾禪牀。一年三度階前拜，瞻望鳳凰千仞翔。

洪　珠

字玉方，楷從子，莆田人。正德十六年進士。授户部主事，歷官紹興知府、雲南按察使、貴州左布政使、應天府尹。

蘭陔詩話：玉方與叔楷先後守紹興，崇尚名教，紹人歌之曰：「大洪、小洪，先後同風。」善擘窠書，杭州岳墳壁上「盡忠報國」四大字，其手書也。遺集不傳。

題畫

柴門低仄依流水，石磴巉巖點落花。一壑白雲秋欲老，紅塵飛不到山家。

高　瀔

字宗吕，自號石門子，旭曾孫，基孫，鑑子，侯官人。正德間布衣。有石門集。

節録何喬遠名山藏高道記：高瀔父鑑，爲清遠教諭。瀔早善屬詞，不樂進士業，每謂「文至牽飾比偶，猶之留鬚眉以傅脂粉，無足學也」。遂洗意爵禄，結霞上之居，自號石門子，又號霞居子。善畫，善隸，善八分、草書，家貧，嗜酒，日酣飲，醉則狂叫放歌，醉甚即散髮赤脚，飄然舉舞。又自號鬖仙，由是孤潔一世，知名海内。鄉有宋子者按，名儒。與瀫善，瘧一歲弗愈。一日瀫造問之，宋强疾移榻，就堂相見，因飲之酒。酒酣，宋出素請畫，瀫染筆寫菊數本，倒垂懸巖，香姿隱隱，有飄拂流動之狀。宋泠然疏爽，因再請。復寫奇石亭立，雙竹凌空，蕭蕭數葉，風韻若有聞然。宋躍起視之，毛髮俱竦，是日瘧遂就痊。時人爲之語曰：「少陵有佳句，不若霞仙筆。醉後掃丹青，往往鬼神泣。」

嘉靖辛丑高宗吕自傳：「髯仙者，閩産也。其先齊州人，世代業儒，入閩占宦籍，宗族昆弟咸象其賢。獨仙少孤貧，讀書以時，不求聞達，慨然慕巢、許之高。居於石門山中，養晦自樂，尚友千古，一切勢利澹如也。時莫喻其志趣，名亦不係於農工商賈之版。其業讀書著文，歌頌堯舜之道。其所讀皆聖賢之書，楊墨、釋老之學無所入於其心。其所著皆發於性情，本於義理，亦不求名世之文，或爲時感激，多爲悲憤奇怪之辭。居常布袍百結，人不堪其憂，彼則長歌大笑，不改其樂。其妻告不足，顧且笑曰：「我道蓋如是也。」既而化其妻焉。癖好山水，聞有奇勝處，雖千里不憚，寒燠不避，徜徉放縱，盡發其趣。偶有所得，輒寄之詩歌，筆之繪墨。故有詩云：「慣隨白鳥行偏健，貪看青山坐不辭。世短每憐長伏枕，家貧猶自苦吟詩。」嘗游瓊海，訪毛奎洞天，大觀鯤變；駐吴越，弔古戰場；徘徊幽薊之區，尋郭隗、樂毅故蹤，訪荆軻、高漸離遺事，足跡且半海嶽。樂善畏義，與世多齟齬，不能容人，不能俯仰於人。遇事惟顧理無愧，其他利害屏而不問，故動得人謗。涉世頗久，物理人情頗勘執堅定，故當道有知之者，益自居窮守約，未嘗干以私。又有詩云：「所以窮我生，不顧官長憐。」時與名賢碩德講明理學，惓惓以不逮古人爲媿。或勸之仕，笑而不答。晚年益壯山水之遊，捉杯勸影，揮翰染墨，遨遊於方之外。常酒酣放歌，掀髯拍掌，長嘯橫睨宇宙間。一時同儕之士，望之若神仙中人，且衝舉雲霞上矣，咸號之曰髯仙人。仙人聞之曰：『是善名我。』因捨其名，亦自是謂髯仙云。

節錄上雋汪宗伊撰墓誌銘：高處士名瀫，字宗呂，號石門，又曰庖羲谷老農，人皆稱爲石門山人。予少即識山人與傅子於閩。今嘉靖壬寅九月十九日卒，遺囑傅子乞銘於汪子。傅子乃千里走浮梁，以其子槃狀徵銘於予。按狀志曰：「高氏其先光州固始人也。元季有慶生者，通三經爲淳儒。明興，有諱旭者，山人曾大父也，以僉事督學江西，有教績。旭生基，以義拜從仕郎。基生鑑，教諭清遠，又克繼其祖烈。鑑生山人。山人孝義人也，早孤，居父喪盡禮。母陳氏，葬弗吉也，亟遷之，費不貲，諸兄族人難之。家貧，顧嗜奇書，至萬卷，盡解其大旨，第不事光彩，若礦金璞玉，人未之奇也。甲申，予大人宗伊，鳴盛子。守福州，廉山人賢，躬詣敦請至再，始偕傅子至。予大人慎交遊，重許可，獨奇山人，贈以詩云：『擔頭惟有千金字，筆下長生五色烟。中夜論心雄把劍，少年洗耳誓潛淵。』時呼爲高士。豐學士熙諸君子多與山人友，或勸之仕，笑而不答。酒酣放歌，掀髯抵掌長嘯，橫睨宇宙，人莫識其意。鄭繼之死，託以妻子，山人竟出百力衛其孤，雖叢謗弗顧也。予大人益重之，聘山人較十三經、兩漢書三年，辭餽錢百金。山人固窮也，語曰：『窮視其所不取。』此不足以觀山人乎？則又以廉介稱。山人嘗遊燕山，汎瓊海，探台、雁，抵行、華，足跡且半天下。故發爲詩文，精妙淵邃，豪邁出群。又善書善畫，篆、隸、楷、草、茅書、印章，咸極其妙。畫尤精墨菊、鉤竹，山人則不欲藝聞。嘗見予大人與山人登芳崱峰，縱觀『天風海濤』，竟日忘返，雖古人風流何加焉。山人之卒也曰『知我者，爾翁也」，於是泫然，蓋傷知己之難云。比卒不亂，距生弘治甲寅正月八日，年僅四十九。棨乖以治命。卒葬於懷安文山之原。

靜志居詩話：少谷居鼇峰北，從之游者九人，鄉黨目爲十才子，少谷詩所云「一時賢士俱傾蓋，滿地萍蹤笑舉杯」是也。

柳湄詩傳：諸書皆以高、傅並稱。按傅生於成化十二年，其自序七幅庵，乃萬曆壬子，是年已近八十。高生於弘治甲寅，卒年四十九。鼓山大頂峰「青天白日」四大字，太守汪文盛書。旁楷書徑寸，鐫同游二山人傅汝舟、高瀫，可知傅長於高。石門集鈔本，所稱霞居子集即石門集。明末林榛得於市之亂籍中，其族曾高兆索而錄之，卷首有莆田林向哲及榛二序。道光辛丑，蒼爲授梓廣傳，共古今體聯句二百二十三首，茲錄其大略如此。按，瀫取生平交遊姓名及贈答詩文彙爲敦義篇。

送王文旭訪兄游海門按，文旭，杲字。

我昔駕海水，挂帆潮如山。長風無晝夜，萬里空波瀾。鵰鶚絶雲漢，蛟龍雄屈蟠。舟在空中游，我從日邊還。江湖豈足語，壯懷萬象寬。好道心未已，喜子維大觀。眷然思海門，得睹廣陵湍。便從武夷曲，更上嚴陵灘。東浮淛江潮，飄飄吴越間。水石日在眼，歷覽幽意繁。慰爾同胞人，四美合二難。長歌秋水篇，對此開心顔。歸來煉金骨，尋我紫雲端。攜手凌白日，笑看桑田乾。

送王文周、文晦兄弟赴進士舉按，文周，希旦字；文晦，曷字。

王門十一子，昆季若虬龍。肅穆由古制，卓有古人風。先朝德業顯，經術今猶崇。哲兄早繼志，意氣凌飛鴻。談論下江海，詞章耀星虹。風塵數載餘，滯爾槐岡東。令弟字文晦，復入丹桂叢。七步追子建，三復繼南容。池塘春草生，夢寐惠連同。結交盡豪俊，顧我開青瞳。正宜且聚樂，得志君遭逢。時清多哲人，京國合英雄。羡爾二龍出，已知凡馬空。天衢騁高足，直謁大明宫。早懷經濟策，持上啓帝聰。願以伐大猷，手成天下功。野人能長頌，高歌白雲中。

别鄭繼之六丈赴闕

在昔桐廬行，與君初周旋。同舟進邑水，正值朱明天。絺綌久愛熱，枕几朝夕偏。辛勤風波事，恍惚在目前。追遊武夷曲，悵望廬峰巔。岧岧富春臺，弔古空蹁躚。三旬荷繾綣，一日重纏綿。君即叩王閽，我上桐江船。萍逢忽相失，中間事茫然。歲晏滸市關，寄我雲錦箋。開椷儼精神，懷仰何由宣。及子養疴歸，南湖阻風烟。中復一二見，每被塵網牽。買山來水部，始得話昔年。一日兩相慰，婉孌情不遷。開談竟晨夕，頻得觀大篇。

燦燦華星偕，皎皎秋月娟。縱横馳世感，百寶串珠璇。饑口肆咀嚼，游魚餌芳荃。意氣共浣濯，論議混源泉。累牘刮心目，析理入頤玄。展詢各無隱，轉愛我癡顛。日至必潦倒，蔬食陋華筵。煨柮向深夜，屢參道德禪。斗酒媿提挈，巖石齊攀援。洗心秋氣朗，共此明月圓。脱巾少谷峰，清調鳴珠絃。吸露瀉懷熱，輕舉從仙仙。遠游豁奇思，約上衡山巔。飛錫不可極，俗駕坐迍邅。兹事實非偶，此意徒拳拳。新詩謬稱許，疇敢當前賢。璚花或采遺，永結同心緣。君今别我去，蓮葉正田田。涉江江水深，涉山山路延。晴日叫谷鳥，高槐咽新蟬。風塵變燕市，滯我閩海邊。手植緑玉樹，長大枝葉妍。薜蘿徒在眼，對此誰復憐。白雲翳石門，幽貞君子便。朝廷固明豁，百姓何顛連。吾皇道揆在，繩糾當無愆。丈夫慎致身，禹稷心所懸。行當樹勳業，慰我心悁悁。

夏日李監察攜荔酒邀予登烏石山，觀李陽冰古篆，酌於清虚亭，值風雨大作志喜

超懷寄霄外，覽跡瞰城隅。陰洞迴朱光，巖亭抗清虚。草木何恢台，江海曠以紆。使節行時令，驄馬野踟躕。懽觴行丹荔，刈薜譯薤書。初雩烈遥巒，驟雨忽然濡。改席變迅雷，言歸待望舒。不恨阻清燕，三農慰焦蘇。載詠君子政，神化固須臾。樂哉邱園子，擊壤明代斯。

松澗行

君不見孤松長在古澗頭，白日颯颯生高秋。翔雲南來冰雪暗，木黄草白回林邱。此時獨見澗頭松，盤拏照水來雄風。棟梁急時須爾用，知爾直節應與澗水流無窮。

中溪短歌贈李監察元陽兼懷汪白泉總憲

點蒼嶄巖龍躍空，千溪湔湃誰者中。中溪派出最高頂，灑落實與銀河通。濯纓惡用爾溟渤，手把玉枝弄明月。滇池出鎮有汪公，願同挽汲洗攙孛。

長安街暑中醉歌

少小負奇山海遊，素志未足窮遐陬。偶來京華不解事，紅塵萬丈深吾愁。車馬紛紛蔽白日，咫尺不辨公與侯。英雄豈得仰面立，不見冰山之水水復流。眼前萬事奚足問，富貴真視如浮漚。不如歸去酌我酒，赤脚高歌滄海頭。

遠歸醉歌贈小傅子按，汝楫也。

小傅小傅人中仙，百壺倒盡春風前。撫時憤激氣莫敵，長撑白眼看青天。珠璣爛唾不輟口，笑酬知己凌蒼煙。高郎少小負奇好，愛爾兄弟相偕早。萬事都歸混沌初，廿年結契烟霞老。笑予偶向京華遊，疏狂每被時人惱。紛紛肥馬逐飛塵，白日不見長安道。碧山何如歸去來，與君爛醉眠芳草。君不見成都賣卜誰識之，眼前俗類奚足疑。

過少谷

少谷峰頭好，尋詩過草堂。獨行地自僻，相對意何長。客禮容疏懶，朋情任渺茫。深杯吾不厭，白日到羲皇。

月下過少谷草堂

爲愛草堂静，留歡夜已闌。主人能愛客，領我上看山。月色寒侵骨，杯光濇破顔。請君須一醉，時事每多艱。

五峰絶頂望先隴呈同游

獨上丹巖盡，崎嶇藜杖間。淼茫歸大海，磅礴下諸山。高鳥黄雲裏，幽人白石閑。西風對孤隴，愁絶淚汍瀾。

金粟臺懷林、鄭二子按，在福州郡治九仙山。

平遠臺爲迥，幽傳金粟名。斷雲尊佛塔，崩石次山城。鳥下依人靜，梅開照眼明。長途有兄弟，欲折寄深情。

登定光塔留題絶頂按，在福州郡治九仙山。

颯颯悲風滿，稜稜寶刹停。日開天廣大，雲度海微溟。八面宏王造，三時直帝廷。本無煩惱結，高嘯俯禪林。

送見素司空赴省按，見素，莆田林俊字。

先朝諸大老，公獨善行藏。德望開天表，冠袍入帝鄉。洛波龍合起，阿閣鳳初翔。心膂方懸注，賡歌答聖皇。

十七夕登烏石和木虚

觀鐙坐烏石，石上斷人行。烟霧深移月，星河半在城。詩從歌窈窕，僧苦話逢迎。近憶招提境，重陳離别情。

岊山送顧志仁

萬里一爲别，征途莫漫留。黄花明晚色，孤月浩江流。濟世移忠日，爲官學道秋。仙舟依北斗，攀望五雲頭。

讀謝諫議惟盛奏草按，惟盛，蕢字。

細檢焚殘草，江山不斷香。萬言明典禮，屢死動君王。民命蘇天下，河流奠故鄉。案，指請塞新港疏。他時求古直，開卷接遺芳。

閱請從祀龜山先生疏

洛水不可極，南來一脈傳。孔文未墜地，堯日正中天。異代昭遺典，高風仰後賢。宮牆人論定，猶憶孝皇年。

十二月十二日同袁佩蘭、郭方巖、張白巖、王泌泉過傅子白屋看菊

宵漏聲偏急，孤鐙興未闌。菊筵移橘缶，風色醉雲冠。濁世淹三令，高情喜二難。長愁摩詰在，相對草堂寒。

九日攜酒同平崖、秋谷、木虛上越王城，登樣樓，就酌環峰亭，因懷少谷按，環峰在福州郡治冶山，今爲環峰境。

去歲黃花節，留歡北野中。世情今日異，時序往年同。把酒憐高子，臨風憶鄭公。山城層古殿，登眺各無窮。

金山寺

偶作幽燕客，來尋第一泉。孤峰流不去，萬水盡迴旋。日倒金輪轉，天開寶境圓。平生負幽討，對此欲飄然。白鶴何年去，金山此日看。浪高樓影亂，天闊野情寬。淮樹青微渺，焦丘影鬱盤。憑欄發孤嘯，井底有龍蟠。

飲皇甫子循進士席上，待月索贈

湜也年英妙，黄金臺上逢。談詩永清晝，媿我揖玄風。燦燦珠輝席，娟娟月映空。才華真爾羡，用志古人同。

贈東橋老

我羡東橋老，幽懷誰可憐。無官堪避世，有道亦忘言。綠樹遥侵屋，青溪直對門。風流杜陵興，不減浣花村。

九日送藍汝汲歸武夷

九日黄花好，君回何處船。淒淒抱白璧，耿耿在詩篇。道豈明時晦，名應後代傳。武夷山水窟，吾意獨飄然。

送陳大理北上

臥即東山起，舟從北極開。國愁賢者隱，官爲聖人來。執法星隨劍，名卿月近臺。無因伴鸞鳳，迢遞想蓬萊。

林克厚年七十五遊京師，三疏陳時事，邵尚作三稀卷索予詩贈之

稀年遊帝里，君是布衣豪。疏獻明廷壯，名聞故國高。江山迎劍佩，星斗動文旄。丹詔他年下，龍光照野蒿。

歲暮往苕溪改卜孫太初墓

苕溪孫復墓，流水落殘苔。今日青山改，看君白馬來。鳳麟無棄骨，梁棟有遺材。應識

歸雲道，魂遊定不猜。

九日宿猿洞按，福州郡治烏石山。

城上烏山祠殿荒，洞門松石鬱相望。極知勝地銷憂得，未結真緣臥病妨。猜客短覺何事去，經秋野菊不辭香。風烟獨立酬佳節，北望蒼茫意轉長。

仲春周少參子賢邀長慶寺按，在福州郡治西。

青春野寺同杯酒，白馬藩侯幽思多。竹外紫烟凝不散，花間黄鳥静相過。祗緣下榻來漁父，更喜新詩賦薜蘿。四海閒情從我有，百年意氣奈君何。

傅子擬築湖心宛在堂，以詩見招，漫答

南州五月湖水平，荷花成頃湖山明。放舟邀客錢已辦，題詩寄余堂欲成。渚鶴沙鷗底自性，棘雲蘿月相爲情。眼中萬事不須問，吾與汝曹當遠行。

從豐五溪學士、傅丁戊山人遊湖次韻

堂開宛在水中天，湖日光翻碧草筵。廊廟壯懷公獨在，山林高興我能專。鷗群袛結成真夢，藜杖長懸取醉錢。一落滄洲機盡息，白魚青鳥滿前川。按，豐熙以諫大禮，謫戍閩中。

鄭傅二子訪予山中雨酌和答

小隱靈山猿鳥深，坐空涼雨爾來尋。風生草榻長消暑，雲起蒼梧欲作霖。自信多蠅能點璧，要知同舍不偷金。烟花暫啓青霞洞，天地頻抽白玉簪。

贈丁戊山人移居疊前韻

萬壑白雲從汝深，千盤青磴費吾尋。傾懷同照古時月，覆手不爲今日霖。齒齒林間多白石，紛紛門外只黄金。百年共結三花樹，日暮空山長盍簪。

陪汪白泉謁勉齋先生墓祠和丁戊韻

雲迷闕里滄海南，荒塚初回樽俎間。後代衣冠瞻有地，往時碑碣已無山。禮崇歲月蘋蘩薦，天接宮牆氣象還。獨抱一經懷道德，讀殘三禮愧蒼顔。

九日攜聶閩清義林宜興文聰二令尹登烏石

南中雲物動秋哀，九日攜朋烏石臺。白眼本非違世意，黄花元不逐時開。興酬佳節還詩句，笑引青山落酒杯。痛飲狂歌聊自適，倒施巾幘令人猜。

平章池燕集疊謝雙湖僉憲韻按，池在福州西湖旁。

西湖主人能好賢，高樓風接芰荷筵。開籠放鶴移芳棹，臨水换鵝來素箋。杯共青山邀大老，聰明湖影仰天仙。浮槎星漢知名姓，玉籍金章早已鐫。

疊豐五溪學士韻

簫鼓遲迴錦浪舟，月華人醉玉觥籌。山色倒涵流水淨，荷香細傍晚風浮。東南賓主聯芳席，西北烟雲歌滿樓。尚志且隨巖壑隱，先憂真赴廟廊遊。

中秋同陳明水、張白崖、郭方巖甘遯堂聽雨

省郎從戍復南來，幽抱逢人迴自開。本爲中秋歡入郭，却緣今雨負登臺。尊前越客還高會，鐙下吴歌能幾迴。世路飄蓬易分散，可因無月自停盃。

冬日過少谷墓下

一自玉棺葬西麓，歲寒空爲掃楸梧。心悲白日猿偏哭，氣逼青陽鳥亂呼。生死丈夫元不二，妻孥友道竟何孤。終傷泉路同幽憤，未信人間有至愚。

夜集傅子觀我齋答郭澄卿都水按，郭波字澄卿。

水部風流迴莫過，青春白日臥雲蘿。一官濩落歸來早，萬姓分明感激多。年少賈生應遠放，窮途阮籍合狂歌。山堂夜榻相歡地，石室雲臺還若何。

十月望日潞河阻凍

十月潞河船不行，雪花如掌風前傾。即看楓林蒼翠失，頓見茅屋瓊瑶成。隔人皓齒忽以下，傍竹黄花還自清。孤蓬萬里誰能識，獨倚高歌滄海情。

行臺春日，中溪李御史邀林榕江正郎、陳方山殿撰及予同酌松石水亭按，榕江，林炫字；方山，陳謹字。

攬轡全消海上烽，行臺春日倍從容。錦亭隔水揮金盞，綉石穿松立翠峰。儀部風流歌縷鳳，翰林麗藻賦雕龍。招遊况許山人在，傍月穿花野興重。

羅山月下遣興

石門道人真好奇，角巾野服駭群兒。慣隨白鳥行偏健，貪看青山坐不辭。世短每憐長伏枕，家貧猶自苦吟詩。杖藜來往羅山月，此意惟應野老知。

遲清亭至日見梅按，少谷所居，在福州郡治九仙山。

自慚二十二年矣，伏枕危時可惜過。寒梅隔水看又發，至日見花開更多。絶知春色原來早，恰使我愁其奈何。風景不殊人事惡，遲清亭上一長歌。

卜居紫芝山柬林傅二子

卜居喜得臨芝麓，地僻經過俗客稀。不是幽棲得安穩，亦知養拙有光輝。門前細草重重綠，林外新鶯款款飛。傳語林逋傅休奕，論文或不媿吾違。

畫牡丹竹枝

竹淚斑已滅，花神夢却闌。湘靈不可吊，徒向畫中看。

九日林芝泉席上無菊戲寫一枝

重陽菊未花，對酒徒寂寂。不奪造化工，何以見顔色。

菊

陽窮菊始花，花好不在色。寂寥群芳後，因以觀隱德。

九日予鬌頭採菊籬下，王樵雲外至，相與一笑，遂寫圖歸之。林彥德見愛，復索寫此，示此詩

一笑相逢花滿頭，酒徒詩伴近金甌。獨憐不見乘時樂，偏惜東籬一段幽。

畫鷄贈李公衡 按，公衡名銓，見鄭善夫詩傳。

武距文冠賜錦英，凡禽未許占先聲。莫教花下閑棲立，孝子忠臣待爾鳴。

題畫留別張崑崙、鄒雲涯

白石清泉道不孤，仙人歸去臥蓬壺。高齋他日如相憶，試向牕間閞此圖。

寄贈施仙臨隱居羅山 按，仙臨名世亨，見鄭善夫詩傳。

喜爾高蹤難與從，春風蘿月對諸峰。石門直在諸峰外，雲木烟花幾萬重。

喜施二築居朱紫巷

按，施二即世亨。

草堂結搆花石新，幽獨移居見好人。階下定生書帶草，莫嫌疏放到來頻。

斑竹杖歌

傅子得十二節斑竹杖於東山大乘提薩垛。握中有題志曰：「開元二十六年聶雲拾。」杖類龍驤之勢，色陽如玉陰如玳，距今千年矣。因賦詩奇之。

盛世應知起臥龍，千年神物識英雄。未須把拄烟花裏，直取飛騰霄漢中。

全閩明詩傳　卷十九　嘉靖朝一

侯官　郭柏蒼
楊　浚　錄

方一桂

字世芬，一字霽峰，宜賢長子，一蘭兄，見下。莆田人。嘉靖二年與弟一蘭通志誤一蘭爲一桂兄。同登進士。授蒲圻縣，召宣城，入爲廣東道御史，繼按山東。以議禮受杖。還職，督北畿學政。建言，復受杖，削籍，卒於家。隆慶初贈光祿寺少卿。

挽爲齋弟龔殿撰用卿撰一桂父婺川知縣宜賢墓志稱，宜賢三子：長一桂，廣東道御史提督京畿學校；次一蘭；三一梧，縣學生，殆即爲齋。

生平肝膈汝偏知，懷抱如今欲吐誰。恨不早窺修短數，別時添淚訣江湄。

方一蘭

字世佩，一字西皋，宜賢次子，一桂弟，見上。莆田人。嘉靖二年與兄一桂同登進士。官禮部郎中，以議禮受杖。有少微堂集。

留雲洞

瀰瀰瀨溪水，幽幽雲峰林。春日不易暮，遲遲獨登臨。意與梧竹遠，因之泉石尋。灼灼山花發，嚶嚶幽鳥鳴。兩目窮寥廓，斗酒醺復斟。解囊坐磐石，且撫空外琴。彈作招隱曲，琅然太古音。何時謝簪組，長此棲雲岑。

陳褎

字邦進，宇子，見上。寧德人。嘉靖二年進士。授御史，擢廣西按察司僉事。有騮山集。

柳湄詩傳：褎授御史，敢言。卒以忤言，謫韶州推官，再謫泗州州判。遷慈谿縣，再遷松江同知，擢廣西按察司僉事，值夏言再起爲相，御史吕光珣希旨劾褎，遂罷。傳見通志。按，洪武乙丑進士長樂陳洵，即洵仁，見卷四。棄官就戍所養親，子孫遂籍寧德。玄孫和，景泰癸酉舉人，官無爲州學正。福寧志癸酉誤庚午。和長子寓，成化己丑進士，官南京刑部郎中、山西按察司。通志有傳。次子宇，即五真居士。見十五卷。長子褒；次子褒，字邦進。又按福寧志，正德甲戌進士陳褒，官行人。通志誤陳褒「官行人」，蓋以邦進誤爲正德九年進士也。集中有韶州、廣西僉事等詩，則騮山集决係邦進之作。他書署「褒官行人著騮山集」者，皆誤矣。按莆田朱淛集五真陳翁自壽詩序云：「翁二子俱登進士第，季褒與某同年。」可知陳宇二子，長褒，次褒矣。

次周草窓山行用劉執齋韻

是處風雲是處山，海濱亦自有人閒。孤懷恥向塵埃没，直道誰令太古還。一飯不忘君父德，寸心長與廟廊關。灑殘血淚何時歇，未老先教兩鬢斑。

舟發平圃

一夜春溪帶雨流，晨光疾發曲江舟。嶺雲漠漠低平圃，岸樹依依夾柳洲。相國開元多諫疏，長公紹聖有江樓。磨刀打木還茶餉，合與詩人作勝遊。

定海登候濤山

涼風烈景動清秋，策馬沿江散晚遊。寄國萬年通禹貢，候濤終古殿東州。水光抱日揺蛟室，海氣連天結蜃樓。便欲扶桑掛長劍，孤槎猶恐犯金牛。按，牛，金牛，即牛宿也。

二月二十日得韶州邸報

郡邑驅馳逾一年，腰圍瘦盡雪盈顛。時清最慊平生志，官退寧求負郭田。丰采曲江丞相里，韶華二月艷陽天。登山觀海滔滔興，况到羅浮別有天。

得廣西僉事報

道不趨時只合休，包荒猶得聖恩留。十年塗抹從新樣，萬里風烟指舊游。巖啓星芒將照乘，秀看山色獨横秋。驅馳敢謂天門遠，對越無忘願已售。

至烏蠻灘謁馬伏波廟

向來岸幘甚安閒，回首痴游隴蜀間。豪氣當年憐馬革，神功千載肅烏蠻。誰分薏苡成車載，自合雲臺上將班。堪嘆後來翻覆幾，銅標南紀喜今還。

正月初十日至龍城，得賜閑住報，歸途

舉世忙忙何日閑，百年歸臥日猶寬。達人不爲窮途哭，爲政須知巨室難。明月入簾堪自照，懶雲留榻可同安。槐堂未了平生志，擬聽春風似續歡。

鄭　弼

字諧甫，一字棠泉，莆田人。嘉靖二年進士。歷工部郎中，出爲雲南府，以親老致仕。蘭陔詩話：莆田自山齋、翠庭諸公結逸老會後，嘉靖中康礪峰復舉社會，預者八人。鄭棠泉知府，年七十八；據惜昔詩，則弼年踰九十。雍見川少參，年七十七；陳淇塘知府，年七十六；林南崧運使，年七十五；柯希齋主事，年七十四；林方渠知府，年七十二；康礪峰尚書，年七十一；林退齋尚書，年六十九。時人稱爲「八仙會」。

惜　昔

昔日明光醉碧桃，上方餘瀝染宮袍。春融邃閣麒麟壯，雲護巍樓鳷鵲高。東華淑氣催金蕚，西苑松聲起雪濤。九十老臣無限思，不堪遲暮夢蕭騷。

夜坐

獨樹風漸生，四郊雨初歇。何處隔山鐘，聲聲帶明月。

陳篪

字和韶，簧弟，莆田人。嘉靖二年進士。授杭州府推官，擢刑部主事，轉禮部郎中，歷尚寶司卿。縣志：篪初授杭州推官，平疑獄，抑閹豎，擢刑部主事。會大同兵變，疏解撫臣劉源清罪，得薄譴，轉禮部郎中。時代藩行萬金賂嚴嵩，請内徙。篪抗言：「此高皇帝設屏翰爲備邊至計，不宜輕徙。」出補岳州。内閣以郊廟大禮方殷，疏留供職，遷尚寶卿。竟爲嵩所銜，罷歸。

謁唐君祠

攬勝來登高士臺，獨依叢桂重徘徊。峻峻遠嶠奔兼伏，漠漠寒潮去復來。玄鶴西歸千嶂夕，長鯨東撼百川迴。知君亦是隨光侶，今古空令嘆逸材。

方日乾

字體道，福清人。嘉靖二年進士。授德清知縣，擢監察御史，出爲山東按察司僉事。有任庵集。

過淮陰

落落乾坤小，王孫不自食。老劍倚天寒，長竿空月白。沛上未從龍，埃中人不識。老嫗雙眼青，相留淮水碧。

劍浦

溪北梅初蕊，江南草已春。龍光迷古蹟，漁火照空津。歲月驚新眼，江湖少舊人。徘徊看寶劍，空負百年身。

夜至任丘

去城三里許，寒柝二更天。風暗樹聲細，天低河影懸。近村燈未撲，望驛馬爭前。尚憶人家舊，春游散柳煙。

入湖舟行阻風

長眠不思起，捫腹亦耐飢。閑推當世事，默和故人詩。近水衾微暖，逆風棹任遲。行藏自有分，堪笑阮郎悲。

游金山寺

爲有白雲在，僧房終古閑。磬聲度煙景，夕照霽江顔。老衲機心息，春禽樂意關。倚欄望焦阜，萬舸送潮還。

漁家樂意

江頭無地種閑花，翠竹新栽兩岸斜。細切金鱗烹石首，爛炊香飯熟胡麻。蘿雲欹抱滄波石，桃雨輕澄錦浪槎。漁伴相過留一醉，卧看涼月印平沙。

峕嵐道中

横波漫白雪兼沙，晴野朝曛漾素華。短日連行山後路，新春忽憶嶺南花。晚溪報雨千峰暗，春酒呼人一旆斜。自逐東征又西下，宦波愁思兩無涯。

寓武夷宫

一曲溪通九曲灣，洞門無鎖水無關。溪雲散漫誰人管，隔岸兩山相對閑。

朱 淛

字必東，一字損巖，莆田人。正德十一年鄉試第一，嘉靖二年進士。授監察御史，卒年六十七。有天馬山房遺稿。

柯維騏莆陽文獻：朱淛，字必東，號損巖，塘下人。正德丙子鄉試第一，嘉靖癸未登進士。選授監察御史，甫閱月，遇昭聖皇太后壽辰，有旨免朝賀。淛上疏言：「皇太后親挈神器以授陛下，母子至情，天日在監。若免朝賀，則無以慰母心而隆孝治。」淛蓋陰闢議禮者「不考孝宗」之說也。同邑御史馬明衡亦上疏，概與淛同。世宗震怒，差官校捽二人至內廷，命中貴詰以「免賀乃皇太后意，如何輒敢訕上？」遂俱下詔獄。既而鎮撫司請旨，世宗召輔臣蔣冕曰：「此曹以不孝誣朕，法當反坐，論死。」冕膝行泣護曰：「淛等愚昧，固可罪，然中心實匪他。陛下方隆堯舜之治，不可有殺諫臣名。」世宗怒稍霽曰：「饒死，充軍。」冕又泣乞未減。乃定旨「各爲民」。淛抵家，以奉親爲娱與人交，不欺；或爲人所欺，不之校。處鄉里未嘗虐視一人，咸稱爲長者。公府絶無私干，至於民間利病則不肯默默，雖與有司逆，弗顧。如里甲協辦，當者率破産。淛貽書同年按察使周延，極言其弊。

友人參政王鳳靈與周善，亦助之言。周力贊御史趙應祥務革協辦名目，屬署篆府同知吴元璧，會計歲費幾何，徵銀在官，不涉於民，刻籍爲定規，省不啻十倍，至今賴之。家居三十年，巡按累薦，不報。澥與明衡出處雖同，然澥家貧尤難堪，所著文詞，無窮鬱怨尤語，其養深矣。

柳湄詩傳：澥爲文不涉虚詞，其最陰利於莆民者，則在於南陽水利之議，山寇、海寇之防，鹽役落綱之辦，誓禁屠牛之約。天妃辯一篇，尤見卓識。

寒宵步月

鷄犬無一喧，寒色四郊靜。東峰青松枝，高掛白玉鏡。仰觀天宇高，屋角横斗柄。寂寥靡所歡，清虚愜情性。商頌有遺音，琅然發孤咏。

與筆峰贈别

昨日迎君南山南，今日送君北山北。五日十日留使車，千山萬山動行色。二十峨冠登漢朝，三十金帶光横腰。四十煌煌將使節，柏臺薇省揚清標。只今年華未五十，精神意氣誰能及。揮鞭躍馬蒼梧來，萬里咫尺風烟開。黄金臺前拜天子，傾倒盡交天下士。文章器業時共珍，丈夫特達有如此。我忝清朝法從臣，曝鬐頳尾嗤窮鱗。生還北闕誰將引，老去他山空復春。城市山林隨所遇，坎止流行無定據。世途詰曲多波瀾，邱壑寬閑足雲樹。嵐光山靄暗不分，欲別未別心紛紜。心紛紜，傷離羣，贈君山中一片雲。

登壺山，宿靈雲僧舍

桃花洞裏靈雲寺，信脚來遊夙願酬。松下樓臺當落日，巖間風物正宜秋。天低坐看星河落，氣爽懸知沆瀣收。未曙棲鴉先拂樹，眼中滄海復悠悠。

草堂前芙蓉正吐，口占爲別

不耐清秋懷遠途，草堂坐覺旅懷孤。捲簾月上芙蓉影，便是人間送別圖。

柯維熊

字奇符，一字易軒，莆田人。英子，見上。維騏兄。見下。嘉靖元年舉人。官龍游知縣，崖州同知，以子本贈兵部員外郎。

山亭

林下幽閒睡起遲，日高亭院幾多時。隔簾恰恰鶯聲囀，繞徑重重花影移。青草蔓中看蝶舞，白雲深處有僧期。石爐香燼茶煙斷，一榻清風一卷詩。

柯維騏

字奇純，一字希齋，英子，維熊、維羆弟，俱見上。茂竹祖，杲曾祖，俱見下。莆田人。嘉靖二年進士。授南京户部主事。有藝餘集。入通志儒林傳。

靜志居詩話：宋、遼、金、元四史，惟金史差善，其餘潦草牽率，豈金匱石室之所宜儲。希齋宋史新編會宋、遼、金三史爲一，以宋爲正統，遼、金附焉。升瀛國公、益衛二王於帝紀，以存正統；正亡國諸叛臣之名以明倫；列道學於循吏之前以尊儒。歷二十年而成書，可謂有志之士矣。其詩文曰藝餘者，編宋史之暇所作也。

雜感

精衛填滄海，鷦鷯棲一枝。愚者用其心，不免達者嗤。子孫儻力耕，十口可免饑。胡以有限年，役役瘁體肌。少游戒贏餘，此語不吾欺。

寄文衡山内翰致政歸山

海内論交久，清朝偶共逢。談詩山寺月，並馬禁城鐘。林臥余多病，吏情爾亦慵。相望隔秋水，芳訊託芙蓉。

歲晏

十載臥滄洲，居然成白頭。光陰雙過鳥，天地一虚舟。江冷魚龍寂，山深麋鹿遊。懷人歲復晏，徙倚夕陽樓。

九日集東山

登高直到石巖巔，滿目雲山秋可憐。僧影夕陽紅樹裏，蘆花野水白鷗前。寒天摇落仍幽事，淨社招攜有宿緣。共把深杯對叢菊，不妨短鬢趁流年。

别黄道卿

菟絲生高松，引蔓何纍纍。與子相綢繆，詎意此别離。一日如三秋，況乃天一涯。斟酌杯中酒，薄言展我私。座有慷慨賓，援琴歌古詞。一歌行路難，再歌長相思。請君勿復歌，使我心傷悲。

壬戌秋，讀林侍御瀾安閩疏，喜而紀之按，瀾，莆田人。

海疆昔無虞，擊壤自怡悦。老來事多違，島寇歲侵軼。茲春歷夏秋，愈覺勢撇烈。邑中鷄犬村，盡化豺虎穴。殺人積如山，溝渠日流血。逃者屋廬焚，贖者膏髓竭。耕夫與紅女，生生望已絶。萬口紛哀鳴，半菽不得啜。怨咨干天和，只恐無遺孑。杜史賈生儔，感時倍嗚咽。力振此邦人，一疏陳曲折。寬逋兼簡兵，當宁嘆剴切。人謂今司徒，如古稷與契。將無善調停，徵需罷騷屑。司馬文且武，兩省曾授鉞。部曲協壯猷，百戰靖全浙。旦夕閩父老，壺漿候旌節。竚望陽春回，枯木再萌蘗。河漢天上來，洗却氛祲滅。無勞握粟卜，解我心鬱結。

索　居

一自返園廬，逃名久索居。人閒馴鳥雀，地僻值樵漁。花映石塘淨，泉鳴雲壑虚。春江有歸雁，不寄子公書。

過鄭棠泉别業，留酌按，鄭弼字棠泉。

柴門常晝閉，欣爲故人開。山色盈書牖，棠陰護鶴臺。棋殘林月上，巾側野風來。痛飲非吾事，應須盡興回。

秋集東山

閒心應許野僧知，竹院頻開榻未移。老去生涯那惜醉，秋來物色最宜詩。蟬鳴庭樹涼飆入，鳥度江村夕照遲。叢桂山中長好在，與君還結歲寒期。

八月集東山，和林西谷韻

窈窕松門隔市氛，亂峰秋色帶斜曛。白雲幽谷聞樵語，紅葉空階下鳥羣。清世行藏慚已晚，故山風月許平分。歲華荏苒催黃菊，斗酒東籬更候君。

新春詩社

石巖細路入蒼苔，又伴東風一度來。莎上煙光迎旭動，林間花蕊近人開。無情歲月休看鏡，有約溪山數舉杯。清世誰陳封禪事，腐儒真愧著書才。

早春遊東山作

古寺尋春興不虛，暖風時拂薜蘿裾。新花萬朵日華動，好鳥數聲山意舒。散地偏宜狂阮籍，明時休薦病相如。不妨頻借高僧榻，稍避塵喧讀道書。

至日集東山

冬至陽生日漸舒，一瓢僧茗夢回初。逃名猶覺雲山淺，學道深慚歲月虛。苔徑人稀幽鳥下，松門風細午鐘疏。自憐江上行吟影，石塢梅花瘦不如。

林汝永

字君修，洪元孫，廷陞父，見下。莆田人。嘉靖元年舉人。除南樂教諭，遷國子博士，擢南京户部郎中，出爲思恩府，調黎平，陞長蘆鹽運使。有南崧集。

初夏集湖園，有懷退齋弟

江南四月麥秋後，正是濛濛梅雨時。朝靄暮煙凝不散，鳴鳩乳燕漫相疑。登樓悵望青山迴，攬鏡愁看白髮垂。可惜池塘芳草滿，一春閑過已無詩。

黄希韶

字如韶，希英弟，見上。莆田人。嘉靖元年舉人。官常州通判。

柳湄詩傳：希韶教諭鹽城，端方雅飭，歷常州通判歸。精岐黄，以醫藥奉母。

訪東村叔歸定山房

秋日懷高論，于焉入碧山。一笻尋古道，十里過松關。竹密青溪轉，巖迴石徑灣。兼能窮野趣，日暮不知還。

方重耿

字思直，一字石南，重熙弟，莆田人。嘉靖元年舉人。以子賓贈國子學正。

過常思嶺寺

嶺嶠重過古寺尋，佛龕燈影動鯨音。川雲淨結千峰午，海日遥含萬木陰。歲晚征鴻猶唳遠，天寒病葉共孤吟。自憐不似蘇門嘯，欲向中泠洗道心。

黄懋恩

字善推，一字四愧，又字景政，洙孫，莆田人。嘉靖元年舉人。授密縣知縣，轉國子助教，擢户部員外。有楓餘集。

玉山入常山道中

八十康莊道，三千沃野田。草萍開腰站，玉嶠入江煙。粤語車前變，鄉心海外懸。故人候驛館，款款薦春筵。

林　燁

字貞華，閩縣人，垠父。見下。嘉靖元年舉人。官榮府左長史，或作「遼遠長史」。以子垠贈户部員外郎。有兩江漁唱。柳湄詩傳：連浦東林科名，自成化後不僅三代五尚書、七科八進士而已。按，瀚父元美，以進士起家，即以元、亨、利、貞爲派名，瀚亨，梠兄弟利，熑兄弟貞。文安弟某，宰上猶，燁其曾孫也，初亦作令。自注：「一門在仕途者十五人，獨先曾祖與燁作宰。闔族達官聞人，不可計數。」通志：「嘉靖元年舉人林煜」，注：「庭模子。」郡志作「昱，字貞華，庭模子」。據其自注，則非庭模子。

露筋祠

有女有女爲阿姑，貞心一點金石如。傳聞姑嫂行重湖，湖邊落日蚊如蛆。嫂投人家甘受汙，姑寧嘬死心不渝。萬嘴吮螫血肉枯，朝見露筋橫路隅。一生一死只須臾，姑嫂相視薰蕕殊。古樹寂寞啼寒烏，停舟酹我樽中酤。百年嫂命竟亦殂，九原相見何顏乎。區區女流君子徒，處身不苟同璠璵。汗青炳耀千載餘，登臨弔古還長吁。敗名辱節無代無，李陵衛律真非夫。嗚呼，李陵衛律真非夫。按，露筋娘娘，他書已詳辯，此但據俗説成篇，意在李陵、衛律也。

分水關

千里侍嚴君，籃輿破曉雲。江湖身外迴，閩廣眼中分。戍鼓當關迓，樵歌隔隴聞。湫隘猶未棄，慚愧漢終軍。

萬歲寺與定上人清話按，寺在福州郡治九仙山。

金粟臺高瞰補山，十年前憶共雲關。眼中漸覺交遊少，靜裏方知歲月閑。日落空庭懸塔影，雨餘荒徑匝苔斑。南能老子禪心定，曾向東堂結習還。

問白髭

覽鏡朝朝問白髭，世人惟恐老難醫。百年看破渾如夢，且向花前盡一巵。

葉邦榮

字仁甫，順孫，閩縣人。嘉靖元年舉人。官安吉知州。卒年七十八。有朴齋集。

春　思

居有草玄榻，耕無負郭田。平林花照雨，幽谷鳥鳴煙。賦斂看今日，干戈憶舊年。四愁吟不盡，回首轉茫然。

春游

二月遊春事可誇，一鞭曙色淨年華。黄鶯啼遍青門柳，紅日薰開碧樹花。掩映川原開鳳闕，參差樓觀隱仙家。微官終古無重任，羞聽城南起暮笳。

贈陳螺江

芙蓉别殿放金裾，何處風烟問謫居。清道但留孤鶴伴，荒村尤恐故人疏。日長對雨常懸榻，地僻逢秋可著書。最羡漆園開晚逕，石田江上帶雲鋤。

王昺

字文晦，肇曾孫，佐孫，希旦弟，俱見上。杲兄，見下。侯官人。嘉靖元年舉人。授海門教諭，擢國子博士，遷監丞，轉户部主事。有晴川集。墓在福州北郊五鳳山。

邳州守歲

守歲邳州道，羈孤萬里情。鐘聲郯子廟，樹色項王城。柏葉愁相對，燈花黯不明。難成鄉國夢，風雨破長更。

王杲

字文旭，侯官人，肇曾孫，佐孫，昺弟。俱見上。嘉靖初布衣。卒年六十三。有怡漫集。

柳湄詩傳：王氏文獻詩集十卷，王褒、王肇、王亶、王譚、王希旦、王昺、王杲凡七人。希旦子應鐘有專集。按，志載王杲樵父集一卷。

病中寄傅木虛諸子

伏枕滄江上，終朝苦憶君。幾時同夜月，一别看秋雲。霄漢青燈夢，江湖白雁羣。閩山與吴水，誰爲致慇懃。

祝時泰

字汝亨，侯官人。嘉靖元年舉人。歷官户部員外郎，德府左長史。有九山集。

竹間十日話：祝時泰，廷玉弟，侯官人。嘉靖壬午舉人。歷户部員外，德府左長史。棄官，隱杭州西湖，築室以居。與光州守高應冕，承天守方九敘，江西憲副童漢臣，處士沈仕、王寅、劉子伯結玉岑詩社。人主一山，即景賦詩，推祝爲祭酒。一日登鳳山，各賦懷古詩。祝云：「白馬南來定宋京，五雲長繞鳳山城。星隨數盡中天殞，潮讓沙屯兩日兵。輦路獨餘春草緑，行人猶説故宫名。當年多少難平恨，並作江流萬古聲。」諸作皆不及也。著有九山集。按，通志無傳。

送人之塞上

擐甲出龍城，防秋夜列營。鵰翻邊月落，馬獵塞雲横。沙磧旌旗影，關山鼓角聲。思鄉臺上望，雙淚溼長纓。

龔用卿

初名相，以字行，字鳴治，一字雲岡，澤從子，懷安人。嘉靖五年廷試第一。除修撰，歷諭德，出使朝鮮。嘉靖十九年應天鄉試副考官，終南京國子監祭酒。有雲岡集。

柳湄詩傳：用卿父菊坡，叔澤，弘治十一年舉人，廣東市舶提舉。侯官王應鍾序雲岡先生文集，一卷至三卷金臺稿翰譔集，四卷至五卷玉堂稿山居集，六卷玉堂稿北征集，七卷玉堂稿使東集，八卷青坊稿宫諭集，九卷金陵稿成均集，十卷至十三瓊河稿臥痾集，十四至二十卷瓊河稿山居集，其子燿重編刻。按，曹學佺乃用卿次壻。集中所載「龔克廣」，用卿子也，或即燿字。萬曆府志以用卿收入文苑而黜許天錫。用卿文佳，詩非其能事。稱其博極羣書，弱冠取省魁。按，烏石山天香臺有「龔用卿曾游」五字題石，不署年月，用卿筆也。墓在福州南門嘉崇里惠澤山。其地俗呼洋中亭，有山特起曰瀆山，俗稱獨山。左接龍臺、南禪，右擁横山、烏石、鼇頂,前有旗山、白巖對峙,後有石鼓、鳳邱諸峰並列。福建按察司副使汪大受指爲吉壤,又與用卿夢兆相合。乃於嘉靖二十六年作五穴,祭酒居中,二林恭人左右,次左、次右以處側室,中有亭臺之勝,池塘七區,今皆淪入民居,僅存窆所及神道碑,惜其地平坦,故不久即入闤闠。朱子葬黄坑亂山中,其地險不可宅,寇不能踰,子孫不顯則不危,志乘屢載則不廢。賢者之見深矣。

奉天殿放榜聽傳臚,用正韻

銀闕先傳曉箭聲,疏星淡月映彤廷。六龍夙駕瞻臨御,三殿宏開聽奏名。宸翰新題黄榜溼,天香高照寶燈明。草茅際遇從今日,薄劣何能答聖情。

江　夜

微月娟娟流,清露濛濛溼。候蟲時暗鳴,漁火帶潮入。巖暝鳥棲定,天寒夜舂急。惆悵望煙林,寒塘空竚立。

麥斜巖按,在興化。

入山春已深,山氣猶寒沍。稍披榛棘叢,漸達寬平路。喬林蔽陽景,濕翠沾衣露。扶杖涉清溪，石橋橫古渡。危亭懸石磴，飛鳥不可度。陰洞瀉暗泉，層巖靈宿霧。幽人招不來，青山自朝暮。初無悟道心，聊以舒情素。回望碧虛宫，東山新月吐。

題余太僕雙嶼卷

青山萬疊來何許，碧水蒼茫落星渚。溪流倒影浸長空，遥見晴沙出雙嶼。主人草堂面湖山，溪光樹色連平墅。巖頭草徑任欹斜，有客攜琴自來去。一從主人遊金闕，野叟山靈日延佇。池花汀樹淨無塵，柴門晝閉傷暮春。知章投老剡川曲，張翰遐思故國蓴。高人本是煙霞侶，豈爲浮名絆此身。曾從圖畫見丰采，雲關岫幌瞻衣巾。待公白髮歸林壑，來爲溪山作主人。

游鼓山上院

杖策盤雲入，諸峰勢自卑。春風來燕雀，夜雨喜蛟螭。古洞片雲掩，危亭碣石支。浮生皆似夢，更與老僧期。

過大横驛按，在南平縣溪旁。

溪澄春雨歇，日出宿帆開。急瀨捕魚喜，懸崖過纜慼。水春分野碓，林户傍芳臺。愧我馳驅者，鄉關首重回。

葉　坊按，建安驛名。

晴雲明遠岫，澗水出重灣。岸柳回春色，江風醒醉顔。雨耕徐引犢，火種已燒山。民俗猶今昔，征篷故往還。

晚入浙江驛

薄暮浙江驛，平堤過六橋。小村通孔道，急溜入江潮。夜渡移舟泊，春燈隔水遥。越山看不厭，吾意更逍遥。

九日張半洲招遊烏石山

石徑透迤上，中天歷翠芬。亭開一江水，窓落萬山雲。極浦蒼煙合，平蕪秋色分。憑高俯塵世，笑語九霄聞。

同方筆山侍御、林榕江儀部游鼓山

丹邱晴望白雲浮，拄杖穿林徑更幽。清磬一聲山鳥下，佛燈初上夕江流。心閑萬籟消高枕，詩好閒心入素秋。聞説雲門松桂美，追陪更欲伴同游。

夏日集白湖鄭氏草堂

白湖隨處可忘機，獨上江頭坐釣磯。林木蒼蒼溪鳥下，野田漠漠水禽飛。子真谷口能留客，和靖山中暫解衣。不盡煙霞供嘯傲，輕舟更泛夕陽歸。

藩幕諸君招飲鼇峰勝觀亭按，在福州郡治九仙山。

芒鞋隨處訪名山，山在城東咫尺間。撲地樓臺初日上，無邊波浪暮雲還。地臨碧漢黿鼉窟，天設珠城虎豹關。喜有羣公同杖履，浮生又得一朝閑。

渡江望金、焦二山

廣陵天際挂風帆，次第金焦出二山。樓閣九天淹日月，寺門千古鎮江關。鐘聲吹浪鼋鼉出，野氣沉村鸛鶴還。最是中流凝望處，恍如身在五雲間。

登燕子磯

燕子磯頭構小亭，磯邊危石接高城。江光旭日鼋鼉出，野色晴雲鸛鶴鳴。沙岸繫舟春浪静，漁舠挂網早潮平。烟波萬里涵空闊，隱隱虛樓倚太清。鼋鼉、虎豹、鸛鶴，何可屢用？

瑶芳亭小集，次張半洲贈韻

翠園平野聳樓臺，碧澗潮從海上來。花塢巧當漁浦入，竹籬斜抱水亭開。芳分瑶草霞光淨，勢接龍宫灝氣迴。枉沐旌麾出城郭，新鋤小逕闢蒿萊。

渡江訪陳虚窓中丞按，虛窓，達字。

倚岸成橋通小溪，溪流清淺草萋萋。野花自落春歸去，澗户無人山鳥啼。

十四門橋按，在侯官洪塘過江。

疏松籠竹擁村原，跨岸橋通十四門。水淺沙明飛白鷺，夕陽溪色近黄昏。

再渡義溪，重訪陳虚窓

岸闊沙平江水灣，青簾畫舫水雲間。晴光忽散千峰雨，天畔分明五虎山。

舟過陽崎江漸闊，峽流半渡一溪分。平田緑野人家少，惟有漁歌接水雲。

王德溢

字懋中，一字十竹，連江人。嘉靖五年進士。授蕪湖縣，調慈溪，擢御史，敕理長蘆鹽課，以疏爭被讁歸。旋以御史召，復按廣東僉事，讁松江推官，終廣西僉事。

連江縣志：德溢按粤，榜一聯云：「鐵印初開，壯士胸中三尺雪；綉衣已到，贜官頭上一聲雷。」貪墨皆奪魄。乃陳旨計吏，立兩木，書貪、廉字，令所屬自審，各就其下。一縣令初立「廉」字下，頃又向「貪」字而立。問何故，答曰：「職初入官，清操自守，一介不苟。後上司責賂，不得已，爲免罪計，剥民以媚上。」德溢乃詰責賂者逮治，官方肅然。連江故無城，德溢議建之。

雲居寺夜坐按，雲居山在連江縣。

抱膝青松頂，凌秋紫靄層。清泠深澗溜，明滅古堂燈。鶴夢驚虛籟，猿聲落瘦藤。人間更摇落，清夜共山僧。

鄒守愚

字君哲，一字一山，師魯子，莆田人。嘉靖五年進士。授户部主事、員外、郎中，出知廣州，陞江西憲副，攝學政，參政湖南，調山東，歷河南左布政使，晉户部左侍郎，贈左都御史，謚「襄惠」。有俟知堂集。林雨可云：一山性耽經籍，多有著述。嘉靖乙卯，山、陝地震，奉命往祭河嶽，行賑恤，馳驅七十餘日，祭告已遍，賑給萬餘家，積勞而卒。祀廣東名宦。

被命中丞志感

簪紱逢明主，馳驅屬老臣。中原開節鉞，北極仰楓宸。控地遥分楚，連城直入秦。涓埃看玉劍，慷慨不謀身。

保安行臺柏樹

翠柏爾仍在，紅塵客復來。相逢堪一笑，獨夜且深杯。天地枝空老，關河凍未開。但須堅晚節，應不媿羣材。

林雲同

字汝雨，一字退齋，墫子，諧父，見下。莆田人。嘉靖五年進士，改庶吉士。授户部主事。七年，主廣西試，擢禮部員外郎。十一年同考會試，轉浙江提學僉事，補河南僉事，轉廣東提學副使，陞浙江左布政使，擢都察院右都御史、巡撫湖廣，告歸。隆慶改元，起刑部左侍郎，轉南京都察院右都御史，歷南京工、刑二部尚書，請老，卒年七十八。贈太子少保，謚「端簡」。有讀書園集。

蘭陔詩話：退齋屢忤權相，無心仕進，五疏乞歸。構讀書園於小西湖側，集諸生講學，嘗誦孟子「人有不爲而後可以有爲」之言，終身佩服不諼。論者以爲自林貞肅後一人而已。

月下聞箋，懷李荆州

鄰笛何悽切，中宵忍獨聽。故人千里外，嶺樹幾迴青。終曲腸堪斷，登樓涕忽零。相思期努力，玄鬢尚娉婷。

客懷無賴，呼兒諧、侄子文侍飲，偶吟

一官今已老，再疏欲陳情。回首燕雲迥，關心湖水平。鶯聲風送暖，池影竹留清。此意同誰語，題詩待月明。

賦　歸

幽居十八載，宦興已殊違。一旦逢新詔，三遷向紫微。同袍無可數，故老亦云稀。回首滄江晚，山雲欲滿衣。

方君敬員外招飲，有賦，時同避地樵川

詎期作客逢今日，轉憶當年在故山。明月忽來如有約，深杯數倒不知還。燭花掩映人聲寂，城柝參差旅夢閑。爲語樵川諸父老，昔賢流寓可誰班。

暮春伯兄南崧都運招會雙池園亭

雙池亭館尚依然，載酒同遊興自偏。早遂初衣今老大，翻憐多難此生全。萋萋芳樹幽禽噪，湛湛寒塘夜月娟。池草晚春緑應遍，竹間吟榻喜相連。

王慎中

字道思，又字南江，號遵巖居士，晋江人。嘉靖五年進士。授户部主事，改禮部祠祭司，主廣東試，轉員外郎，晋郎中，謫常州通判，陞南京户部主事、禮部員外郎，擢山東按察僉事，領提學，改江西參議，晋河南參政，爲貴溪所惡，落職歸，卒年五十一。有遵巖集。

歷朝詩話：道思在郎署，與一時名士所謂「八才子」者切劘爲詩文，自漢以下無取焉。再起留曹，肆力問學，始盡棄其少作，一意曾、王之文，演迤詳贍，蔚爲文宗。唐應德初見之，議論不相下，已遂舍所學從之。嘗語李中麓曰：「公但敬服荆川，不知荆川得吾之緒餘耳。」其自信如此。蒼按，慎中年十八登進士，生平文字援唐荆川以自高，每撰一篇先抱負胸臆，而後黏合人物，若去其題目，竟不知其爲誰矣。意在其文足以取信於後，自好甚矣。乃爲賈客立傳、里正銘墓，則又何耶？詩非所長。

静志居詩話：慎中有玩芳堂摘稿，又云：「彭淵材憾曾子固不能詩，余嘗見宋人所輯唐宋八家詩，則子固與焉，不得謂非詩家矣。評明人詩者，不及王道思。然道思五古，文理精密，足以嗣響顔、謝，而論者輒言文勝於詩，非知音識曲者也。」

劉函山田莊宴集，同顧雍里

向晚西郊集，翛然野外秋。土膏含雨潤，山氣帶煙流。故道牛羊反，前林鳥雀投。猶言明月好，其奈促鳴騶。

金山雜詩

康定陵前棲夜烏，盤林鬱鬱鎖松梧。總聞再造驅戎虜，不見千官拜鼎湖。内使司香開寢殿，祠臣常祀掃金鋪。翠華縹緲空中度，絳節靈應羣帝俱。

送許進士應元知泰安州

才子初爲政，青春獨領州。禮壇遺夾谷，封社舊姑尤。岱岳標方望，長河背郭流。無因贈魯縞，爲爾賦齊謳。

秋日登鷄鳴寺閣，寄友人

峻閣暮躋攀，涼風振客顔。青天湖外盡，平野雨中閑。鳥度孤雲去，人隨落葉還。如何屬延佇，伐木響空山。

宿武陽驛，同陸毅齋憲使

天秋風雨急，山驛易黄昏。疲馬依殘櫪，衰楊蔽舊門。沾塗憐潔服，舉火愧空餐。稍緩孤生感，幸蒙終夕言。

唐婁江明府邀游九日山，同黄竹溪、東石二公

簪爲襟期盍，樽同多勝攜。蔦煙陰白石，麥水漲清溪。佳卉當春發，嬌鶯近水啼。如何更辭飲，斜景竹林西。

送鄭滁州

與子避居潞水上，憶在東曹詩興多。二月風煙辭省闥，三吴書劍阻關河。花明江驛孤帆影，棹入滁陽近楚歌。此去琅琊堪吏隱，醉翁亭古發煙蘿。

夾浦舟中别李湖州邦良

叢篁夾岸似湘陰，一夕孤舟千里心。地遠誰憐臣道枉，官貧轉使故交深。幽蘭自馥皆同

臬，折羽卑棲各異林。臨路殷勤何所贈，匣琴珍重少知音。

鄭威

字伯震，一字沙村，旭之後，閩縣人。嘉靖五年進士。歷官寧波知府。有沙村集。墓在福州西郊芋坑，神道碑猶存。

過容峰陳侍御宅

攜琴過沙渚，杖策獨迢迢。半面被江雨，側身穿野橋。茅齋藏乳燕，石磴俯歸潮。即此堪白髮，何勞時見招。

鄭允珪

字元卿，閩縣人，汝美子，見上。允璋兄。見下。嘉靖中監生。官海鹽縣丞。

題林貞孚草堂

爲愛湖山靜卜居，石邊花片落春渠。閉門晝寂渾無事，賣鴨煙沉讀古書。

鄭允璋

字德卿，閩縣人，汝美子，允珪弟，俱見上。若霖父。見下。嘉靖五年進士。建昌府同知，歷官廣東僉事。有少白集。

采蓮曲

采蓮湖上誰家女，窈窕朱顔饒笑語。一雙玉腕約金環，轉槳攀枝如鳥舉。白馬翩翩堤上郎，踟躕立馬傍垂楊。相看日落未忍去，一水盈盈俱斷腸。

張元秩

字經世，一字恒谷，閩縣人，濬孫，天顯子，俱見上。煒祖。見下。嘉靖四年舉人。官寧波府通判。有孝友堂世稿。

讀騷

此懷長不寐，持以問乾坤。銀漢無孤棹，神龍有九閽。詩書終發冢，戎馬未開門。永夜歌漁父，難招楚客魂。

寄鄭沙村

按，鄭威，字沙村。

不見平生鄭東谷，越南春色動遐思。堂齋衾枕當深夜，霄漢經綸看此時。九野雲浮淹遠夢，四明花發滿寒枝。百年共結山邱樂，烏在翩翩一紙詩。

輓王晴川

平生雙眼無長淚，淚到丹旌眼欲枯。渺渺江山回獨鶴，凄凄風雨泣雙雛。地曹事業青冥上，司直聲華北斗孤。後夜思君憶顔色，半庭寒月在蒼梧。

高廷忠

字允卿，號子，長樂人。嘉靖四年舉人。官靖江長史。按寧波府志：廷忠知奉化，有惠政，民立祠祀之。通志：廷忠官臨江府同知。

送人之塞上此首與本卷祝時泰集重見，姑存之。

擐甲出龍城，防秋夜列營。雕翻邊月落，馬獵塞雲横。沙磧旌旗影，關山鼓角聲。思鄉臺上望，雙淚溼長纓。

全閩明詩傳　卷二十　嘉靖朝二

侯官　郭柏蒼
　　　楊　浚　錄

陳篇

字德音，一字與竹，鴻祖，見下。閩縣人。嘉靖初隱居不仕。有竹居集。

徐氏筆精云：吾鄉有陳篇，嘉靖中隱士也。詩法唐人，人無知者。近其孫鴻出遺稿一帙，佳句層出，如「山深僧餉早，天遠鶴歸慵」，「日影沉秋磬，松聲響暮山」，「歸心秋轉切，遠夢老難成」，「牕寒葉落後，竹響雨來時」，「久客依人懶，虛名到老休」，「行裝銜片雨，歸夢落千山」，「棲鴉驚夜火，歸雁過更樓」，殊有幽人之致。

苦雨酬高丈

三春已過半，霖雨苦饒餘。野暝鳩聲亂，庭寒鳥跡疏。池痕侵短草，山色映殘書。新漲前湖滿，期君共釣魚。

遥憐

遥憐白頭老，杖藜桑梓時。看竹過平野，莳蔬分小籬。捲簾來燕子，倚棹數魚兒。何事殊方度，悠悠動我思。

秋分日作

八月秋分始，風高日影微。林疏黄葉亂，家遠白雲飛。老及惟高枕，寒來未授衣。故園人去盡，飄泊此心違。

茶洋夜泊按，在南平縣。

茶洋官道頭，薄暮艤蘭舟。峰晚雲陰宿，潭空月影留。棲鴉驚夜火，歸雁過更樓。誰信思鄉恨，他山又值秋。

送人之建溪

西風不相待，把酒駐行舟。白日寒將没，清江迴自流。夢回爲客夜，木落向人秋。搜攬東溪上，蒼煙是建州。

過華林寺按，在福州郡治北。

禪林近城堞，卻在翠屏間。日影沉秋磬，松聲響暮山。鳥啼頻掃榻，葉下半開關。詎必皈禪寂，尋僧已自閑。

夏日山居

行看樹陰濃，坐覺晝晷永。悠然塵想空，宛若禪關靜。繙書繹玄機，忘言澹心境。偶爾步前林，夕陽下西嶺。

立夏日

跡滯塵鞅牽，心惻大刀折。聽藐羣鵲喧，望迷片鴻絶。景易魂俱銷，春歸愁轉結。碌碌復何依，誰堪逐行轍。

齋居

午陰初睡覺，凭几納微涼。竹補頽垣影，茶分隔牖香。古方延病骨，險句破愁腸。長日北牕下，還疑是上皇。

不寐

涼露滿山城，通宵鼓柝鳴。歸心秋轉切，遠夢老難成。雁度千林影，蛩鳴四壁聲。有懷徒耿耿，起坐月華明。

夜月

暮雲收碧落，新月上黄昏。人跡歸何處，鄉心憶故園。野花眠石磴，江柳鎖柴門。望望今宵裹，空庭秋露繁。

客中同辰翁夜坐

旅邸故交在，慇懃慰遠思。牕寒葉落後，竹響雨來時。共話一生事，相看兩鬢絲。寄言松桂道，深負歲寒期。

送辰翁還閩

飄零同楚越，此别各風煙。後會知何日，相思動隔年。孤燈雙淚盡，萬里一帆懸。應解家園樂，椒花勝裏傳。

壽春官署曉起

萬里只衰鬢，如何更浪遊。五更官舍淚，片月旅途愁。久客依人懶，虛名到老休。鴻歸春社後，偷眼愧淹留。

客裏即事

久定南歸役，淹留未擬行。思家勞問訊，走使囑兼程。夜雨蛩依砌，秋風雁度城。燈殘愁復喜，人話説休兵。

散愁

鄉國銷氛祲，鄰封未止戈。來鴻雲外少，離笛夢中多。夜月生淮甸，秋風動楚波。客愁聊自遣，對酒且爲歌。

分水關

曉發鵝湖驛，暮經分水關。行裝衝片雨，歸夢落千山。匹馬行將倦，征夫力已艱。中宵愁漸減，流水任潺湲。

歸意

抱病却驚年邁六，羈棲轉覺歲經三。思家淚盡啼痕在，作客愁多短夢諳。楓染曉霜紅入户，竹鳴秋雨碧依潭。牽情渭北思淮北，回首江南向粤南。

九　日

海燕營營已北歸，塞鴻歷歷又南飛。細看時事遞流轉，較若人情多是非。短鬢疏髯今漸改，黄花白酒詎相違。西風獨臥寒牕下，自覺登臨老漸稀。

秋　日

蕭瑟西風動客哀，鄉心遥憶越王臺。浮生半是愁中度，短鬢都從病裏催。千樹淡煙楓葉下，半林落日雁聲來。歸期何事殊無定，空寄江南驛使梅。

除夕感懷

去年除夕此堂中，獨坐微吟燭影紅。玉曆又過三百六，可憐蹤跡尚飄蓬。

定遠十五里店

村荒市遠霜風冽，茅店依依草徑埋。無限客愁消不盡，殘陽下馬酌茅柴。

詠鶺鴒

飛鳴不解擇高枝，墮入樊籠今幾時。格磔漫啼行不得，縱令行得竟何之。

西湖

垂楊十里拂晴煙，蕩漾湖光入舞筵。莫把武林傷往事，汴京風景自依然。

寄訊

春風轉憶別衡廬，淮水茫茫老客居。卻被故園兒女笑，至今猶作未歸書。

劍池讌集按，在福州郡治北，古歐冶池也。

棘院南隅歐冶池，一聲啼鳥夕陽時。葛巾荔服閑來往，幾度淹留歸去遲。

陳節之

字尹和，閩縣人。嘉靖八年進士。授户部主事，改翰林編修，左春坊中允，扈駕南巡，卒於途。

竹牕筆記：福州郡東東禪寺在白馬山中，有放生池、芙蓉閣、東野亭，蔡君謨多有字跡。明成化中重建，極其壯麗。嘉靖間，郡人陳節之少年登第，官至中允，聞其地有吉穴，請於有司，廢之爲葬身之處。寺廢而節之隨亦物故，子孫寖微。蒼按，萬曆府志附節之於龔用卿文苑傳中，稱其文簡勁有法。

早朝

太平天子御飛龍，百辟鵷班拜九重。花落玉階仙露湛，柳垂金闕御煙濃。祥光漸繞彤墀珮，曙色微催太液鐘。幸際明時慙補報，願陳三祝效華封。晉安風雅僅收此作，姑存之。

鄭絅

字子尚，一字葵山，瓚子，莆田人。嘉靖八年進士。以户部員外擢高州知府，移廣州，歷雲南按察司副使、布政司右參政，晉湖廣右布政使，陞副都御史，兵部右侍郎，總督兩廣軍務。

蘭陔詩話：公與兄于野並列卿貳，里人榮之。謙抑自持，不以門望驕人，待故交白首如新，詩亦清逸可愛。

秋懷

壺山蘭水望悠悠，覊絆浮名春復秋。萬里鄉關餘涕淚，百年湖海幾交遊。霜前疎柳蕭蕭落，水上寒雲淰淰浮。莫怪登樓賦懷土，秋風偏感仲宣愁。

黄田驛次韻

江閣新晴停翠蓋，松陰日午坐層軒。春山入户飛嵐溼，古樹當門白晝昏。處處菑田燒野火，家家截竹引流泉。桑弧蓬矢初生願，天路從無傍故園。

莊一俊

字君棐，望槐、望棟父，履豐祖，晉江人。嘉靖八年進士。授户部主事，典試山西，遷員外郎，改南京兵部，出爲浙江參議，落職歸。

武夷

古洞長年雲氣遮，碧桃幽綴數枝花。東風不解人間近，吹入溪流傍淺沙。

魏一恭

字道莊，一字立峰，莆田人。嘉靖八年進士。授温州推官，轉蘇州同知，擢刑部員外，謫潮州通判，轉揚州同知，陞廣西提學僉事，累遷廣西左布政使。

詠松

偃蹇老龍姿，挺然出巖側。歷盡雪霜寒，不改舊顏色。

林璧

字茂東，玠孫，文纘子，俱見上。崇孚祖，見下。侯官人。嘉靖八年進士。歷官廣東僉事。有雲溪集。

柳湄詩傳：璧，塱從弟，懷安洪塘人。六歲隨父文纘赴京，舟抵潞河，適武宗巡幸至，突入舫攜去爲子。入宫，思父母，哭不止。上棄之河，僵而復甦。年二十四，擢進士。時嚴分宜，纘同年也。璧性耿介，體父志，不附之。官止僉憲，卒年六十六。詳郡志及閩小紀。

恭謁祖陵

泗水浮天遠，皇輿控地雄。千年磐石拱，萬國幅員同。烏去號哀切，龍來氣鬱葱。鼎湖空有淚，長此景玄宫。

曹世盛

字際卿，閩縣人。嘉靖八年進士。歷吏部郎中，陞廣西布政司左參政，放歸。有方坡集。

送淩應賢判常德

雄郡開南紀，行旌出北燕。別憐孤館夕，交憶故鄉年。曉騎驅寒月，一作「曉月沉平楚」。春條一作「山」。帶曉煙。離魂與孤雁，共逐洞庭船。

甲辰夏日，偕葉臺山遊築溪，眺白泉公安樂窩按，甲辰，嘉靖二十三年。葉向高生於嘉靖四十年。此詩恐誤入，或葉臺山别是一人。

乘閒遊野郭，覽勝入徂徠。石磴連苔坐，星軺帶雨回。飛花隨水去，語燕拂泥來。爲喜山中老，叢林桂日開。

春日述懷

淺草時時綠，喬林日日陰。難辭將老病，未泯百年心。鳥語和人倦，花愁著雨深。殘燈伴幽獨，隱几動微吟。

庚子遊武夷至五曲，次年放歸復遊，乃竟九曲

海客南歸願已酬，武夷深處得重遊。舟穿九曲溪聲變，杖策諸峰人意幽。藥草雨陰香馥郁，茶坪風過氣沉浮。求仙學道非吾願，儻許誅茅萬慮休。

蔡克廉

字道卿，晉江人。嘉靖八年進士。除户部主事，遷員外郎，謫廣德州同知，移廬州，遷江西按察司僉事、廣東副使，皆領提學道，累擢操江僉都御史、巡撫江西，遷副都御史、總督漕運，入爲户部右侍郎，轉左，晉南京户部尚書，坐罷歸。有可泉集。

柳湄詩傳：克廉與梁懷仁並稱神童，又與同登進士，又與王慎中、唐順之、羅洪先以文字相砥礪，歷著議論。時人呰其「以才見知於嚴嵩，而不能有所救正」，然亦苛矣。

與王遵巖、王紫南、王石泉山中閑步

但能隨興到，何處不幽棲。取徑登青嶂，杖藜度碧谿。風光同得得，詩思各淒淒。回首

來時路，村莊貼地低。

過沈氏湖

別墅談心處，湖光映碧天。秋聲山外雨，暮色水中煙。道以言詩悟，情因坐石便。相看心自醉，此景足華顛。

河間道中即事

燕雲齊樹鳥關關，不覺馳驅夏欲殘。到處竹橋橫古寺，幾家茅店對青山。黄雲滿池初收麥，蒼靄漫天欲閉關。二十年來成底事，明朝有喜近天顔。

鄭大同

字皆吾，一字于野，莆田人。嘉靖八年進士。授行人，擢吏科給事中，轉都給事中，分校禮闈，歷南京通政司通政，太僕、太常、大理寺卿，陞刑部右侍郎，罷歸。卒贈尚書。有居俟堂集。

蘭陔詩話：公居諫垣日，私舍與嚴分宜連牆，未嘗投一刺。楊忠愍繼盛又爲公門下士，往來甚密，以此見惡分宜。留滯南都多年，始入爲少司寇。會冢宰李默爲趙文華誣奏繫獄，公有意護之，分宜遂指爲李黨，罷歸。家近宫牆，每出必入謁。卒之日，有人見公服茜袍拜廟門内，出度橋，忽不見。詩亦渾厚，似其爲人。

遊金山

九折趨溟渤，金鼇勢欲吞。孤根出黿窟，一柱控龍門。石影秋逾瘦，江心夜不昏。蓬萊吾已得，應不數崑崙。

天遊觀按，在武夷山。

輕輿斜日上高峰，瘦竹疏花萬壑風。獨鶴一聲松影亂，月明人在白雲中。

林　恕

字道近，長樂人。嘉靖八年進士。由都察院經歷擢雷州知府，遷雲南按察司副使，歷布政司右參政，進按察使。卒年八十。有西橋集。

廣東通志：林恕，授江西知縣，歷都察院經歷，擢守雷州，有惠政，濬湖渠、海隄爲民利，鋤强扶弱，不避權貴，郡人鐫石紀其績。

柳湄詩傳：恕詩圓轉便易，靜志居評其似林子羽、王安中流派。

夜泊揚州

廣陵城外水雲幽，萬里歸程一葉舟。山勢北來衝海斷，潮聲東去入河流。瓊花觀裏春光暮，楊柳塘邊野色秋。休聽秦淮商女曲，豈知亡國是迷樓。

舟次白沙驛

長安何處所，孤櫂發閩關。白擁沙邊驛，青迴江上山。風濤添別淚，村酒破愁顔。羨爾溪中鳥，閑雲共往還。

同蔣蒙庵、朱豹崖登合浦海角寺一作「合浦道上」。

共是天南客，相攜海角行。山連銅柱界，水匯越裳城。落日潮聲起，高秋蜃氣清。故鄉回首望，歸雁斷南征。

宿唐浪村

黄精釀熟豆初花，籬落蕭疎遠市譁。地僻虞羅依岸曲，天寒漁火傍江叉。燕尋舊壘穿重幕，竹引新篁過別家。撫景漸驚雙鬢改，可堪萍梗負年華。

遊崇信寺

巢雲方丈鎮潺湲，流水柴門永日關。萬壑煙光秋雨裏，一庭草色夕陽間。香殘石鼎僧初定，簾捲巖扉鶴未還。暫息雙林了真諦，倚闌邀月獨看山。

遊螺山寺

貝闕臨丹壑，珠林擁翠螺。雲歸石髮冷，松古鶴巢多。色相空人境，罘罳掛女蘿。凭欄憑縱目，煙月滿江坡。

遊五華寺

金碧開圖畫，清芬萃五華。樓臺擎日月，棟宇接雲霞。樹影搖雙塔，鐘聲散萬家。佛燈對岑寂，呼酒泛松花。

滇陽具疏乞休

廿載風塵跡，於今甘息機。力隨雙鬢改，道與寸心違。松菊餘荒徑，滄浪有舊磯。欲尋魚鳥伴，隨製芰荷衣。

避寇梅城

山雲悄悄雨霏霏，獨倚危樓半掩扉。王粲愁來頻作賦，杜陵老去更思歸。孤城寇至潮偏急，五月江寒暑尚微。咫尺鄉園音信杳，林鴉啼罷淚霑衣。

寇退感懷

生涯牢落歎離居，獨倚橋西一草廬。千里烽煙連海嶠，百年門巷盡邱墟。新畬税在官輸急，濁酒杯空故舊疎。山鳥不知憔悴意，隔牕猶復叫醍醐。

平遠臺

按，在福州郡治九仙山。

原是蓬萊頂上峰，六鼇移向粵城東。天連螺渚風濤壯，月照龍江島嶼空。萬國舟航通禹貢，九仙樓閣倚空同。憑闌縱目孤鴻外，遥見扶桑海日紅。

延平化劍閣

劍去龍空幾度秋，獨餘高閣枕滄洲。嵐光漠漠雙溪水，身世飄飄一葉舟。靈物已從霄漢化，精光仍向斗牛浮。丁寧細把吴鈎看，海内風煙尚未休。

過釣臺

維舟獨上客星亭，雲樹蒼蒼水月明。龍榻只知忘故舊，羊裘寧肯换公卿。煙霞不改幽人跡，霄漢長懸處士名。一縷千鈞扶漢鼎，勳名誰似魯書生。

錢塘懷古

武林舊事賸豪華，宋輦移來作帝家。湖上曉鐘千寺月，苑中霞綺萬株花。牙檣錦纜朱簾捲，舞榭歌樓碧樹遮。王氣銷沉遺事在，六橋煙柳噪寒鴉。

厓門懷古

板蕩從來事可悲，片帆流落到天涯。日沉滄海星同隕，雲擾中原鹿已馳。夜靜潮聲喧戰騎，江空林影閃旌旗。多情最是沙頭鳥，猶似鵷行簇羽儀。

德慶州三洲巖

幽巖窈窕枕滄洲，倒影浮江翠欲流。香逗碧蘿春麝過，光騰華渚晚虹收。雲芽石髓千林雪，草閣松濤五月秋。啼鳥却知遊客意，隔花相唤似相留。

宿宣風公館

疎簾草色映苔痕，酒盡沽來莫厭渾。細雨淡煙沙外驛，落花啼鳥水邊村。敝裘春暮寒仍峭，瘦馬途長日易昏。蝴蝶不知身是客，翩翩猶戀夢中魂。

長沙謁賈太傅祠

憂國孤忠涕泗頻，不知君側更無人。已逢宣室求賢主，竟作湘潭見逐臣。落日渚宫停客棹，秋風俎豆薦江蘋。而今世事何須問，豈止當年厝火薪。

過偏橋驛

牂牁戍壁鎖重鐶，疊嶂凌空聳翠鬟。萬里風塵連越雋，九谿烟火接荆蠻。星橋日落笳聲急，雲邏春深草色閑。聞道龍標圍未改，何人横劍倚天山。

陳子文

字在中，鏻子，椿父，見下。閩縣人。閩書誤「懷安」。嘉靖八年進士。授麻城知縣，歷户部郎，出爲長沙府，改池州，遷湖廣按察司副使，以勞卒於官。有于山堂稿。

新城舟中

悠悠千里道，弭棹碧溪陰。易改風霜鬢，難忘去住心。雁聲秋水遠，山色暮雲深。沓沓川原上，一爲遊子吟。

圓通寺重遊

山寺紆迴一徑微，山前草樹緑依依。坐來法鼓聲初定，閑對風幡影自飛。幾片流雲迷客騎，諸天花雨亂禪衣。從容信宿東林畔，蘭若無殊慧遠非。

夜泊浣城村舍

孤舟野泊初，遠寺疏鐘起。茅屋兩三家，懸燈深樹裏。

項志德

字尚之，潭孫，福清人。嘉靖七年舉人。青田教諭，遷吏部司務，歷禮部員外郎、郎中，出爲四川布政司參議。有履齋集。按，萬曆府志有傳。

金鷄關

金鷄關路出臨邛，徙莋西南自此通。九折不回王子馭，七擒多紀武侯功。蠻莊雲樹千崖裏，山郭斜陽一照中。窮髮此時皆入户，同仁何必限堯封。

鄧遷

字世喬，原岳父，慶寀祖，俱見下。閩縣人。嘉靖七年舉人。授香山縣，擢嘉興府通判，署嘉善，以子原岳贈户部郎中。有別駕集、山居存稿。

柳湄詩傳：遷，閩縣東門竹嶼人。其詩集板被焚，今所傳山木居士集，乃天啓間其孫慶寀所刻。

過竹嶼

秋日懷舊里，依依過竹林。碧山喬木在，青墅小溪陰。流水思前事，浮雲寄昔心。風光如昨日，歲月已鬖鬖。

感秋

白露下亭皋，涼風吹綺陌。一夕芙蓉花，紅芳變瑶碧。

寄祝汝亨長史

按，汝亨，字時泰，宦浙。於西湖結玉岑詩社，見十九卷。

十載臨安郡，湖山樂事多。仙遊竟不返，客况近如何。天目峰前月，錢塘江上波。故鄉雲樹杳，回首一悲歌。

登岈𡶴峰

岈𡶴雙峰臨大海，長風萬里送秋哀。忽然雲向袖中起，何處舟從天際來。萬井煙花開越國，三山蘿月鬱仙臺。東南此地元形勝，授簡誰稱作賦才。

林　春

字子仁，泰州籍，福清人。祖閏，以戍籍隸泰州，父爲漕卒。嘉靖十一年會元。除户部主事，調禮部，再調吏部稽勳司郎中，改文選司郎中，卒於官。有東城集。

同羅念庵訪唐荊川不遇，次韻

淮海如君推獨步，逡巡惟我尚塵氛。眼看雙塔參空月，誰念孤舟趁暮雲。醉後聯牀燈影在，雨餘並轡草痕分。不嫌蓮自淤泥出，敢信斯人亦樂羣。

登北高峰

芒鞋踏遍北高峰，山有仙源未許通。身出大千雙慧眼，夢依青瑣一孤忠。江湖浪跡頭空白，詩酒還山事可風。童冠行歌湖日暮，歸鴻看向海門東。

薛廷寵

字汝承，福清人。嘉靖十一年進士。選吏科給事中，卒於官。有皇華集。墓在福清玉融山。

泛臨津江

江門風霧輕，四月浪花清。棹發村莊轉，潮來酒盞傾。東藩明日至，孤劍一春征。對酒憐遲暮，猶堪簫鼓聲。

清川行，譯士李碩連日索詩，渡清江，悵然有懷，作此別之

清川水，何茫茫。蘭橈桂棹輕相將，車馬追送江之傍。江亭勸客且飲酒，明日萬里遥，相望天一方，紫霞冠佩想衣裳。江風飄飄江水急，行人忙忙不得息。臨歧無言心黯傷，李

生視我更惻惻。一日晤面百年知，相逢安得還異域。江之水，渺難測。中有鯉魚長數尺。他時傳我尺素書，恍惚江頭見顔色。

王釴

字公儀，一字龍江，福州中衛閩縣人。嘉靖十一年進士。南京户部主事，左遷瑞金縣，歷東平知州，終紹興府同知。有采真篇。

仙峰閣與程生觀月

明月出高嶺，下映雙溪碧。江流微有聲，雲飛悄無跡。坐久景漸多，看來情頗適。萬木翠相參，羣峰青如積。鬼火近出林，泉音遠漱石。竹樓訝黄州，雪舟疑赤壁。舉目異江河，撫景殊今昔。感茲一興懷，嗟我亦爲客。明年復此時，何人同斯席。萬事不可常，一生當自策。長歌歸去來，泠泠土花白。

有所思

征人去不返，明月照空幃。自是留張掖，翻疑在武威。出門問信使，開篋理寒衣。寧如江上燕，一歲一回歸。

正陽鎮曉渡

柳外鶯聲寂，春歸在客先。鄉情原是夢，倦枕易成眠。水繞萬家市，詩吟千里船。人生衰老速，長憶海村邊。

出　郭

綠野望逾闊，蟬聲亦漸聞。深村林影靜，斷岸水痕分。鄉夢遠到海，詩懷淡入雲。湖山在鄰境，先與致慇懃。

同蔡質甫遊王氏莊

尊酒相過野客情，追攜無負出郊行。疎林雨過花猶彈，斜日江清雲自生。白鳥向人如有意，青山對面不知名。羡君獨得幽棲趣，殘月窺窗夢亦清。

牧

吹殘短笛午風清，忽聽前村小犢鳴。淺水平原煙草綠，柴門歸去月初明。

林應亮

字熙載，春澤子，鄭善夫壻，俱見上。如楚父，見下。侯官人。嘉靖十一年進士。除潁上縣，調秀水，擢户部主事，遷郎中，出爲常德府，陞廣西副使、廣東按察使，轉廣西左、右布政，改督北倉場，晉南京户部右侍郎，以親老告歸。卒年八十六。有少峰集。

秋後經廢寺

露槿霜楓秋滿寺，瓦煙疎冷石牀隈。蕭條更值寒風後，黄葉深於舊路苔。

瓜步

渡頭風色見空洲，王業惟餘江水流。昔日繁華曾駐馬，斷腸煙火照揚州。

彭城懷古

碭石開重險，江城枕上遊。雄圖山北聳，王業水東流。碧草留侯廟，荒陵亞父邱。晚來橫笛起，猶帶楚歌愁。

登白馬

轅門列戎裝，倚劍薄秋霜。將軍策白馬，結髮事窮荒。車箱太行險，箭括陰山長。逍遥一振怒，飲血天爲黄。未能卷金甲，嗟哉鳴驌驦。甘泉烽火近，速奏平安章。

濠梁晚作

星月臨荒甸，帆檣映夕洲。濤聲聞泗澤，地勢擁淮流。龍起猶驚劍，鐘聞已度秋。濠梁惜知己，東下思悠悠。

長淮舟夜

淮浦何悠悠，波寒湛不流。沙明夜色白，野曠笛聲秋。楚岸芳蒿遍，濠橋古月愁。傷心起離雁，惆悵下汀洲。

病中移居廣福寺

旅病三秋至，禪棲萬慮空。殘黄轉槐柳，寒翠入梧桐。户映香牀月，鐘傳碧殿風。寧知塵倦跡，得憩水雲中。

贈袁鐘山之湖州

吴門通霅渚，煙水晝冥冥。幽意多江郭，清風滿訟庭。天低太湖樹，城對峴山亭。遥憶登臨日，看雲眼倍青。

自岳州至漢陽

平生江海志，今泛洞庭船。白日鯨波湧，晴空雁陣連。岳城朝過雨，漢水夕生煙。亦得風濤趣，狂歌尊酒前。

題孤山廟

避世嗟何適，言從東海依。山荒有遺竹，地瘠不生薇。讓國賢聲在，逃名憤世非。西看首陽碣，愁絶更沾衣。

病起過龍淵寺

病起出門秋日明，香林新雨早涼生。槐枝拂院蟬驚響，豆葉滿畦蟲暗鳴。吏隱滄洲聊謝客，行歌初地愛逃名。曲欄高檻花開遍，幾樹庭前木槿榮。

江上逢秋

水國新秋動客愁，滿江風露漾清流。孤城砧杵千家月，獨樹關河一葉舟。沙鳥近人煙淡淡，漁舠閣岸荻颼颼。十年漢署成何事，南北驅馳已倦遊。

過杉關

一冬行役再辭家，慣逐鴻泥雲水涯。山店未昏諠過虎，溪林欲雪亂棲鴉。閑身乍覺官爲累，壯歲還傷鬢已華。迴首白雲長在望，關門遥隔楚鄉賖。

曉出阜城

嚴城霜月静，村郭曉鐘稀。時序冬驅馬，行藏夜卷衣。鳴騶銜雁度，征旆帶星飛。河以東川隔，山從朔郡圍。人煙迷古戍，雲物辨中畿。沙色晴銜日，松陰薄弄霏。鷄聲萬井曙，林火數家微。騎滑防冰圻，塵輕識露晞。湖關三輔列，玉帛八荒歸。今日朝元會，誰霑賜醴輝。

還　家

東曹初命駕，南國喜投身。道拙何關世，時清合有人。潘年慚謝病，萊服遂娱親。蓬長柴扉路，花迎梓里春。地偏稀出入，客至懶冠紳。采藥當三月，呼觴任四鄰。亭皋閑負策，野水坐垂綸。涉趣如新賞，謀生即舊貧。杜門疎鞅轍，披籍擬心神。猶夢摇晨佩，因風送紫宸。

君山

八百湖光見此山，鐘聲只在洞庭間。軒臺月落漁燈暗，僧在岳陽猶未還。

顔神孝婦祠

孝婦芳祠枕碧湍，祠前斷碣幾人看。數家茅屋霜林古，一道泉流石竇寒。

劉汝楠

名檀，以字行，又字孟木，一字南郭，同安人。嘉靖七年鄉試第一，十一年進士。授湖州府推官，入爲刑部主事，轉員外郎，擢湖廣按察司僉事，分司提督學道。有白眉存笥稿。

遊高泉塔

清曉出西郊，興動北湖艇。稍聞南山勝，移酌高泉頂。入谷篬筤風，滿院浮屠影。林密晝常陰，泉響山逾靜。微雨洗香厨，閑雲度秀嶺。影入夜鐘虛，月出山殿迥。一爲真想空，坐使繁慮屏。歡言擬良對，聊與今日永。

行路難，贈蔡道卿

牡丹不入閩，荔枝不入越。結根各殊鄉，生華豈齊發。昔我同門友，輕肥事長謁。不念攜手歡，棄我如弁髮。晨風啼林皋，三星馳滿月。思君如滿月，願圓不願缺。但願解君環，不願佩君玦。

讀神禹碑歌

吾聞岣嶁之山圖牒古，神禹按之平水土。元夷一夜發簡書，海若天吳莫敢覩。金符玉册奏成功，天地成平四海同。未向會稽藏簡字，先勒名嶽播神工。衡山古鎸今明滅，弔古雄才空填咽。千秋萬載不復聞，七十餘字誰稱説。近來至寶出人間，此碑乃落嶽麓山。神物守護在蒼莽，霜凌雨溜赤石斑。樵人駭見不相識，太守聞之獨太息。披榛剔蘚嘆大奇，豈是蒼暝移鬼力。鬼力詎能移，神理空自知。鸞軒鳳舉翩然下，虎攫龍騰紛爭馳。我昔持之不能讀，空堂一幅開嶽瀆。即今倚石辨赤文，海水欲翻泰山覆。山阿含睇已無人，洞庭蕭蕭落黄木。

行路難，爲吴岱麓作

君不見夏靡草，四月根株不相保。君不見冬青樹，嚴寒柯葉同歲暮。人生貞脆各異質，萬物不齊非其一。請君試誦白頭吟，白頭相從惟一心。

清源山

上界通玄極，中峰薄翠微。草深龍女甃，雲化羽人衣。海氣連秋動，泉光帶日飛。由來林壑思，採秀喜忘歸。

燈夕對酒贈别李祠部

故國燈千樹，他山夢幾更。黄金隨地盡，白髮隔年生。作客寧堪别，揮杯不論情。可憐今夜月，相對武林城。

送王敬夫教南安

爾去梅花國，行看大庾春。山川皆控楚，風氣獨通閩。歲月雲章閣，淵源濂洛瀕。懸知橫浦上，學士已詵詵。

登吴山眺望

萬刹蒼煙並，孤城碧水環。川原迷故國，樓觀入通闤。不結樽中好，其如江上山。因思支遁客，取適欲忘還。

過平望湖

越國風煙異，臨春物候新。看雲長憶友，聞鳥却驚辰。原草青初入，汀楊綠未勻。悠然睎廣澤，聊足蕩囂塵。

郊墟晚步

小橋流水繞汀沙，野寺鳴鐘歸路斜。落日仍團冬桂樹，隔溪欲放早梅花。寒潮赴海經雙澗，煙火依村接數家。亂後麥田初得雨，郊行幾倍惜年華。

西園

睡覺幽禽滿樹啼，捲簾芳草已萋萋。輕寒輕暖春將半，微雨微晴日欲西。露下井桃千片落，風前水柳幾枝低。繁華入眼驚雙鬢，不逐王孫上下迷。

西園閑興

曲沼方臺坐翠微，小橋日日弄晴暉。幽花蘸岸自開落，流水過門無是非。每怪園丁常忤客，獨憐漁父已忘機。交遊不至頭仍白，應羨沙間狎鳥飛。

山行

山路欹危一徑斜，偶隨伐木到煙霞。松間忽過千峰雨，溪上仍逢三月花。桑柘閑田多牧地，菰蒲隔岸是漁家。盛時隱逸應無數，欲就中林訪兔罝。

姚虞

字宗舜，一字澤山，鳴鸞子，鳴鳳從子，莆田人。嘉靖十一年進士。授御史，巡按湖廣，官終淮安知府。有焚餘詩集。蘭陔詩話：澤山憫鄖、襄、河南流民之苦，爲圖十二以聞，人比之鄭介夫。遺集不傳，從羅浮山志錄得二律。

冼少汾讀書臺

卜築煙霞外，幽棲豈避名。小牕惟讀易，竹院每逢僧。倚閣峰相對，當秋月自明。閑雲來洞口，盡日鎖柴扃。

猿鶴長爲侶，光陰不記程。長歌忘律呂，高臥傲公卿。遠翠晨侵席，歸禽晚傍楹。緩尋芳草去，時向柳陰行。

雍瀾

字斯道，一字見川，莆田人。嘉靖十一年進士。授户部主事、分司山東臨清關督鈔，改湖廣監兑，擢廣東按察司僉事。

後七夕作

洞庭初下葉，浣紗已殘荷。宦情秋愈淡，歸夢冷偏多。世事到頭急，時光撇眼過。湖山空碌碌，故國好煙波。

全閩明詩傳　卷二十一　嘉靖朝三

侯官　郭柏蒼
　　　楊　浚　錄

陳源清

字孟揚，閩縣人。弘治間歲貢生，嘉靖十年舉人。官如皋教諭。有陳氏遺編。

登法雨樓，和趙穆文壁上韻，却寄

極目平蕪意渺然，梵宮樓閣暮春天。空江烟樹交漁市，遠岸雲山抱佛筵。書渚莫尋殷羨信，剡溪難問子猷船。良宵故事閑追憶，聊借蒲團一醉眠。

初至如皋齋舍

寂寂空齋夜欲闌，明河如畫雁聲殘。芙蓉霜落驚歸夢，苜蓿秋肥飽客餐。吴地過江風漸勁，楚天臨海氣偏寒。匣中鐵硯頑生銹，不是英雄未許看。

寄王履約秀才

四海茫茫有隱憂，儒官頭白久淹留。謾言當路輕馮衍，却歎傍人笑馬周。水漲石湖青雀舫，花殘姑浦白蘋洲。相思靜倚青氈冷，强飲空庭夕漏秋。

答文徵明秀才

每從白馬望吴門，天塹長江隔夢魂。縞帶交情難得似，練裙書法好誰論。支硎鶴去雲千片，茂苑花飛水一村。何日黄金祠賈島，玉蘭花下酹清尊。

方正梁

字兆之，一字蘗峰，元浩、元淇父，俱見下。莆田人。嘉靖十年舉人。官國子學正，陞趙府長史。

蘭陔詩話：蘗峰早孤，事母以孝聞。及爲趙府長史，康王雅嘉詞賦，蘗峰獨爲講性命之學。王有寵妃徐氏卒，悼念不已。諸詩人爭賦挽歌，蘗峰不作。王讓之曰：「昔盧詢祖嘗挽趙郡王妃，孤今讀其『遂使叢臺下，明月滿空牀』之句，輒爲淚下。詩易感人如此，先生何不同諸客賦耶？」蘗峰終不肯作。

示浩、淇二子

薄官不辭貧，相隨多苦辛。未歸陶徑晚，徒羨謝家春。書劍從時好，行藏憶古人。莫將疏嬾意，空負百年身。

葉繼善

字兆元，繼美、繼熙兄，俱見下。閩縣人。嘉靖十六年舉人。官含山知縣。有芝山集。詳和州志。

九日

良辰幾見白衣來，觸手牀頭得舊醅。陶令無田偏愛菊，杜陵多病尚登臺。吏囊破硯穿篁入，天遣微雲盪日開。千古龍山傳勝會，猶言譙國解憐才。

葉繼美

字兆中，繼善弟，見上。閩縣人。嘉靖十年舉人。官銅仁知縣。有詩鈔。按，郡志作「工部員外郎，銅仁知府」。

再至田壢平

山館仍寂靜，我行今復過。林深秋信早，天末旅愁多。關塞宵傳檄，江鄉歲備倭。徘徊對涼月，夜氣滿松蘿。

貴陽道中述懷

黔中沿革總羈縻，置吏分藩屬盛時。一自麻陽議征討，遂令黎庶厭興師。聖朝疆宇過三代，此日金湯在四夷。聞說備邊先足食，邇來村寨尚啼饑。

林垠

字天宇，燁子，見上。閩縣人。嘉靖十年舉人。選授桂陽知州，遷撫州同知，終户部員外郎。有野橋集。莆田林垠，見卷十一。

柳湄詩傳：天宇雅有詩名，居官以文學爲治，所至皆有聲績。更有世牧堂傳藁。按，鄧原岳明詩選有世牧堂集。

登河北城樓

古戍烽烟息，孤城對水開。山從三晉出，川向五原回。遠樹依秦堞，殘雲没漢臺。昔人遺恨在，臨眺有餘哀。

過閩王陵 按，王審知墓在侯官臙脂山。

滿地臙脂一派分，樵人空自識王墳。玉魚金椀無尋處，隱隱青山鎖白雲。

登萬歲塔 按，萬歲塔，俗呼白塔，在福州郡治九仙山。

架木似雲梯，白雲色與齊。城圍萬户小，天盡衆山低。歸鳥來霞外，殘雲没嶺西。海門兵未息，極目更淒淒。

送胡教授楚

回雁峰前記宦遊，釣龍臺上動離愁。片帆驛路三湘遠，尊酒江亭五月秋。他日定懷秦博士，當年慚拜漢諸侯。桂陽故舊如相問，爲道林生已白頭。

彭城夜泊懷古

戲馬臺烟斷，雲龍山月高。當時九日宴，獨有孟嘉豪。秋水空寒色，殘村半野蒿。一鞭懷古思，吟望首空搔。

夏日遊魏南臺新卜鱗次臺按，鱗次臺在侯官烏石山。魏文焲字南臺。

卜地依烏麓，吟朋載酒過。臺遺鱗次古，樹得鳥音多。最是炎囂日，偏宜擊竹歌。新皇思舊弼，未許臥烟蘿。

登平遠臺

十載離閩土，三秋眺遠臺。青蓮聊共酌，華髮笑歸來。山色今猶古，江流去不回。感時思努力，莫遺壯心灰。

拒馬河

拒馬河邊驛路長，韭狐口外又斜陽。春光已過六十日，不見花枝空斷腸。

楊應詔

字邦彦，建安人。嘉靖十年舉人。見郡、縣志儒林傳。按，閩書楊應詔詩名實記。柳湄詩傳：應詔讀書武夷天遊峰，自號天遊山人，又號東皋居士。少即有志聖賢之學，十上春官不達，卒業南雍，師事吕涇野，歸倡道宗堂於華陽山，祠祀孔子及顔、曾、思、孟、周、程、張、朱。温陵蔡元偉亦自泉州往建州，相與琢磨。其學以寡慾正心爲本。作衛道録以闢禪，作日史以自記。所著有五經辯疑、四書要義、閩學源流録、困學録。

同傅丁戊遊鐵鼎山、小梨山、忠惠廟按，嘉靖四十年，應詔與傅汝舟遊福州烏石山，有記，見烏石山志。

廢寺猶遺鼎，名山獨剩坡。樹深列徑入，廟古得碑多。與子俱無恙，相攜且作歌。泠然笠筷引，景仰意如何。

許　穀

字仲貽，天敘祖，侯官人，上元籍。嘉靖十四年會元。除户部主事，改禮部，轉吏部郎中，遷南京太常寺少卿，謫浙江鹽運副使，起爲江西提學僉事，陞南京尚寶司卿。卒年八十三。有外臺、武林、省中、歸田諸稿。

柳湄詩傳：穀居懷安之洪塘，以侯官入應天上元籍。嘉靖十四年舉進士第一。嘉靖十一年會元林春，福清人，泰州籍；三十八年會元蔡茂春，閩縣人，三河縣籍。年未五十，以親老告歸，足跡不入公府。年八十三卒於家。按，生弘治十七年。

偶成

新作魚鹽吏，遥辭龍虎都。乾坤無棄物，江漢有潛夫。短笠三山雨，扁舟八月鱸。茲懷何日遂，把酒意踟蹰。

丙午除夕

臘盡冬歸歲欲除，他鄉風物轉愁予。數行柏葉供時序，一樹梅花伴謫居。遊子長衫違五彩，故人消息斷雙魚。自憐馮尉頭先皓，祇恐丁公夢已虚。

洲上小屋新成，對酒作

黄蘆白葦遶汀洲，小結茅廬亦自幽。樹色近從仙島出，江光遥帶斷雲流。沙邊亂集漁人網，門外時停估客舟。風景滿前杯在手，百年天地復何求。

懷高侍御

江上分襟蘆荻秋，别來經歲長離憂。昔時夢寐空鵷列，今日生涯各釣舟。淮水獨吟霜樹老，巫山遥望暮雲浮。相思幸有峨眉月，分得清光照石頭。

寄洪上人

迢遞南朝寺，高僧卧碧峰。檐虚花拂檻，門静鶴巢松。一自趨金馬，常時夢白龍。人來傳麗藻，空負石樓鐘。

送楊進卿

知君慚未薦，復此惜分襟。歸路揺雙旆，行囊掛一琴。春城雲葉暗，野戍雪花深。驥足終當展，無忘萬里心。

幕府寺

郭外逢摩詰，山中訪道林。入門蒼蘚合，繞逕白雲深。春淺花遲發，風清鳥自吟。坐談生滅理，早動出塵心。

入武林

早耽煙壑入青蒼，到處尋幽自裹糧。獻策謬登金紫列，移官欣傍水雲鄉。六橋波色時浮艇，孤嶼梅花獨舉觴。却笑賈生通達者，誤將詞賦弔三湘。

再入武陵偶成

越南爲客動經年，虛館重來意惘然。湖外衆山還帶雪，舍旁新竹半含煙。慣趨憲府侵晨入，偶訪高僧抵暮旋。無奈白雲偏在眼，中宵飛夢草堂前。

靜樂

早抛簪弁遂初衣，習靜長扃白板扉。大塊烟雲時盪目，清江魚鳥舊忘機。經春曲巷莓蕪長，盡日長林鸛鶴飛。獨抱遺編窮太始，浮生真樂似君稀。

省中憶弟妹

粉署清華接鳳凰，握蘭無事日初長。階花過雨娟娟淨，院柏含風細細香。盛世濫懸蒼玉珮，故山真負碧蘿裳。春來弟妹牽離思，况復音書滯一鄉。

春日憶雨花臺

春日登臺瞰舊京，漢家宫殿接雲平。煙中樹色千門合，日下江流一片明。往往天花沾舞袖，時時山鳥雜吹笙。别來已隔長干路，芳草猶牽萬里情。

還家口號

謬持銓簿近明光，叨拜閑官返故鄉。入舍喜攀庭樹緑，逢人争訝鬢毛蒼。烟霞有意嘲逋客，俎豆無聞愧奉常。笑對慈顔傾壽斚，緋衣猶帶漢宮香。

癸丑除夕

椒花薦酒預迎春，百歲平分是此辰。文字得名慙小技，列卿歸第荷皇仁。塞旁失馬休言福，夢裏生松恐未真。所願普天歌大有，金樽常對白頭親。

初夏偶成，次薛考功韻

少日彈冠非貢禹，老來學圃似樊遲。平生愛我無如酒，凡事輸人不但棋。一畝舊臨佳麗地，四言新和考槃詩。炎風朔雪年年轉，裘葛無心總不知。

黄宗器

字時震，閩縣人，澤孫。見上。嘉靖十四年進士。授户部主事，歷員外、郎中，出爲靖州知州，擢山西布政司參議，改湖廣按察司副使。卒年八十三。有紫芝摘稿。

麻姑山白雲寺

松關閑不掃，一徑白雲多。峭壁濺泉瀑，長簷掛薜蘿。佛燈明午夜，法界近星河。欲問麻姑信，峰頭青鳥過。

分水關

縈迴山澗曲，杳靄暮烟斜。驛騎東西旆，溪村遠近家。停雲看劍氣，對雪認梅花。莫負陽春調，清襟挹紫霞。

淮陰城

王孫征馬尚聞嘶，百戰稱雄汜水西。許國已知心在漢，論功何事許封齊。女牆荒草經行遍，將壘殘烟入望迷。山鳥解憐雲夢恨，翩翩啼向夕陽低。

周天佐

字字弼，一字蹟山，晉江人。嘉靖十四年進士。授户部主事，上疏救楊爵，廷杖卒。萬曆中追贈光禄寺少卿。天啓初追謚「忠愍」。有蹟山存稿。

柳湄詩傳：按，王慎中周蹟山墓誌銘：「蹟山無子，逮杖之日，爲辛丑五月六日，下詔獄兩夕卒，五月八日也。生於正德辛未二月一日，爲年三十一。唐君順之寓書於予曰：『不可使周君無傳。子以文名世，周公又鄉人也，子必勉之。』以是歲甲辰十一月十五日葬於後市之里，寶蓋山之麓。銘曰：以爲如是而可以死耶？非君憂主之意。以爲不可以死耶？亦非所以明爲臣之義。以一死爲足以傳耶？則君之好修不止於是。以爲不足傳耶？則其節已昭然而若此。」

過田家

五月過田家，刈麥方暮歸。徵租公府吏，督責喧荆扉。舍擔具鷄黍，向吏語依依。非敢後官税，去秋穡事微。晚場穫無穀，婦織不上機。此月幸有麥，欲救眼前飢。送吏行出門，歎息淚滿衣。千村多飽吏，不見一農肥。

池上桑

天地不生桑，誰人更着絲。家家盡飼蠶，何處桑有枝。池上幽人念桑折，閑來坐愛緣陰移。閨中少婦思羅綺，夜半挑燈畏蠶饑。一物俱在春風中，自是人情各有私。但得布衣長不厭，條桑池上任離離。

哭楊太僕

識公今已死，考德恨無由。一疏違雙闕，孤標障百流。風高三峽壯，氣結五雲秋。易得唐生淚，川江欲盡頭。

春夜懷泉濱故人

一與故人别，年年是客蹤。春愁千里夢，花雨五更鐘。誰是同心結，爲彈太古桐。山中豈無友，泉石與孤松。

孤山次唐人韻

虛亭對遠岑，坐此空人心。漁艇過蓮渚，桑田近竹陰。半松仙跡古，一雨晚涼深。今日孤山飲，疑非處士吟。

藕莊别墅

出郭二三里，沿湖八九家。鐘聲山寺晚，杯酒藕莊花。愛竹頻孤倚，憐魚欲共槎。辭歸下高閣，月出萬松遮。

建寧西山竹樓

尋幽偶上竹間樓，竹影東牕曉未收。野鳥一鳴忘客況，青山相對點吟頭。輕雲欲結孤城雨，細葛新逢五月秋。落日塔尖猶未盡，數聲漁笛出沙洲。

灘泊夜坐

正憶家鄉夢未成，晴天何處雨來聲。青峰幾點攢雲出，碧水一溪先月明。舟子枕篷成醉臥，農人抱鼓戍山更。青熒村火疏簾影，照見客愁無數生。

舒　汀

字紹安，又字雲川，侯官人。嘉靖十四年進士。授行人，歷官山西道御史，浙江、雲南按察司副使。

柳湄詩傳：汀，鳳陽人。元季有名道通者，舉制科，典福清教事，遂挈其子大有占籍於閩。汀爲御史，鋤擊奸豪，風裁赫著。按浙時，父老相傳，聞汀名，可止兒啼。劾毛伯温，嚴嵩忌之，大計，謫判官，卒。按，龔殿撰用卿撰汀傳云：「君自幼沉毅重厚，不妄交遊，歷官皆卓有成績。嘉靖乙未年四十八，卒於家。」

同龔雲岡遊鼓山上院

峰高不障海，寺古稱藏僧。春意沿途領，溪光背日蒸。閑當十日健，險得幾人登。世態遊山悟，君看無盡燈。

康朗

字用晦，一字磐峰，朔兄，士晉父，惠安人。嘉靖十四年進士。歷官右副都御史、貴州巡撫。

柳湄詩傳：朗爲人端方凝重，登進士，授刑部主事，讞武定侯郭勛獄。時郭后眷未衰，前後司郎議者皆獲譴。以屬朗，朗檄置武定於庭，責以大義，按律擬奏，人爲朗危。章下，公卿覆核，如朗議，由是直聲震朝右。陞郎中，擢僉事浙江。宰相夏言過浙，富人王金箔囑言爲解大辟罪。朗持不可，夏怒，嗾某給諫論劾。某聞朗才名，不忍中傷，朗風裁益肅。轉參議廣西。袁相煒訝朗不通書幣，令蕭御史按視，吹求無所得。蕭竟首薦朗。南寧人掘地得金洪鐘，馬伏波所鑄也，以獻朗，卻之。太宰甌寧李默薦朗「才可大用」。艱歸。起補參議山西，擢山東副使、兵備曹濮。劇賊劉千斤、傅伯玉流剽三省，迫曹州。朗勒兵與戰，走之。趙文華，嚴嵩黨也，以侍郎奉命視師，所至風靡。朗空函迎之，趙怒目叱去，朗視蔑如。轉參政江西。嵩覬分司地爲私宅，撫、按皆唯唯，朗獨力持不可。晉按察使，改浙江布政使。督、撫以用兵，支費無藝，朗力制之。調河南，擢僉都御史，撫鄖陽。往撫漢中降回，回見朗，羣呼曰：「此鄖陽都爺也。」皆羅拜受約束。陞副都御史，改撫貴州。恨朗者謂朗久官，宜去，朗遂投紱歸。其後御史薦朗，謂「嚴正如包孝肅，忠誠如司馬君實」。隆慶初，閩撫、按交章六薦，皆不起。

昌平道中

塵俗每相拘，日夕不遑息。暫輟簿書勞，山間事行役。驅車出北郭，晴煙委園陌。松梢露漸稀，草際霜已白。初與市廛違，忽見山如積。明月含半峰，流水時滴瀝。良似故山中，眷言素所適。遊子未能歸，懷哉安可獲。

陳　策

字時偕，琦子，莆田人。嘉靖十四年進士。除九江推官，入爲監察御史。尋按廣東，以劾嚴嵩出知台州府，旋落職。

九鯉湖

飛昇終古屬雲煙，勝地猶圖九鯉仙。流水閑雲空裊裊，碧桃春草自年年。愧將凡骨逢僧話，剩有新詩與客傳。中夜夢殘涼月白，一聲海鶴上青天。

康太和

字原中，一字順卿，一韓、一俊父，莆田人。嘉靖十四年進士。改庶吉士，授編修，預修會典，遷右春坊右諭德、侍講學士。二十八年順天鄉試正考官，晉南京禮部侍郎，遷南京工部尚書。有礪峰集。

按，太和曾分校禮闈。

徐氏筆精：嘉靖初，莆田有逸老會，皆鄉邦之望。都憲林茂達年七十五，憲副吴希由、逸士林嘉績俱年六十七，御史林季瓊、知縣宋元翰俱年六十五，憲副林有年年六十四，侍郎鄭岳年六十三，侍郎林富、寺丞李廷梧亦幾六十。有逸老詩集行於世。隆慶己巳有耆老會。太守鄭弼年七十八，少參雍瀾年七十七，太守陳敘年七十六，運使林汝永年七十五，主事柯維騏年七十四，太守林允宗年七十二，尚書康太和年七十一。太和賦詩云：「故里重開耆老會，七人五百二十三。」後尚書林雲同年六十九，亦與斯會，真太平盛事也。

蘭陔詩話：礪峰在翰苑二十年，閉户著書，屏跡權門，人譏其拙，作拙宦對以述志。與關中王槐野齊名，人稱康王。致仕時，值莆中倭亂，寓嘉禾四年始歸。其詩有「白髮多情催我老，青山無地是吾家」，「庭堆白骨人蹤少，鬼哭荒村日色昏」，「燕子不知舊壘破，呢喃猶向故園歸」，皆悽婉可誦。

擬古

老馬歷長途，筋力今已疲。況復經險阻，何以效驅馳。千金昔蒙盼，末路惜差池。獨慚芻秣恩，深負主人知。顧己良自惜，咄嗟安足辭。

送張八峰給舍

諫議晨歸省，秋深筍鱖肥。筵開婺女會，花繞侍臣衣。日下雙旌迴，雲中一鳥飛。故園有芳草，長以答春暉。

禮闈校士

聚奎堂上夜初分，炯炯明星列斗文。得玉共期收楚卞，登科猶恐失劉蕡。品題擬入鼇頭選，簡閱思空冀北羣。敢以菲才叨任使，願將髦士答明君。

立春日賜宴雪中

近聞高閣漏聲殘，聖主傳宣賜宴寬。萬里瓊花凝曉仗，九天玉液下春盤。陽從葭琯灰中轉，人在雲霄霧裏看。回首東風宜送暖，瀛洲詞客不勝寒。

秋　興

天津二水匯江門，日月中流盡吐吞。萬頃吴艘迷浦潊，半空煙柳擁朝昏。雲生海底寒初轉，風滿潮頭勢欲奔。却羡漁郎情自適，得鮮沽酒醉前村。

遊山莊次韻

經年旅邸度韶華，夢裏青山却到家。乳燕鳴鳩時戀主，碧桃紅杏自開花。驚心瀚海徵兵急，回首壺蘭繞宅斜。何日拂衣歸故里，一邱隨分老生涯。

寒食作

春入滄浪覓釣舟，淡雲疎雨正悠悠。文成祇有窮難送，老至應知歲不留。養鶴自多雙口累，看花聊減半生愁。思家無計深宵立，矯首高城月滿樓。

林庭機

字利仁，瀚九子，見上。熑、烴父，俱見下。閩縣人。嘉靖十四年進士。改庶吉士、檢討，遷國子司業、太常寺卿，擢南京工部侍郎，改禮部，晉工部尚書，改禮部尚書，致仕歸。卒年七十一。志作「六」。贈太子太保，志作「少保」。謚「文僖」。有世翰堂稿。

閩小紀：閩縣林太守元美，永樂辛丑進士，子泉山公瀚，謚「文安」，以大司馬改南冢宰。文安公九子，庭棉大司空、庭機大宗伯、庭楷指揮、庭枌慶遠守、庭埗湖州司理。庭棉子炫通參，庭機子熑大宗伯、烴大司空，凡三代典成均，一門五尚書，而他廕敘及舉孝廉者又不下數十人，可謂盛矣。蒼按，東林題門曰：「鳳鳴天下曉，鶯報上林春」，乃文安撰也。會城人常言：文安公方建屋，樑橫於户，侍女騎而出，匠詈之。女曰：「何異？閣老、尚書不此中出耶？」公異其語，召欲私之。女正色曰：「何可草草。公高年，脱孕，後誰明予者，盍書數字爲據。」公命取側理，女入公室，以絳色機緞全端至。公益奇其志，遂書「舉男以機名，女以緞名」。後舉男，是爲大宗伯。蒼按，廷機同母有二兄，此説似又訛傳。復舉女，配侍郎鄭公。公之後人有從予遊者，亦嘗以此語予，絳緞至今尚存其家，誠異事也。蒼按，明時，福州有四林同時在朝而又聯宗者，東林即文安，連浦林也。林元美宅在連浦，以連姓著名，後連姓衰，林姓始大。今呼濂浦，或呼林浦，地有甘泉山，山阜似獅，俗呼獅頭山。元美始祖贈尚書，名觀，隱於農圃。有術士暮過其家，觀禮待之，殺鴨牳饌焉。術士德之，指獅山下曰：「此穴營葬，當數世公卿。」觀乃取族人火葬者二十四甕，悉瘞其地，祝曰：「有福，當與吾宗共享。」比葬之夜，全山揺動有聲。後子孫顯達，族人猶呼觀爲鴨牳公。

梅花泉

逶迤三徑曲，乘興過僧家。泉貯何年水，梅開幾度花。孤根盤石古，瘦影映牕斜。試酌清涼水，何殊玉乳茶。

登毘盧閣

遠上毘盧閣，蒼茫晚色催。山如銜日去，江欲送潮來。落絮懸僧衲，飛花點客杯。憑高一縱目，疑在九層臺。

飛來峰

海上飛來日，傳爲神禹年。松開何代寺，洞闢石中天。亦有流泉咽，居然密竹連。我來聊駐馬，城市已秋烟。

九日瑯琊山宴集

再到瑯琊憶舊遊，眼中風物更清幽。青山似識重來客，白髮能禁幾度秋。雙屐依然今我健，一尊還爲故人留。百年百度逢重九，看取黄花插滿頭。

高淳道中

望望關中杳，行行歲月徂。斷雲遥自合，歸鳥晚相呼。避路驚兵火，登程重僕夫。悽悽行處所，田野半荒蕪。

黄廷用

字汝行，一字慎卿，莆田人。嘉靖十四年進士。改庶吉士，授編修，歷太子洗馬。二十八年以修撰爲應天鄉試副考官，遷工志作「户」。部右侍郎。有少村漫稿。

采蓮曲

少小家横塘，淡粧蕩小艑。穿葉憐並頭，同侶戒勿剪。朝看花始舒，亭午花復卷。舒卷一移時，妾心安可轉。繾綣此中流，試問孰深淺。

贈會稽尉

夜雨清煩暑，燕河長碧流。柳堤夾道上，花邑大江頭。濤白鏡光見，峰青寶氣浮。爲探神禹穴，司馬欲東遊。

過吕梁洪

砥柱能東障，梁洪遏上流。一宵風雨至，萬頃水雲浮。野樹全低席，人家半在洲。所嗟多蕩析，禾黍已無秋。

焦　山

昔人已去白雲還，鶴榻猶懸海上山。萬頃春濤烟市迥，半江秋雨洞門閑。祇愁駟馬逃秦世，肯爲公車入漢關。竹外清風祠下水，放舟西渡夕陽間。

憲伯東村遊紫霄巖有懷，用蔡忠惠韻寄答

故國名巖話紫霄，梅梁結構自前朝。深林鳥雀依山院，流水桃花過野橋。春滿江城低藉草，月明海市遠聽潮。詩成更覺鄉心起，鴻雁南飛路不遥。

次張學士水南見寄韻

新開綠野芳春酒，漫酌桃源曲水觴。機軸文章傳大雅，江山形勝發清狂。隔沙漁浦多烟雨，故堞人家半夕陽。三十年前曾客此，不知今日又他鄉。

別陳我峰之荆南分署

樓船曉傍銀河曲，欲下荆門雨漲時。天上紫雲連郢樹，春餘芳草問江蘺。西通巫峽饒王賦，南入瀟湘重客思。自昔才人多水部，衡陽歸雁可無詩。

南嶽紀遊

七十二峰峰上井，洞庭泉脈似相通。青龍隱伏頻行雨，白鶴翱翔每馭風。河影若浮塵世外，日華祇在海門東。誰能旋轉清三界，萬里江山一盼中。

遊武夷

武夷山下溪流淺，九曲扁舟深若何。聞道前溪猶有曲，春來流水落花多。

陳元珂

字仲聲，又字雙山，良策子，元琰兄，見下。夢槐父，閩清人。晉安風雅誤「懷安」。郡志誤「閩縣進士」，又誤「侯官舉人」。通志誤「閩縣」。據題名録改。嘉靖十四年進士。歷户部郎中，謫德慶州判，擢南雄府同知，陞金華知府，轉副使、備兵寧紹，終湖廣參政。有雙山集。

柳湄詩傳：元珂遷南雄府同知，以擒賊功，擢金華府，有治績，陞寧紹兵備道，佐胡宗憲討倭於海上。督府檄元珂監軍，大破之。晉湖廣參政。元珂少居郡治之閩山巷。退居時，於烏石山築一笑亭，蓋取劉隨州「見山始一笑」語也。福州三衛卒變，偕侍郎懷安馬森出諭之，衛卒隨定。因自少至老居閩山、烏石二山，故自號其集爲雙山集。按晉安風雅：元珂著有陳參藩集六卷，詳烏石山志人物傳。

新構一笑亭於烏石山陰，漫述

曾聞劉隨州，英采特高妙。解印無與言，見山始一笑。伊余慙古人，拂衣幸同調。結屋傍山陰，開軒面層嶠。庭草愜幽懷，巖雲增遠眺。况有同心人，銜杯縱吟嘯。翠篠逗曉風，薜蘿收夕照。散地有餘歡，閉門忘津要。悠悠百年身，此意知誰肖。

贈别周洞巖參藩

大鈞無私鎔，倚伏有前算。白璧易成瑕，駟馬多貫患。公侯奮南服，道誼秉姬旦。勳業在全閩，榮名懸霄漢。奈何硧礫興，玄黄隨凋换。馮夷鼓洪波，海水忽淩亂。猿猱躍深淵，錦鯉升木半。離别在今宵，撫景增浩歎。道在身自夷，雲歸月逾焕。千里寄遐心，願君珍歲晏。

鄰霄臺

一片無諸石，崢嶸倚碧空。螭雲藏海日，虬壑逗天風。五嶽聲俱遠，三山勢並雄。莫疑絶頂上，不與九霄通。

山館秋懷

窮巷蕭條已似秋，不應秋至轉生愁。開懷且醉山中月，乘興須登海上樓。遠浦村舂寒雨急，平林野燒暮烟浮。一邱自信堪投老，何用別從方外遊。

夏日飲王茂行憲長六塘池館，晚却移樽別圃納凉按，茂行，應時字。六塘在福州郡治烏石山麓。洪武初，駙馬都尉王恭精地理，取土成六塘，今俗稱洋尾園。

芳亭曲沼護秋光，乘興移尊晚納凉。山繞烏峰呈碧落，城臨綠水帶斜陽。滿池薜荔凋疏葉，隔浦芙蓉送斷香。盡日不妨歌采藻，夜深猶得詠滄浪。

重陽後十日一笑亭小集

不隨穠艷競春華，秋老園林轉自嘉。碧玉尚抽春後筍，黄金閑秀雨中花。庭垂蘿薜青成幕，樹滿芙蓉錦作霞。高會雖非重九日，風流猶得似陶家。

重九後遊平遠臺，陟鼇峰絶頂按，在福州郡治九仙山。

佳節逢青女，登高薄太清。方舒寥廓志，一寄古今情。法象諸天曉，風雲合殿平。如何人境裏，特地有蓬瀛。

中秋漫興

流水長年去不休，時光忽忽又中秋。露華著地還青草，月色照人易白頭。垂老無官方是福，得閑何事復多愁。門前葉落遥山現，壺酒筇枝伴舊遊。

初冬同劉用亮、林德介、鄭世輔登釣龍臺

絶頂臺高秋未殘，烟波萬里入奇觀。雲盤鳥道三千界，水落魚梁五百灘。城壓榕陰如許綠，山嘘海氣不多寒。霸圖萬古歸塵跡，醉抱瑶箏不忍彈。

陳　暹

字德輝，閩縣人。叔復孫，烓子。見上。嘉靖十四年進士。由大理寺正擢安慶府，遷廣西參政，攝布政使事，陞江西按察使，終廣東右布政使。有擀瓴集。墓在閩縣東南大田驛後。

下邳懷古

汎舟臨古甸，荒郊起遐思。猶聞石家城，復憶圯橋履。滚滚黄河流，蕭蕭馬陵樹。今人

更來過，昔人知何處。落日滿津樓，踟躕未能去。

孤雁篇

滄洲有孤雁，毛羽肅以修。不食亦不飲，波上自沉浮。豈不慕霄漢，雲山迥且遒。黄鵠舍我去，蒼鷹非我仇。所以終日間，單棲無匹儔。時或一伸頸，嘹喨天地秋。行將浮海去，虞羅安所求。

田居雜詩

憶昔在塵網，未曾忘田園。於今反初服，淒惻傷我魂。故山多新阡，故友罕有存。邑里何蕭索，一馬歸郊原。媿乏衛生術，終歲恒七奔。撫景長太息，抑情御芳罇。

七夕

皎皎織女星，迢迢牽牛人。相隔一水近，邈若越與秦。豈不願恒覿，會合必有因。樑成謝靈鵲，雲軿度河津。款語不終夕，天衢若重闉。含意各未伸，中宵動行塵。踰年未云曠，歲月日以淪。零雨灑寒渚，愁雲薄秋旻。北斗尚有極，此意終無垠。寄語人間世，歡讌莫辭頻。

行路難

君不見泰山之松高百丈，三尺蔦蘿附其上。含風裛露逞華滋，山下百卉不敢望。又不見夜光之璧本至珍，以暗投人人怒嗔。一憑玉工薦宗廟，琳琅琰琬交錯陳。漢宮才人神女姿，承恩出塞由畫師。明妃不賄毛延壽，一曲琵琶千載悲。昭陽殿上夜開宴，長信宮中悲團扇。長卿不因楊狗監，焉得待詔承明殿。行路難，君不見。

長吟行

東家少婦善紅粧，彈箏鼓瑟諧宮商。夫婦相憐最無比，黄金作屋玉作牀。西鄰女婦無容色，朝事蠶桑暮機織。辛勤不得夫婿歡，獨宿幽閨涕横臆。世人重貌不重心，陽和之曲誰知音。雲山岧嶢白日遠，歲晚莫語空長吟。

齊右别魏子

故郡予之皖，青山子在齊。片帆從此去，杯酒不重攜。楊柳隋堤北，蘆花楚水西。相思無處覓，明月滿前溪。

山海關

重關遠且峻，匹馬獨來過。北嶽封祠古，東遼夷落多。風霜凋鬢髮，道路渺烟波。豈不重懷土，其如王事何。

與前湖陳子話舊

忽憶少年日，對君如眼前。停杯視顏色，兩鬢各蒼然。雁影浮雲外，山光落日邊。行藏且莫問，歸去好耕田。

歲暮鄭竹墟見過

村居秋雨後，山水最清奇。留客一叢竹，開門十畝池。疏螢黏露草，宿鵲避風枝。已覺歲華晚，但宜對酒巵。

泊建陽橋下按，橋建於淳祐年，俗誤爲童遊。

倦客聊棲止，橋邊木石羣。江天收暮雨，山月出重雲。隔水漁燈見，近城譙漏聞。來朝過九曲，一訪武夷君。

舟夜

野客孤舟夜，疏燈漫自花。水聲偏近枕，寒夢不離家。風忤秋帆捲，城深曉漏賒。客懷清不寐，江月入牕斜。

漢陽夜泊

淹留鸚鵡地，悵望鳳凰天。岸樹饒秋色，江城起暮烟。長途難計日，寒夜可方年。歷歷平生事，胡爲到枕前。

沙場

沙場爲客久，歲序若無春。積雪不憚日，飛沙好逐人。天高終費問，海隔豈能遵。只有秋歸雁，音書亦久淪。

留別粤中諸公，次侯二谷相送韻

烟波別雁羣，伊軋水中聞。地里蒼梧外，天文翼軫分。暑收三伏雨，山斷九疑雲。行到滕王閣，臨江更憶君。

江郡

江郡青山霽，幽居白日馳。蛙鳴雨後澗，鳥坐月邊枝。當路無書問，衰年有鬢知。疏慵已成癖，株守敢言遲。

書事

極目扶桑風浪翻，年年鼙鼓震乾坤。明珠有路通滄海，漢女無媒妻谷渾。十里旌旂驅洞帥，幾年財賦盡軍門。何時渤海捐刀劍，耒耜聲聞處處村。

荆川詠古

倉皇已出豺狼窟，漂泊仍來鴻雁天。三楚樓臺流日月，九江舟楫傍雲烟。他鄉物色堪流涕，故國干戈未息肩。王粲登樓有詞賦，行人正指在荆川。

灊山郊行

簿書暫輟下郊原，細草輕車帶露痕。山徑盤旋遲去旆，竹林掩映出孤村。禾登秋隴牛眠野，葉落風林犬吠門。爲荷聖朝人樂業，家家日晚祝鷄豚。

遼左

河上長虹不復飛，東西烟火望中微。斜陽半嶺烏爭樹，多少行人待渡歸。天厭豎閆百萬家，兵戈旱澇數相加。空村幾處無鷄犬，白骨叢中起亂鴉。

馬森

字孔養，驄子，焚、燩父，俱見下。懷安人。嘉靖十四年進士。授户部主事，轉員外郎，出知太平府，轉江西副使，晉按察使，歷左布政使，就擢巡撫，入爲刑部右侍郎，改户部，坐調大理寺卿，病歸。起南京工部右侍郎，改户部，以右副都御史總督漕運，遷南京户部尚書。隆慶初改北部，以養歸。萬曆八年卒，年七十五。贈太子少保，謚「恭敏」。有馬恭敏公集。

槎上老舌：馬恭敏精算術，天下糧餉解部，自千萬以至毫忽，皆於掌上輪指算之，無或遺失。里中故事，凡九卿官，林下乘明轎出入。公獨蔽幃帷，以父母之邦不可行避人也。萬曆癸酉，公老矣。時鄉舉門人某，在棘闈閱卷，欲物色公諸子。公力卻，自矢天日。江西總兵朱家謨、都司賈勇，向皆漕卒也，因公薦拔至尊顯。迨公歸，二人於玉山驛私致饋金三千兩，且曰：「謝政家居，不足爲清德之累。」公峻拒，二人泣拜以去。

柳湄詩傳：森初姓裴，後始復馬姓。森祖舉人，以森貴贈官，墓在閩縣東門康山左，森大書碑陰曰「復姓馬」。森父驄墓在羣鹿山，森與其弟楷所造。森墓在西禪寺。郡治之馬厝衕舊即森鍾邱園，有森正書「鍾山萃靈」四字刻石。以平衛卒功，立祠於九仙山之上。諸書載森少時因觀燈棚，被衛卒掠去，撫爲己子。後父驄遇於途次，識而取還。及登第，與衛指揮有夙契，故衛卒之亂得森而平。詳烏石山志。

宿岱頂山房

碧霞宫外騁遊情，俯仰長嘯白雲生。玉女池中泉自潔，丈人峰頂雪初晴。坐看浮靄渾成幻，睡覺夢魂入太清。夜半四空無色相，千尺松枝挂月明。

月夜過嘉禧寺

林幽天且暮，緩騎覓行蹤。徑轉迴月色，山深閣寺鐘。空明没汀樹，零落出村舂。愛此禪房静，殘燈伴冷蛩。

鄱陽湖

湖水涵虚碧，茫茫天際頭。山開吴楚會，地盡東西流。幾點漁舟没，千村烟樹浮。乾坤多勝概，暫許恣遨遊。

白雲洞 按，在石鼓山。

石洞開幽勝，峰巒遠近殊。白雲閑出没，翠靄散虚無。木古藤蘿護，山深禽鳥呼。忽逢樵客至，相與話歸途。

清泉口

萬山一水峽中流，天削岧嶢控帝州。鶴頂石連雲氣合，羊頭峰迴戍煙浮。旌旗閃影揺紅日，鼓角悲聲走紫騮。計日王程難駐節，回鞭搔首漫夷猶。

同沈韓峰侍御遊海天閣，乘月舟還

海天高閣倚天雄，有約登臨逸興同。日落平沙煙樹合，雲迷斷岸水天通。波光雙棹揺峰影，鼓吹千聲入柳風。一葦縱横明月渡，恍如身在水晶宮。

京口阻風

停舟京口信東風，遥望金陵氣象雄。一水遠從江漢下，三山高出楚吴中。瓜州古渡煙村渺，僧寺荒臺月色空。夜静長鯨吹浪急，浮沉自在獨漁翁。

全閩明詩傳　卷二十二　嘉靖朝四

侯官　郭柏蒼　楊浚　錄

郭萬程

字子長，遇卿、造卿父，見下。應寵、應響祖，文祥曾祖，見下。福清人。明詩綜誤「閩清」。嘉靖十四年進士。官刑部主事。有雲橋集。

柳湄詩傳：萬程，嘉靖初歲貢生，應天中式。按郡志孝義傳載：「萬程蚤孤，歲荒，負米數十里外以奉母。苦寒無被，與妻盧氏温母以背。夫婦絶粒，菽水不缺。夜傍紡燈，讀書至旦。授刑部主事，有奏獄干權貴，同官不敢按。萬程扶病辯折，不惕於威，竟輸服之。尋卒。」

仗劍

仗劍遊薊門，蹉跎歲華晏。中懷日鬱紆，結髮從遊宦。一謝鹿豕羣，誤蒙犬馬豢。宫殿生洊雷，浮雲在清漢。徒有憂天心，無從隕首諫。退而礙祿養，進則涉誹訕。悔作章句儒，書空徒浩歎。別本「浩歎」下多四句。

別藍石橋 按，石橋，崇安人。

京邸三年客，幾看知己歸。蹤如萍水泛，思逐野雲飛。梅雨浮征棹，春條繫去衣。武夷山水好，何日叩君扉。

送萬安尉

遲日晴江上，薰風隱几天。野池蓮欲放，官路柳初眠。惜別俱爲客，相逢又隔年。芙蓉山萬點，遥似玉融巔。

送徐聞尉

宦入粤南地，人從薊北天。晴光連海樹，別意繞江川。解纜黄花外，開筵白露前。坐攜匡濟往，絃誦接桑田。

送綏寧李少尹

落日虚江野漲新，南洲別客訊通津。雨中柳色催行艇，花外鐘聲隔禁城。細草依依荆國夢，芳山歷歷武溪春。試看騎馬親耕處，別是桃源洞上人。

次王石溪

王官好下士，吐握分亦宜。投醪爲我醉，解氈爲我披。延我以良語，詡詡立移時。數月東風暢，野鳥在高枝。相見又改年，皇州春正遲。

寄南雍吴生黄山

黄生久不見，漂泊向誰居。幾度江南夢，數行燈下書。流鶯對我切，芳草共人疏。邂逅成何日，梅花帶雪初。

送卓秀才南歸

天末逢君忽漫遊，離尊疏雨又經秋。黄花冉冉朱門道，玉露蕭蕭白帝州。御苑天墀應浪跡，龍旗鳳輦已凝眸。扁舟攜去皇都意，顔色猶能及野鷗。

俞大猷

字志輔，一字虚江，洛臯父，晉江人。嘉靖十四年武進士。累官都督同知，佩征蠻將軍印，進右都督。卒贈左都督，謚「武襄」。有正氣堂集。

陳衎記俞都護逸事：都護俞公大猷，自江右召歸閩，與戚少保協同禦倭。都護一見少保曰：「公必辦賊者。然賊潰去，必走海，他日復爲閩患。今當以陸戰爲公功，吾率艨艟待之海上耳。」於是募習水吏士八百人，挾火器伏列島中。既而沿海賊悉敗衂，果奪船跳海，圖次年大舉爲復讐。都護擐甲逆戰，一鼓，百餘艘盡爲煨燼，擒斬沉溺不可數計，賊無一人還者。自是六十餘年，雖中國奸民百變誘之，尚骨驚不敢動。都護在江右時，一日坐衙齋，忽見梁上兩客蹲伏，若有所伺。時夜已深，獨一童子侍。都護謾不之省，但令童子呼茶。茶至，謾怒，更呼司庖卒四人跪前，謾誚讓，欲杖之，召牙較入。頃，牙較六人執杖至，都護益謾怒，四庖卒搏顙謝。都護徐徐起，指梁上示諸較曰：「可擒賊矣。」梁上客驚，其一自墜下，諸較合力搗殺之。其一猶乘梁拔刃，擬得擲都護。都護自舉所坐椅飛擊之，亦墜地並就擒。窮問，蓋蠻峒酋長所遣爲曹劌者也。微都護識量，不測，且爲地方憂。

柳湄詩傳：大猷，其先鳳陽人，世爲泉州百户。家酷貧，日不再食，誦讀不輟。父卒，襲官，學騎射，輙命中。從李良欽學劍，盡其術。舉武進士，以都司、副總兵破安南，平倭。後爲都督府僉事，復爲都督同知，老疾乞歸。正氣堂集嘉靖乙丑刊於潮州官署，舛錯殊多。道光辛丑，龍溪孫參軍雲鴻校梓。洗海近事有裨防務，當與劍經一卷另刻傳世。道光間，藍水何氏建戚武毅、俞武襄二公祠於福州郡治烏石山之山邊巷。近有武人寖没其地，移木主於堂階，間以灰堊其扁額，割其地入私宅。

短歌行，贈武河陽將軍擢鎮狼山

蛟州見君霍然喜，虎須猿臂一男子。三尺雕弓丈八矛，眼底倭奴若虮蟣。一笑遂爲莫逆交，剖心相示寄生死。君戰蛟州北，我戰東海東。君騎五龍馬，我控連錢驄。時時戈艇載左馘，歲歲獻俘滿千百。功高身危古則然，讒口真能變白黑。赭衣關木爲君冤，君自從容如宿昔。顧我無幾亦對簿，獄中悲喜見顏色。君相聖明日月懸，讒人亦顧傍人言。貸勳使過盛世事，威弧依舊登戎軒。君今擢鎮狼山曲，雲龍何處更相逐。春風離樽不可攜，短歌遥贈亦自勗。如君入世豈偶然，許大乾坤著兩足。一度男兒無兩身，擔荷綱常憂覆餗。皓首期君共努力，秋棋勝着在殘局。燕然山上石巖巖，堪嗟近代無人劚。與君相期瀚海間，回看北斗在南關。功成拂袖謝明主，不然帶礪侯王亦等閑。

挽薛養呆

伐木風不還，今古幾心知。我與君結契，相期弱冠時。平生一然諾，盛衰永不移。我善君相助，我過君相規。嗟君忽奄逝，一老不慭遺。昔爲暫别離，今作長相思。戚戚重戚戚，良朋今有誰。

秋日山行

風急秋深曉更凄，飛旌轉度石羊西。摶天鳥宿幽山樹，縱壑鱗潛湍水溪。時序空捐頻看劍，君恩未報喜聞鷄。素書昨日投知己，清海何堪長巨鯢。

挽丁碧崖

茫茫塵世是虚舟，白髮盈巾憶舊遊。驚説壯夫爲異物，愧看軍帖又經秋。投簪無計同盃酒，飲淚言歸奠一邱。回憶先生杖履地，荒林寒草不勝愁。

林應采

字君白，莆田人。嘉靖十三年舉人。任瓊山知縣，移建平縣，遷南寧府同知。以孫堯俞見下。贈太子少保、禮部尚書。卒年七十三。有東皋吟藁。

蘭陔詩話：東皋歸田日，結木蘭吟社，預者爲鄭僉憲東白、方員外攸躋、徐郎中觀瀾、方給事萬有、鄭按察茂、邱寺丞秉文、鄭員外鏊、鄭布衣應南、黄布衣天全，每月爲集，授簡分題，筆墨飛騰，篇章流布，洵一時之韻事也。社中諸作，蒼已錄入竹間十日話，兹不多載。

過瞻鳳亭，懷故中丞若雨

蘼蕪一徑草萋萋，愁絶山陽路欲迷。猶有黄鸝能愛客，聲聲祗在柳塘西。

贈歌者毛生歸楚

亂餘海上尚烽煙，大將龍旂又北還。我亦無家飄泊者，江湖何地覓龜年。

王　鑛

字公范，閩縣人。嘉靖十三年舉人。分水知縣，終四明府同知。卒年七十九。有冶山拙藁。

柳湄詩傳：鑛初知分水，邑無城郭，爲築四門以備防禦。居鄉以敦慎稱，詳嚴州府志。又按郡志經籍，冶山拙藁重見，須删。

到水口

扁舟千里下，波浪靜江門。闞市沙頭路，人家山上村。鄉音今始是，驛樹舊仍存。翻惜風帆緩，心先到故園。

聞陸少宰復姓

早識林和靖，今稱陸敬輿。平泉但臥病，政府不通書。曉月華亭鶴，秋風張翰魚。棲遲愜幽勝，虛席竟何如。

青魚灘

青魚灘上野人家，曲徑疏籬長物華。漠漠午煙吹不散，鷓鴣飛出木棉花。

中秋汎湖

鄱陽明月一輪秋，獨客乘槎傍斗牛。難得無風湖似鏡，臥吹笙管到中流。

薛　欽

字寅甫，懷安人。嘉靖十三年舉人。太平儒學教諭。有薛博士集。明詩綜作東山集。

靜志居詩話：薛君詩頗清越，近於皆山樵者。曹能始序徐惟和詩云：「閩自林膳部後百餘年而得鄭考功，又數十年而得薛博士。」其推重若是。按通志文苑傳：「薛欽初任肥鄉教諭，改太平，再試禮部，放歸，次徐州，溺死。」又按，薛欽卒時年四十八。鄧原岳刻閩詩，取欽詩最多。萬曆間徐熥序其詩而梓之。烏石山高賢祠當與一席，惜不可考。

遊雞鳴寺

古寺浮仙嶂，層甍近帝家。洞香流石乳，僧午飯胡蔴。金刹盤飛鶴，丹池聚浴鴉。俄聞孤磬發，蕭颯滿烟霞。

句容道中望茅山

崒嵂盤江甸，遥天紫翠分。風塵應不到，鸞鶴自爲羣。曉徑連青靄，秋山徧白雲。可憐句曲望，不見華陽君。

泛舟武夷

洗慮投孤艇，冥心在遠岑。山空丹壑靜，溪小碧流深。蘿月隨人影，松風送鳥音。巖棲何日遂，鸞鶴獨相尋。

叢臺懷古

恒嶽開分野，漳河繞古臺。邑傳襄國舊，人説藺生才。荆璧歸何處，秦兵戰幾回。昔年龍服地，秋雨暗荒苔。

古邯鄲行，贈姚大行使廣平還京

結髮事行役，竊禄邯鄲裏。每上叢臺望，愁見黄雲起。黄雲千里迴臨關，漳水東流不復還。趙王賓館皆寂寞，黄翁客舍今摧殘。感兹興廢傷懷抱，慷慨悲歌徹青昊。自從奔竄歸海隅，夢魂還在邯鄲道。因君銜命廣平回，孤懷忽爾爲君開。人生枯菀不足異，相逢須盡手中杯。

將赴闕，留别城中相知

蓬門未遂幽棲趣，萍跡又成薄宦遊。千里烽烟驚故國，百年心事寄滄洲。山中苦戀陶潛宅，湖上空憐范蠡舟。何日得辭塵網縶，與君共臥野雲秋。

送方平洲先生遊吴越山水

春風吹棹下江灣，鳥轉花飛春未闌。此去不須愁遠道，勝遊終擬訪名山。舟航漸與紅塵隔，冠蓋多逢白社還。不識烟霞登覽處，丹梯石室共誰攀。

黎陽道中有懷

河上秋風至，蕭蕭不可聞。蟬聲下高樹，雁影出重雲。古道蒼烟斷，平田緑水分。自能悲宋玉，况是惜離羣。

再送林天宇按，林垠，字天宇。

枚乘初掛印，爲郡桂江頭。簷際岣嶁出，門前湘水流。江楓看落葉，楚客想悲秋。清絶桂陽吏，清風載去舟。

哭周宇弼同年地官以諫死獄中按，周天佐，字宇弼。

俯仰宦遊不足奇，文章時命本多歧。賢奸青史終能辨，緘口君廷悔已遲。

張　爵

字允修，鵬孫，浦城人。嘉靖十三年舉人。授南昌通判，轉台州同知。以破倭積勞卒於官，士民立碑紀之。

題宋徽宗畫鷹

御墨淋漓遍海隅，中原一敗歎丘墟。怎如畫却南來雁，異日能傳五國書。

謝啓元

字本貞，黃子，見上。蒙亨父，閩縣人。嘉靖十三年鄉貢。以子蒙亨，贈工部司務。

經臨城廢縣

縣荒名不改，城壞土猶存。寂寂南塘路，悽悽北郭門。桑麻空滿地，槐柳半成村。尚有龐眉叟，能談廢置原。

鄭應南

字君傳，莆田人。嘉靖中布衣。有濱源詩集。

閒居

餘生堪偃息，褊性謝交遊。臥起雲生榻，吟成月在樓。爲農谷口僻，抱甕漢陰秋。亦是忘機者，何殊海上鷗。

送佘宗漢遊楚中按，佘翔，字宗漢。

嶽雲夢澤帶滄溟，來往無期水上萍。醉裏銜杯呼白墮，花前伸紙搨黄庭。清時傲吏非凡吏，入夜郎星即客星。預報湘靈休鼓瑟，曲終不耐數峰青。

翠漪亭爲姪士元題

東山高臥遂心期，疏沼爲園况此時。憶得鏡湖歸賀監，至今湖水尚漣漪。

周寧

字彦靜，宣從弟，見上。莆田人。與從兄子鯤見下。同登嘉靖十七年進士。官丹陽知縣。有白泉集。

秋日懷陳生一坤

六龍不可繫，時序又黃花。過雁啣殘雨，歸樵帶晚霞。蛩聲連四壁，月色共千家。久病無雙鯉，登樓思轉賒。

遊海口

水國今成夙昔遊，眼前風物望中收。雲間登嶠謝公屐，天杪窮源漢使舟。無數野花迎去旆，半空微雨動離愁。西歸後夜相思處，夢繞湖南碧海秋。

林萬潮

字養晦，一字石樓，垠孫，富次子，俱見上。兆誥父，見下。莆田人。嘉靖十七年進士。授寧波推官。服闋，補贛州推官。有贛州集。世系詳十三卷「林富」。

閩書云：萬潮年三十八，卒於官。詩有奇思，與唐公順之遊，因得交於羅文恭洪先。其没也，文恭爲銘墓。七歲時作聞鼓詩：「誰擊堂前鼓，如聞出地雷。梅花猶未發，全仗數聲催。」集中如「半山斜日含青壑，萬里晴空度白雲」，「一帆淮浦晴雲細，三月黄河春水多」，世人賞之。

馮汝言云：石樓詩格調意興俱佳，然皆是自家胸臆語。

南山漫興

杲日上若木，白鳥下遠渚。竹塢翠欲滴，石洞夏不暑。涉澗采紫蕨，倒缶酌緑醑。弱水不可渡，寤寐望玉宇。

晚秋簡鄭子

庭樹何蕭瑟，涼風倍灑然。斷鴻雲外度，新月霧中懸。谷口懷真侶，濠梁感昔賢。惟應桑落酒，同對菊花天。

臥　病

臥病長安驚歲時，冥冥天畔迥生悲。歸心長憶三江水，壯志空懸五嶽詩。萬里烟波憐白雁，一春風雨怨黄鸝。尋真問樂無窮思，何日扁舟入武夷。

送何君謨之大梁

東風嫋嫋動青莎，司馬遊梁意若何。南陌傷離空對劍，中原懷古獨悲歌。一帆淮浦晴雲細，三月黄河春水多。不識嵩陽山下路，年來詞客幾人過。

寄陳少峰

燕子磯頭秋水生，鳳凰臺上暮雲平。吴歌時聽關山曲，越客能忘海國情。蘿月冥冥迷遠道，星河渺渺擁神京。相思一夜令人老，愁絶空林鵾鴂聲。

武夷謾詠

千里乘槎入武夷，十年幽夢負安期。獨攜避世盧敖杖，來咏遊仙郭璞詩。玉女峰頭秋月吐，金鷄洞口暝雲移。不知萬丈飛霞頂，控鶴人歸復幾時。

劉存德

字志仁，一字沂東，雄玄孫，恭子，夢騶、夢潮父，同安人。嘉靖十七年進士。除行人，選御史、巡鹽兩淮，出爲松江府，遷浙江按察副使，調廣東莞海道。有結甃堂遺稿。

雜詩

南郭有佳人，東溪有明月。月照並石臺，夕眺凉風發。釃酒賦幽宫，攀枝狎棲鶻。緑蘿何葳蕤，太行亦嵯峴。誰爲隔水音，縷縷復中詘。飄摇起長雲，嘹嫋衆芳歇。逸響落波流，海門倐鯨突。聽之愴我心，遠盼有華髮。從之河無梁，投我雙瓊玦。瓊玦未爲報，歲月成淹忽。

從軍行，送王遵巖弟南還

晨踐嚴霜行，暮愴河梁别。河梁水流澌，嚴霜草枯折。云何遊子心，不逐南歸轍。爲言少小念桑蓬，一望青雲心斷絶。長來負劍入燕京，下隴磨刀水嗚咽。水嗚咽，壯心裂。丈夫畫地取封侯，不顧流河滿成血。

秋風別客

北風好歸舟，南客復淹留。愁動三湘夢，病添雙鬢秋。有心懸魏闕，抱拙戀林邱。極目鄉關遠，烟波去路悠。

病　嘆

油幕行春候，官齋晝掩扉。無心成傲吏，因病怯朝衣。彭澤今應悟，襄陽自不歸。但看花發盡，莫厭世情非。

林應箕

字輝南，一字石海，仕鳳子，莆田人。嘉靖十七年進士。授行人司行人，陞京畿道御史、巡撫雲南。建言，謫判六安州。按，應箕有直聲，祀雲南名宦。累遷湖廣參議。有百一詩稿。

登蘇門山

蘇門此日判微官，水院停軺五月寒。泉擁沙金通海島，派分河朔入雲端。塵中拂劍驚裘潄，病後憂時覺帶寬。獨坐孤亭吟望久，日移松影到欄干。

山邑地偏俗轍稀，獨騎匹馬入巖扉。風清地淨雙鷗下，日暮松深一鶴歸。善病翻疑朋舊

少，慵才自笑宦情微。登高忽憶鳳凰調，徙倚荒臺一振衣。

何御

字範之，一字藍川，熙孫，應軫祖，福清人。嘉靖十七年進士。官兩浙鹽運使。有白湖草。

柳湄詩傳：御未冠，父母皆逝，館於林氏，盡讀其書。歷官中外，有宦績。遷兩浙都轉，告歸，築白湖草堂隱焉。家譜載，御卒於嘉靖丁巳，壽五十三。白湖集六卷，郡人羅一鸞、莆田林釆爲之序。光緒七年，族孫刑部郎嵩祺以原刻校刊，板隨散失。

東門行

出東門，疾馳車。不得與君立須臾。數步一反顧，徬徨躑躅涕漣洳。後有猛虎，前有夔魖。君欲不行，日暮何如。不聞通海去，乃在萬里天南隅。兒女慎勿牽衣裾，餔糜猶勝食官厨，歸來歸來多著書。

野田黄雀行

朝出望野田，黄雀羣蹁躚。奮飛搶榆枋，翼短故不前。北鵬徙南海，舉翮高蔽天。八極不足遊，况乃山澤偏。有時鎩毛羽，墜落雲泥邊。身大不自舉，翻爲黄雀憐。

送劉生之邊

蘭生日離披，遊子出門悲。出門復入門，含情雙涕垂。采葛不及絺，種粟不及糜。從軍有程督，三歲以爲期。

雨後移酌蕭園，待蔣生

良辰風雨多，寒氣入層閣。谷鳥未高飛，林花已半落。艤舟近草亭，置酒依蘭薄。日晏遲佳人，含情宛如昨。

送　别

北風吹征襦，與子重契闊。仰盼雙禽翔，握手不能發。一似野中蓬，一似絃中筈。朝望在河梁，河水鳴活活。夕思隔河梁，浮雲起天末。悠悠生别塗，慎矣無饑渴。

送胡子遊秦

寒日行北陸，朔吹揚飛塵。送客在廣陌，中情多苦辛。野雲覆長路，孰識東西秦。臨發執前綏，願爲陳所因。瞻彼二黄鵠，淚下不能伸。

少年行

少年礪劍心含冤，潛入長安東上門。朱亥壯氣元自許，季心之勇何足論。怒髮上衝雙眥裂，問之舉腕無一言。日暮得雠策馬去，九衢懔懔黄塵昏。莫怪此徒輕殺人，千金曾報一飯恩。

三海巖醉後歌

嗟矣三海巖之奇，巖從海變已何時。桑田古説非支離，陵谷遷徙安前知。故老相傳宿昔日，樵人曾見螺蚌拾。天開混沌相盪摩，何海何山何者石。石存海逝剛柔分，竅鑿巖通共鬭立。巖側無路可容車，巖中有地廣布席。席主招賓次第來，笙歌粉黛華筵開，玉山傾倒白日催。炯炯醉眸横秋水，更呼明月同徘徊。

寫懷寄晏石橋，兼訂武夷、匡盧之遊

昔日何日别君行，春風楊柳摇江城。今日何日我載旌，横江渺渺秋風生。停車一慨嘯，揚袂且徂征。白日山鬼出，半夜鵋鵙鳴。兩人三人成市虎，止榛止棘何多蠅。險巇悲世路，憤切傷人情。紫綬金章棄安恤，黄鍾翠釜擊未平。吁嗟晏夫子，日月銷毁終有時，王侯富貴只如此。麻姑髮已頳，髑髏何能語。金絡空追冀北羣，玉壺且待汝南侶。緘題到海頭，海水逝悠悠。君當武夷駕，吾亦匡盧遊。素女垂花寒不隕，錦屏疊翠光欲流。閣上九仙齊拍手，雲中五老皆回頭。此遊不可孤，此樂不可紀。赤沙玄石淨九秋，烏帽青鞋走萬里，纏牽結束胡爲爾。

有鳥歌

有鳥有鳥集華池，長觜得食短觜饑。何不彎弓射長觜，前行丈人翻見嗤。有鳥有鳥在中逵，長觜能飛短觜遲。何不彎弓射短觜，後行公子獨憐之。

十六夜雨中獨酌

客船渺渺泊江滸，昨夕月明今夕雨。建水美人別我行，數闋清歌長在耳。人生並合誰能期，天道陰晴且如此。有酒有酒斟酌之，起臥乾坤一逆旅。

寒食

雨後逢寒食，燕中感物華。心悲別隴樹，腸斷故園花。萬里難爲客，三年未有家。况聞兄及弟，饑歉薄生涯。

包子于役海西，愴然有懷

瀦野臨青海，焉支導黑流。西紆三峽盡，北望五雲浮。身世俱蓬梗，乾坤亦傳郵。秋風關塞路，長送笛中愁。

訪序上人不遇

幕府清官牒，禪林寄旅情。雪中惟鶴跡，風外有鐘聲。碑落荒蘿古，雲深野樹平。山僧不相值，獨馬暮歸城。

盧師寺

山中問大顛，法象汝爲傳。貝葉繙經日，珠林結社年。山童招鶴至，倦客借雲眠。瀟灑離塵刼，從今薄世緣。

白湖別築

東海欲垂釣，南陽初結廬。山光連野淨，天影落湖虛。興到宜呼酒，病來强著書。柴桑如卜宅，應共賦閒居。

道中望泰山

泰山近魯壤，梁父亦東方。歷狩先秦后，求仙盛武皇。雲生日觀白，樹合海門蒼。玄鶴歸何所，因之問羽裳。

清遠峽阻舟作

才薄身將隱，途艱歲載過。衆山齊到岸，萬壑並歸河。蒙露舟行少，乘陽雁聚多。摇摇滯寒色，一暢采薇歌。

蒼梧舟中

天帶江流遠，雁將秋色回。夕涼生細葛，浮吹滿深杯。興託枚乘筆，愁寬宋玉懷。蒼梧雲正結，望古意悠哉。

烏蠻灘

灘水迅如此，行人仍暮過。風煙蠻道路，祠寢漢山河。功豈雲臺掩，淚應野老多。千秋思薏苡，返櫂激長歌。

舟宿石門

石門非魯國，蠻水亦滄浪。風逐蓬科轉，雲連雁跡長。放歌慚俯仰，覽鏡信行藏。一見垂綸者，濯纓興不忘。

舟中對月

明月出山早，松陰先露光。雙鶴臥不定，一溪流正長。興隨酒共盡，心與雲俱忘。歌妓具停唱，吾醉欲徜徉。

登靈石九疊峰按，靈石寺在福清縣。

九疊峰頭立，十洲海外浮。不但仙人近，真於造化遊。雲霞隨舄變，日月盪胸流。萬象森如許，都令雙眼收。

茶洋溪念海寇作按，茶洋，南平水驛名。

寇盜平何日，皇皇獨此心。海雲將晚燧，戍鼓亂春禽。兒女情終繫，風濤險亦禁。滄溪重迴首，有淚欲霑襟。

寶山寺席上贈詹龍泉

磊磊真忘我，涼涼竟寡徒。上書非逐客，著論是潛夫。歲惜黄楊閏，人攀寶樹孤。禪林聊一憩，莫問阮生途。

九日郊遊，憶楊子立

風高天遠五雲收，徙倚淩虛臺上遊。黄菊再逢燕地酒，青山獨對薊門秋。寒江浼浼迷征雁，落葉蕭蕭見野舟。悵望佳人隔萬里，蘭苕空采向沙頭。

送黄汝吉

五巖遥傍碧山居，中有伊人賦遂初。萬里乞銘觀上國，十年談劍恥長裾。李膺獨下龍門榻，司馬仍探禹穴書。雲水故園春事在，與君何日並巾輿。

送張南屏侍御赴留都

春轉河流繞鳳城，垂楊酌酒聽啼鶯。青蒲乍對風雲地，驄馬長横天漢聲。此去臺中增諫草，邇來江左更詩名。廣陵舊友今何似，慚枉官梅坐對情。

送河泊大使許清之湖廣

瀟瀟風物動南征，白馬青袍襄漢程。戍鼓正傳燕塞急，漁歌翻憶楚江清。菰蒲水際憐秋色，蝦菜舟中結暮情。悵望雁鴻春北返，翰音先到五雲城。

夢與包、桂二柱史談太玄經，醒而感述

霜涵桂樹映雲青，向夕懷人月滿庭。世路艱危雙涕淚，故交摇落幾晨星。秋風江左歸張翰，臥榻遼東滯管寧。悵極魚鴻煙水闊，空餘魂夢話玄經。

徐州遇瑞卿入海州，賦别

小至征途送客情，關河冰雪接雲平。子山蕭索江南賦，杜甫飄零劍外行。渤海何年聞買犢，潢池此日尚稱兵。知君自愛經過處，歲晏悠悠白髮生。

寄題水南别業

爲田十畝白湖濱，湖水漪漪帶作鄰。野徑舊連松葉暗，柴門今映竹枝新。有情玄鶴時當榻，無數青山欲近人。憩息他年真此地，烟霞原不負冠紳。

再寄李二應昌

君歸五十頭未斑，不見行路今尤難。南山北山足登眺，青石白石堪躋攀。徒步不妨風雪阻，采真或值仙人還。悠悠世事何足論，抱弄小兒開笑顔。我今五十髮已顛，欲歸不歸窮海邊。終南豈無一邱宅，杜曲幸有數畝田。秋興時時逐飛吹，遠心落落隨長川。安得便駕雲間鶴，與爾招摇遊九埏。

與南園子飲武夷宫

浮邱老子去何年，此來重續尋真緣。鷄頻啄藥漸成鶴，客久餐雲亦近仙。一酌再酌煙蘿夕，千峰萬峰杯酒前。醉深不覺雷出地，側過龍湫龍未眠。

遊武夷卻憶羅浮

庚戌之歲歷名山，武夷羅浮俱相攀。鐵橋觀海不盈掌，玉簡驅龍曾出關。拜席東皇續初駕，挹漿北斗迴老顔。松蘿滿徑溪月朗，似有仙佩來人間。

贈黄子

十年歧路再逢君，千里風波話宿聞。激烈喜談天下事，窮愁盡讀世間文。壯懷寂寂青萍劍，書法飄飄白練裙。正值四郊多壘日，定知投筆去從軍。

過五羊吊馬同年拯

名榜懷君美少年，彤廷對策滿三千。説詩擬繼匡衡後，賦鵩翻居賈誼先。摇落江山銷壯魄，凄迷煙草失新阡。五羊仙子無憑問，恐結修文地下緣。

陳希齋、李東井、龔子木相勸浙行，答謝

白湖道士酒初醒，行折芙蓉驚眼明。浪跡志如山鹿放，忘機身似野鷗輕。只談稼穡當文

字，猶恐兒童識姓名。今日於君何所對，無將出處問君平。

井水歌

銀牀架金井，井水深沉沉。但能照妾影，不能照妾心。

揚州曲

戔戔餘束巾，一機連百幅。生男不出門，生女嫁南北。

即事

雷聲隱隱出深谷，雨色蕭蕭來遠舟。溪添春水忽盈丈，瀉鵜鸕鷀滿意遊。

元宵傷海口賊未平

千門萬户歌吹闐，漏盡鐘鳴人未眠。歡聲忽逐燐火滅，春草於今綠滿田。

餞李二河上

六年覊夢隔江濆，今日離歌又對君。滿樹鶯聲春雨後，不堪歸客座中聞。

陳應魁

字孚元，一字梅山，鐘孫，莆田人。嘉靖十七年進士。歷工部員外郎，擢浙江按察司副使。有臥雲集。按，臥雲集即梅山詩稿。

蘭陔詩話：梅山丱角登第，攝嘉湖兵備日，大破倭寇，獲甲首三千。以忤趙文華，罷歸。

處暑日大風雨，思茅廬山行作

山前山後風雨惡，捲我白茅數重屋。穉子入山伐修竹，山僧爲我支一木。無事山中養白鹿，卷書時向山齋讀。讀罷長吟梁父詞，倦來且掃石牀宿。

得信寫愁

大將宜還旆，居民尚負戈。戒途旅宿少，滯雨客愁多。寇盜連營入，官軍帶甲過。失時今不取，非復此山河。

寄趙玉泉中丞

浙直再傳新幕府，江東非復舊功曹。江湖今日歸吴蠡，雲夢他年憶楚敖。南國風塵弧矢暗，中原鼓角戰塵高。炎州朔雁無消息，越水吴山入望勞。

黄洪昆

字協恭，一字翠巖，肯堂子，莆田人。嘉靖十七年進士。歷官監察御史、巡按山西，擢河南布政司右參議。有瞻雲集。

潤州招隱寺

招隱何年寺，傳燈此日來。慈雲籠寶樹，佛日照香臺。鼇擁青山出，濤驅白雪迴。傷心梁殿月，猶照讀書臺。

送陳肖鶴臺長擢松潘兵憲

十年鳴珮同蘭省，此日停杯惜別離。貔虎曾迴桓典馬，風雲遥指武侯祠。金城迤邐開秦界，玉壘崚嶒勒漢碑。更有澄清先業在，聞歌蜀道不須悲。

俞維屏

字樹德，一字孚齋，應辰孫，莆田人。嘉靖十七年進士。授刑部主事，坐謫，補原官，歷郎中，出爲浙江按察司僉事，擢河南參議，遷貴州參政，歷右布政使，卒於官。蘭陔詩話：孚齋清介嚴明，降叛寇，抑巨璫，所在俱著能聲。

遊西沖寺

樵歌移近隴，鳥語度平林。地僻孤雲隱，僧閑古院陰。清溪澄兔魄，虛閣送鯨音。忽動悲秋思，邨邨蟋蟀吟。

周鯤

字少一作「肖」。魚，一字章巖，俅孫，宣子，俱見上。藎卿父，見下。莆田人。與叔寧同登嘉靖十七年進士。歷官江西按察副使。有章林巖藏稿。

蘭陔詩話：章巖以辯冤獄、忤權貴，罷歸。隱章林山中，擀衣韡冠，從兩奚童，策蹇衛蹩躠道路中，望之不知爲貴人。精染翰，片紙寸縹，人爭珍之。

客中次俞三石韻

迢遞家千里，棲遲鳥一枝。朋交稀足跡，誰與話情私。鏡戀風前鬢，花迎雨後詩。恰來珠玉貺，念子信温其。

病起

世難逢多病，年饑倍隱憂。三旬長閉户，五月尚披裘。戍鼓催城夜，烽烟失麥秋。有懷襲渤海，兵甲散春疇。時有倭警。

秋日郊居，有懷柯水部内兄

無聊江上懷人處，隨意風前曳屧行。莎徑迷離黄蝶下，滄波縹渺白鷗明。荷衣短弄藤蘿碧，茗盌香分沆瀣清。未向芳洲共客與，紫蘅青杜若爲情。

黄懋官

字君辯，一字森原，仲昭曾孫，希濩子，俱見上。莆田人。嘉靖十七年進士。授禮部主事，改吏部，歷文選郎中、太僕卿，晉順天府尹，遷南京户部侍郎，死於兵變。

林懋揚云：誥嘗居公督糧署，見日以簿書爲事，察察毫末。因言：「大臣持重，不應如此。」公曰：「非樂爲此也。今倉庾且乏，脱巾之變，誰其當之？」而公卒以此遇害，若有以逆知之者。詩亦有意致，惜不得覽其全稿耳。

入仙邑不值王尹作

名鄉山水自仙洲，昔日仙靈此地遊。犬吠白雲茅舍寂，鳥啼青靄竹林幽。清風喜有王喬尹，玄覽慚非叔度儔。茲夕無緣陪笑語，令人惆悵河陽樓。

黄釧

字珍夫，一字后谷，福安人。嘉靖十六年舉人。官温州同知。死於倭，贈右參議。有墮樵集。

徐氏筆精云：珍夫，温州郡丞。丙辰倭寇温州，將兵拒戰，乘勝直進，孤軍無援，遂大潰。賊脅之降，叱之。索之金，復叱之。賊怒支解寸斬之，年四十七。詔贈右參議，祠祀之。弇州王元美爲作衣冠墓志。

閩書：王世貞輓珍夫詩云：「封後杲卿空有舌，哭回宏演已無肝。從教一蹶星同殞，留待孤忠璧自完。」

野望

連朝微雨恰新晴，沙草含風軟綠平。碧水畫船歸棹去，夕陽烟樹一痕清。
竹松疎護兩三家，流水浮香帶落花。樵笛數聲烟漠漠，隔溪人散夕陽斜。

曉行

誰家流水石橋邊，蕎麥花開白滿田。日出柴門人未起，嵐雲飛滿小樓前。

林春秀

字彥甫，繼志父，侯官人。嘉靖十六年舉人。授惠來縣，陞盧州府同知。有麓屏集。按，萬曆間古田有林春秀，見三十二卷。

曉發分水

鐘聲分水次，曙色大江西。殘月隨飛蓋，青霜上馬啼。鷄聲村遠近，雲影樹高低。鳥道青霄外，乾坤一杖藜。

玉山道中

客懷真落寞，驛路厭囂氛。隔嶺越山盡，前溪楚水分。鷄鳴深竹雨，人語半峰雲。猶喜聞耕牧，民風太古淳。

甲辰歲前三日

學舍春還五嶺西，映階苔草綠痕齊。隔林日影來鴉背，背郭山光襯馬啼。花好那堪經眼落，鶯嬌還與盡情啼。閑來壺酒同雙屐，取次風光一品題。

黄兆亨

字謙夫，莆田人。嘉靖十六年舉人。官順州知州。

暮春感懷

春事已無幾，山城獨掩扉。鶯老聲初嬾，花疏柳漸肥。節序驚流水，年華怨落暉。不堪衰鬢改，寥落故人稀。

鄭　鏊

字亦鼎，莆田人。嘉靖十六年舉人。授青田知縣，遷袁州府同知，擢南京户部員外郎。有閒居集。

蘭陔詩話：公詩名籍甚，集燬於火，僅有二律，綽有唐人風骨。

病起言懷

曉起繞前除，池花已盡舒。流年愁裏過，鬢髮病中疏。孤憤空談劍，健忘已廢書。妖氛何日淨，高枕白雲居。

年來不稱意，況復病相仍。驚夢城頭角，停餐雨後蠅。逢迎應謝客，疏嬾欲依僧。何似少年日，艱危氣益增。

全閩明詩傳 卷二十三 嘉靖朝五

侯官 郭柏蒼
楊 浚 錄

曹 龍

字堯佐，沙縣人。嘉靖十三年改歲貢生，爲選貢。卒業南雍，授浙江瑞安丞，遷壽昌縣，落職歸。有兩溪漁唱。

閩書：曹龍以貢授瑞安丞，白令，修學宫。爲永嘉縣，修築沙堤，具有成績。遷壽昌令，重士類，抑嚚訟，悉民隱，節浮費，禁游惰，種種治辦。以不能從諛當路，落職歸，橐裝蕭然。惟閉門誦讀，日與蕭山韓惟論，里人樂應奎、樂文解、謝應元、黄文梯賦詩賡答爲樂。所著有兩溪漁唱十卷。

真隱峰 按，真隱峰乃沙縣七峰山之一。

舉世慕軒榮，幽人古來少。此中有佳趣，真隱得其妙。竦身入煙雲，翹足理漁釣。我欲假半峰，終身任舒嘯。

同謝長卿遊龍湖巖按，在沙縣。長卿，應元字。

溪色秀於畫，一庵山下幽。提壺春滿酒，倚杖月當樓。朝市今多故，文章古不侔。沙邊靜無事，聯袂又輕舟。

郭文涓

字穉源，一字東皋，古田人。嘉靖十六年應天舉人。官保寧府同知。有亨帚集。

竹窓雜錄：古田有張學士以寧，以詩名，二百年間寥寥絕響。文涓少負才氣，每每發於文詞。嘗遊金陵、燕薊、吴越、蜀隴，所至皆有詩歌，著作甚富。林文恪公雅重之。如早行云：「市橋霜滑馬，庭樹月移烏。」宿南陽寺云：「階餘春草露，林暗夕壇雲。」曉泛羅刹江云：「雲沙醒宿鷺，露葉咽殘蜩。」早秋云：「草換秋前色，蟬繁雨後聲。」過萇弘墓云：「貞血成靈碧，忠名照汗青。」潼關道上云：「山河秦地盡，烽戍塞雲高。」詠斷雁云：「霜前陣帶金河冷，月下書傳玉塞寒。」夏日齋居云：「煙消露草黏遊屐，風定晴花掛網絲。」亂後云：「兩稅諸傜兵後急，千村萬落火中空。」傷魂暗泣關山月，冤血腥隨草木風。」早發水口云：「腥紅被野霜黏樹，鴨綠摇波雨染溪。」感秋云：「野色逢秋添慘淡，物情經亂轉蕭條。」可與晚唐劉許輩頡頏藝林，固不獨雄視一邑也。近年邑令豫章人劉日暘不知詩爲何物，纂修縣志竟不爲郭立傳，且欲詆之。時與予友陳价夫力爭，不聽。俗吏之剛愎自用如此。

柳湄詩傳：文涓性恬澹高曠，善屬文。以貢生登應天鄉試，授保寧同知，迎養五載，蜀中有「孝行清節」之譽。爲父年老，罷官歸養。時閩縣邵傅，侯官林鳳儀、王廷欽與文涓皆以詩鳴。魏文焲、丁朝立序其集。太僕卿閩縣林烴述兄燫語，銘其墓。孫岱、嵩、徽、嶷皆能詩。

夜懷

疏燈孤館寂，落木萬山空。夜色誰家月，秋聲何樹風。鄉園歸雁外，身世轉蓬中。祇益離羣意，淒然思不窮。

歸途

曉發煙村信馬蹄，金羈玉勒踏紅泥。新蒲水漫鸕鷀泛，苦竹叢深謝豹啼。沃壤膏原春事及，落花飛絮野魂迷。卸鞍喚渡溪雲合，指點城闉日未西。

夜宿山莊

四壁鳴蛩一夜啾，小莊松火對吴鈎。水聲遥送溪春急，山色全添竹塢幽。身世擬拚田圃老，山林應識廟廊憂。柴扉暗數流螢度，月牖風櫺落木秋。

清江晚眺

逆舟遡洄灘，宛轉緣堤曲。波影動懸厓，天光散晴旭。暮鳥飛已還，秋蟬斷復續。洲馥引衣裾，蘿陰翳林谷。披髮濯清流，翛然解拘束。投閒理無慚，撫節情已足。日夕景色佳，揚舲唤醽醁。

晚泊衢州

獨戍凝遥睇，孤帆駐遠征。波清涼月近，山迥暮雲平。野釣鷩鷗侶，溪舂雜水聲。不堪懷土念，重識倦遊情。

客航秋夕

振袖凌行鋏，横舟倒羽觴。情隨山月迴，愁與野雲長。夜色分沙白，秋容入岸黄。不堪更摇落，况復是他鄉。

來青閣晚眺

厭俗久思棲梵宇，尋幽今待叩松關。樓臺高出煙霄上，鐘磬遥傳紫翠間。野寺自餘泉石古，林僧長共水雲閑。近來悟得無生訣，獨坐忘言月滿山。

冬日紀行

宿靄沉暉冬日黄，百年塵跡滯江鄉。長途負劍隨南斗，獨客肩輿帶早霜。媚眼嶺梅將歲色，向人汀竹弄寒芳。蕭蕭風物催煙景，又見昏鴉返夕陽。

灞滻即事

花柳初妍灞滻春，秦川物色最宜人。野縈麥浪茵紋蹙，山擁蓮峰錦障陳。蕙日碧摇魚藻影，條風香散燕泥塵。馬前風景皆詩興，忘却萍蓬萬里身。

秋　思

西陸風高南雁征，蕭條雲物若爲情。微霜減盡梧桐影，殘月催繁蟋蟀聲。離索詎堪人兩地，淒涼正值夜長行。傷心世事迸雙淚，歸去滄洲采杜蘅。

五峰山莊即景

一曲清溪對竹扉，數椽茅屋俯漁磯。疏籬落日雞豚入，淺渚寒煙雁鶩歸。松火光分田父飲，藜牀夢繞野雲飛。追思城市牽塵鞅，纔到山林已息機。

秋日登敵樓

竹籟松濤繞翠巒，火流頓覺戍樓寒。暮雲幾樹鴉歸堞，秋色千峰客倚欄。搖落盡歸登眺眼，功名已作有無觀。家人莫問他鄉訊，月色長年幾度團。

夜宿溪樓

夏潦連朝野水生，芳樽明燭夜深更。温壺剪燭蕭然坐，誤聽溪聲作雨聲。

山　行

春曉衝嵐磴道斜，小橋流水抱人家。鷓鴣聲裏東風老，開遍棠梨幾樹花。

林金

字良珍，連江人。嘉靖十六年順天舉人。靖州學正，通山知縣，遷河池州知州。有愛山堂集。

迎春

六年雙繫楚，一歲兩迎春。蹤跡長爲客，年華似逼人。清時甘賤棄，小邑愧沉淪。郊外東風弱，羞吹頭上巾。

入松塘不見水

千山蟠棘路，一壑入松塘。氣燠初行夏，林空轉望洋。斷雲隨鳥没，流水送花香。苦抱支公想，慚非康樂狂。

竹榻假寐

大火流天末，新秋到客居。風來松外細，月到竹邊疏。吏散鳥爭噪，庭空月有餘。誰能分此榻，清論夜如如。

如二都採木

城隅見曉日，山外散殘雲。水勢江流見，風聲木葉聞。羈心懸馬首，野興入鷗羣。清廟何時畢，樗材免自勤。

少岳公處夜歸

新月隨車馬，懸燈照薜蘿。繁蟲吟伏草，驚鳥宿移柯。山影摇虚夢，茄聲雜短歌。清遊過夜半，不問夜如何。

晚宿慈口寺

薄暮投蕭寺，深秋又此途。草荒牛徑小，木落鳥巢孤。客至方鋪榻，僧歸自荷鋤。可憐虚世界，猶作實工夫。

春夜霽

雨霽春宵好，微雲弄月痕。花陰過短榻，柳影入重門。梁靜歸巢燕，山號掛樹猿。坐憐芳歲逼，掩卷忽消魂。

舟下興國

日落雲霞亂，風來木葉高。岸花供別酒，沙草映征袍。水淺疑舟重，鷗閑笑客勞。夜依溪上宿，愁聽雁孤號。

入雲梯寺

再入山中寺，能生象外心。雲嵐千嶂迴，霜樹一溪深。水鸛寒猶浴，巖猿夜自吟。沉沉依法界，片月轉前林。

偶成

地窄天饒暖，山高日易斜。晚陰留柏樹，春信到梅花。晏歲紛民事，空庭肅吏衙。自憐衰病骨，長戀海雲涯。

效古舞劍篇

拔劍起舞氣如虹，月明露落寒天空。蛟螭泣海水欲結，虎豹踞穴山爲童。我劍初淬磨青銅，手中撫玩憐霜鋒。極知蛟螭可斬虎可磔，不敢輕試爭雌雄。旁人不識笑我怯，顧我豈肯留妖凶。也知小試無所補，直欲獻上明元宮。待與君王付邊將，殲除北狄連西戎。

夜入北山寺，書示周時易、楊挺植

禪燈付火導前旌，交擁征車入化城。鐘鼓聲中山鬼滅，風霜帷外野僧迎。不緣塵鞅勞蹤跡，未許菩提記姓名。多士相看成契合，江湖清論若爲情。

竹林雨，移席飲田家

洞口波寒作浪花，移樽卻就野人家。桑麻競秀連芳陌，鷗鷺交愁坐淺沙。蓬鬢臨風羈思遠，茅簷對雨酒懷賒。殷勤更訂重來約，始信吾生未有涯。

夏前二日，朱鶴峰秀才邀飲，遇雨

雲滃晴空作雨來，四郊蕭颯動風雷。龍吟清晝滄江合，客滿華堂綺席開。春盡忍聞枝上鳥，興狂寧放掌中杯。仙厓未了登臨願，歸路依依首屢回。

邱雲霄

字凌漢，又字于上，又字止山，崇安人。嘉靖十七年歲貢生。南京國子監典簿，柳城縣知縣，歸隱武夷山。有止止集。

閩書：邱雲霄，嘉靖十七年貢。官南京國子監典簿，廣西柳城縣知縣。通古文辭，有聲士大夫間。

靜志居詩話：止山驂鸞作吏，解組歸田，棲息武夷山中，閉關講學。嘗與其友夜宿高明樓中，有怪倚門作人語曰：「同遊不樂乎，何臥之早也？」止山應之曰：「我載星而遊，抱日而歌，汝胡不吾和而同其樂，何爲昏暮而來也？」怪應曰：「不能。」止山曰：「吾亦不能。」怪嘆息而去。可謂不惑不懼者矣。松陽徐夢陽評其詩，稱其「雅澹勁古，景真情得，要之不蹈襲前人，異乎七子之派者也」。

柳湄詩傳：雲霄隆慶中修崇安縣志，曾築室在白玉蟾止止庵旁，其地與朱子武夷精舍相倚。今武夷精舍、止止庵及雲霄隱廬皆蕩然，風景猶絶勝也。

見雙鳧

青青雙飛鳧，的的弄清渚。網罟不相及，胡爲倏遠舉。世途多繒繳，誰能淡無與。雕欄亦有粟，名園豈無侶。何如烟波闊，伴鷗整毛羽。

鄉思

木落愁遠山，鄉心夜來絶。不見度溪人，但見溪頭月。高堂念遠征，妻孥望天末。軒冕空輜塵，自貽此契闊。白雲起溪邊，應向武夷没。

吉溪按，在南平縣。

遊子悲無褐，寒風吹短楂。問魚沽酒路，隨犬到田家。茅屋依山静，溪橋逐水斜。逢人皆荷蓧，相笑失生涯。

北固山江望

偶來結束成登眺，獨立蒼茫散暮愁。地入秦淮千嶂出，天分南北一江流。潮隨還照衝長島，鳥入深雲是故邱。自信久無蕉鹿夢，浮名應愧釣魚舟。

春盡次淮上

南關何處日孤征，歸夢先春幾百程。今日送春猶是客，孤城寒雨不勝情。

富春驛

寒浦檣烏集，烟汀宿鷺投。富春江上驛，落日客邊愁。吴越雙流外，乾坤一葉浮。孤征頻望斗，明月滿嚴州。

舟中暮酌

爲客三冬盡，歸程數問家。傍漁傳夜火，濯足動江霞。日落村春急，溪迴山勢斜。孤懷誰共語，一醉謝年華。

河口别于功弟

帆回細雨春江迴，雁落前沙夜影寒。萬里風煙歸計晚，一天雲水别情難。驚心時拂雙長劍，入夢頻擕九曲竿。何處春山堪采芑，關門望去白雲殘。

睡　起

流鶯叫晴鳩叫雨，山中不斷山禽語。睡起開門復閉門，落花落盡春歸去。

送林子

人生風中萍，漂蕩隨聚散。但願此心同，何愁隔江漢。結歡日尚淺，别子秋之半。薄暮更登樓，落木正零亂。

此日行，呈諸友

去年此日遊白華，今年此日登烏石。黄花綠酒依然同，白髮朱顔歎何及。今年還憶去年事，猶是明年憶今日。丈夫有志非匏瓜，飄蕩長江似萍實。年年甘菊與茱萸，總爲誰開爲誰食。天風吹我石上琴，海月照人山更碧。相逢莫惜盡餘杯，百年歡笑豈有極。君不見當時獨鶴遼海歸，滿地白楊秋露滴。

雞鳴山

文物東吴會，招提倚漢開。地隨南嶽轉，天逐大江迴。雲幌長垂殿，松衣半護苔。六朝歌舞地，花樹變樓臺。

九日躡雲巖

野外黄花節，山中綠酒芬。晴嵐開絶巘，秋意滿高雲。客至妨僧定，樵歸散鹿羣。幽探成汗漫，尊酒惜餘醺。

錢塘

天隨望落低低鳥，海欲潮生細細風，衮戀客邊春夜冷，夢依天末翠微重。雲深碧樹渾經濕，日落清江半染紅。愁倚驛樓芳草合，吴山越水暮烟中。

題武夷九曲溪卷

武夷溪水清於玉，九曲縈紆抱山足。中有高人時濯纓，吟風嘯月坐茅屋。朝移鐵板嶂前舟，暮向金鷄潭上宿。幔亭仙去剩虹橋，天柱峰寒壓地軸。茶竈不見九轉丹，鼓樓空憶霓裳曲。巖際渺渺一字天，洞口羣羣七星鹿。山隨雲轉千萬重，影弄寒江三十六。漁歌欸乃度星村，鶴羽徘徊入雲木。乾坤自悟意自閑，煙波滿棹書滿束。吟上絶磴聳兩肩，夢繞千峰豁雙目。止庵舊結九溪鄰，衡門長掩三秋菊。相過痛飲邀比鄰，共上漁磯臥亭毒。莫教紅雨暗秦源，好爲蒼生謝空谷。明時看君作霖雨，歲晚同來理釣竹。

朱汶

字碧潭，泉州人。嘉靖間詩人。

通志載：明嘉靖中，泉州陳鷗、朱汶、江一鯉、朱梧、于宗亮結詩社，時稱五子。一鯉字草塘，簑笠短褐，抱甕灌園。惜其集鮮有存者。

柳湄詩傳按：晉江王慎中遵巖集朱碧潭詩序：「詩人朱碧潭君汶，以名家子少從父薄遊，往來荆湖、豫章，泛洞庭，彭蠡、九江之間，衝簸波濤以爲壯也。登匡廬山，遊赤壁，覽古名賢棲遁嘯詠之跡，有發其志，遂學爲詩，耽酒自放。一日，郡守出訪所謂朱詩人碧潭者。君居西郊，僻處田圳林麓之交，老亭數椽，守坐其下，突煙盡濕。旋拾槲葉煨火，燒筍煮茗以飲守。於是朱詩人之名嘩於郡中。君嘗謁予，懷詩數十首爲贄，欲得予一言以爲信也。君既死，予故特序其詩而行之。」又五子詩集序：「五子者，各有奇節怪行，既無所用於時，而一其力於此，互相叫呼唱和以爲極懽。旁觀皆笑爲狂謬，甚或加指斥，五子獨喜自得，不顧也。」蒼按，朱碧潭集及五子詩集皆無傳本。又按，朱梧字子琴，鑑元孫，嘉靖丁酉舉人，官孝感知縣。陳鷗字忘機，少喪妻，黃克晦爲作海翁圖詩。于宗亮，永寧衛人。

馬朝龍

字從甫，莆田人。嘉靖中諸生。

弇州别宗振

相對居然兩鶡冠，臨岐把酒不成歡。歸來劍水鱗鴻少，别去吴山道路難。共惜寒風吹短鬢，獨懸明月夢長干。書中縱是平安語，少婦還應掩淚看。

歸途得鄭堯鄰書

危城半是白雲廬，潮落西風兩岸虚。斜照漸移孤樹影，斷鴻忽報故人書。山中松菊歸何暮，郊外桑麻計亦疎。到日臨邛君莫問，祇應貧病老相如。

洪朝選

字舜臣，又字汝尹，又字芳洲，同安人。嘉靖二十年進士。授南京户部主事，引疾，起補南京稽勳司主事，遷四川按察司僉事，領提學道，改山西参議，加副都御史、巡撫山東，入爲刑部右侍郎，轉左侍郎。爲福建巡撫勞堪所陷，入獄，卒。子兢訟於朝，冤白，復官。有芳洲集。

靜志居詩話：舜臣强直自遂，爲勞堪羅織，斃之獄中，士林多爲扼腕。時王道思、唐應德輩鋭意古文辭，舜臣雖不與八才子之列，而實聯鑣並驅。道思與李中溪書云：「吾鄉洪芳洲先生文，直得韓、歐、曾、王家法。吾輩駁雜，視之有愧。」其傾倒至矣。詩非擅長。

柳湄詩傳：朝選謝病歸，假張道士所居施宅山莊養痾，貧病交至。復起，乃罹勞堪之獄。

寓居鍾溪草堂，答吴寓庵

一身隨所寄，荒僻治初諳。久客琴書在，微官枯菀参。春容回大地，山色落深潭。日夕辭軒冕，茂陵病不堪。

屢承雙湖年兄惠詩，依韻奉和

辭却河陽一縣花，知公素性近烟霞。論才敢許稱騷客，有俸還能醉酒家。得失君今任塞馬，升沉我亦笑侯瓜。何時修竹連門徑，共闢蒿萊息亂蛙。

郭　渭

榜姓孫，字應清，士奎父，閩縣人。嘉靖二十年進士。授上海縣，擢南京工部主事，歷户部郎中，出爲黄州府，擢河南按察司副使，以忤巡按罷歸。卒年六十二。有望川存稿。

送夷陵李判官

莫言宦跡近，同是惜離羣。楓樹連巴國，陽臺間楚雲。雁飛空自急，猿嘯不堪聞。欲識征途恨，西風萬葉紛。

彭城懷古

從來霸業剩山河，戎馬中原戰伐多。垓下月明空夜帳，沛中雲氣擁天戈。地分割據歸劉鼎，淚灑英雄散楚歌。最是不堪回首處，秋風城上暗煙蘿。

泊岳陽樓望江陵

日夕望江口，江行曠無礙。弭枻回輕橈，沿流傍淺匯。白鳥近始飛，碧山遥如黛。不見諸宫城，煙波動愁態。

秋懷

日馭無停軌，星火倏西移。園林戒白露，草木鮮華姿。吟蛩閑蟋蟀，繁音多苦悲。視聽移心目，物候如奔馳。君子懷遠征，歸來果何時。良辰難遘遇，流光嗟已遲。君看燕雁翔，代謝恒可期。少壯瞬憔悴，榮盛將焉持。陽景傾中宇，薄陰曖平陸。歲序遞相遷，迅如鳥過目。清籟漱迴飈，寒威及四屋。披軒盼前除，俯仰天氣肅。翳翳繁雲生，瀼瀼零露續。昔出木未稠，今來葉如束。微哉川上心，逝者誰能復。感兹憯慨慷，沉思結幽獨。

送林使君赴郡便省

虎符初拜命，南郡幾時臨。立馬思鄉日，還家隔歲心。暮雲銅柱遠，春草石池深。他夜看明月，空懸壁上琴。

送梁倣歸嵩陽

維桑歸去地，吟臥有餘閑。谷口導流水，門前揖近山。松雲晴不掃，林鳥夕知還。早晚尋芳桂，期君共一攀。

河上卜居

鈍拙居人後，風光在眼前。屋斜聊架木，徑仄每依田。菊圃閒初闢，藥囊懶未懸。柴門自還往，誰送買山錢。

遊賢隱寺

春谿晴旭照蒼苔，古寺芳原對面開。香閣依雲僧獨住，綠蓑冒雨客頻來。竹煙暗度林中磬，山鳥時窺石上杯。官冷政閑歲事稔，不妨繫馬日遲回。

湖上閑詠

村逕迂迴曲岸東，過橋山色半空濛。湖天一望煙波闊，無數漁舟夕照中。

王應鐘

字懋復，侯官人，褒來孫，肇玄孫，希旦子。俱見上。嘉靖二十年進士，改庶吉士。歷官監察御史，河南提學副使，山東參政。卒年九十。有缶音集。

柳湄詩傳：應鐘爲嚴嵩所中，罷歸。築道山精舍於郡治烏石山麓，講明正學。按察使鄒善、提學副使宋儀望爲建道山書院，使學者師事之。詳烏石山志。又按郡志、晉安風雅、明詩綜皆作「鍾」。明進士題名録作「鐘」。侯官北郊竹柄山有二翁仲，乃應鐘父勤庵墓，題曰「男應鏡、應鐘」。萬曆丙申，門人林應訓、藍靖卿序其集，亦作「鍾」。殆晚年改「鐘」爲「鍾」耳

龍津秋詠，爲陳粹仲大參題

結廬龍津上，山水洽沖襟。商飈一夜至，秋色何蕭森。木落滄江晚，山高景氣深。蘭茖委南砌，鶗鴂鳴北林。始自玩芳序，行當念歲陰。撫化易爲感，垂老復難禁。臨川挹芳翰，浩然發長吟。迢迢秋水上，默默伊人心。

渡揚子江，登金山寺

山向江中起，當年漏禹功。巖前藏佛刹，檻外即龍宮。海勢東溟盡，雲根北固通。歸舟對明月，萬里若乘空。

過夾馬營懷古

昔日興龍地，猶傳夾馬營。天心方悔禍，真宰報昇平。日月消香氣，乾坤遞戰聲。可能如簡點，禪代息兵爭。

挽傅木虛山人

久作采真遊，翩翩向十洲。還山期拔宅，哀壑嘆藏舟。人謝蘇門嘯，苔荒葛井幽。儻歸華表日，又是幾春秋。

遊武夷

一水窮真境，仙源絶世氛。巖巒隨曲異，泉瀑逐溪分。潭碧多潛鮪，山高有懶雲。羽人不可見，長嘯隔林聞。

次太守陳仲玉署中飲憲長弟洋園水雲亭喜雨作按，憲長弟，王應時也。洋園即洋尾園。水雲亭見烏石山志。

六塘殊勝辟彊園，上客來遊鶴應門。水榭雲牕虛竹色，高槐細柳落禽言。風驅急雨偏多景，地接層城半似村。深愧濁醪難奉客，空令北海有殘尊。

次鄒憲長穎泉偕宋督學陽山中秋登烏石作按，穎泉，按察使鄒善；陽山，提學宋儀望也。

烏石崚嶒亦壯哉，百年臨眺尚高臺。天邊寒色秋先到，海上浮雲午未開。隔水時聞林外磬，好山遥對掌中杯。大夫賦就登高日，欲和慚非郢客才。好山環抱映瑶巵，落木寒蟬秋老時。五嶽有人追向子，十洲何處訪安期。鳥隨殘照歸林晚，帆折暮潮入浦遲。難得妖氛清島嶼，頻年江海罷王師。

仲春太虛上人招遊烏石新庵，柬同遊陳仲聲、鄭警吾太虛、新庵，俱詳烏石山志。

看山及春仲，得從朗公遊。是日景氣暄，四望空翠浮。衆鳥鳴深谷，雜花覆春洲。微雲逗巖際，野水潤平疇。中觴泛清醪，日午進素羞。陳遵興方逸，鄭谷意亦幽。境超賞攸愜，累遣心自休。既憫子雲閣，復嫿王戎籌。逍遥嶔岑間，俯仰竟何憂。

冬日同程生子暉、藍生用恭登釣龍臺，時無諸越王廟重成

長江蜿蝘競趨東，白龍矯首如長虹。越王昔時此遊眺，射龍江上江猶紅。元戎小隊騁英勇，白日黯淡生雄風。山川形勝元如昨，人代興亡迴不同。良弓寶馬今安在，剩水殘山跡已空。我來登臨屬冬日，山迴江折望難窮。威儀尚肅前王像，俎豆重開舊日宫。雲山南去何葱蘢，乾坤中折江爲通。開襟已在雲霄上，興入蒼茫煙靄中。

次劉用亮秋日登烏石山之作

寥廓澄秋霽，江光澹可憐。言從清嘯侶，來眺碧山前。逸興多違俗，閑情欲問禪。上方歸路晚，願借佛燈眠。

重九先一日同諸子登烏石

九日同人會，先期作勝遊。川原逢霽景，寥廓屬深秋。山晚摇紅葉，江空散白鷗。滄溟兵未洗，翻此思悠悠。

憩太虚上人新庵作

朗山棲隱處，山水澹悠悠。鑿石雲根動，開牕花竹幽。清泉流户外，寒磬落滄洲。晚悟無生理，欣從實地遊。

秋望懋行弟見招洋園玩月，歸乘興作按，王應時，字懋行。

避暑向何處，言從金谷遊。水涵池霧起，牕落鳥聲幽。風度清蘋末，涼生素女秋。開襟方待月，詎俟主人留。

巫山高

巫峽切雲中，岧嶢出半空。地留神女館，夢斷楚王宫。候雁驚寒角，清猿嘯晚風。誰言蜀道易，歷險向巴東。

贈同守郭稚源按，古田郭文涓，字稚源。

昔君别我巴東去，今日重逢是故鄉。顔鬢蕭條俱老大，風煙迢遞各凄凉。閉門豈有閑居賦，對客長揮大雅章。莫道虞卿愁正劇，英聲文采邁詞場。

過鄭繼之先生墓，山下見汪郡守公所刻碑石

鄭公高塚鬱氤氲，瞻拜人今仰德芬。一掩夜臺無曉日，忽經哀壑有愁雲。知音終感山陽篴，近壟誰爲烈士墳。欲讀侯芭當日誄，夕陽啼狖不堪聞。按，傅汝舟墓與鄭善夫塚相近。

首春同諸子飲道山别墅

芳晨載酒陟嶙峋，四睇清輝總晤人。江上密林花勝雪，山中灌木鳥鳴春。潮來漸覺溪橋没，雲盡遥看海色新。三島十洲何處是，眼中風景已離塵。

次參知黄時晉秋日登萬歲寺

芙蓉七級俯榕城，城外潮生江自平。菊綻紺園遲令節，雁來紫塞帶秋聲。地非戲馬奇堪眺，山似遊龍畫不成。極目南溟千萬里，微茫是處隔蓬瀛。

贈陳履吉入成均 按，陳益祥，字履吉。

夕陽弱柳縮輕舠，碧漢無雲雁影高。宋玉多情能作賦，正逢秋色滿江皋。

陳時範

字敷疇，文沛子，見上。長樂人。嘉靖二十年進士。授户部主事，遷刑部郎中，出爲夔州府，遷雲南按察使，陞左、右布政使。有世槐堂錄。

巫山行

巫山高，巫水長。微雲濕雨生悲風，猿聲半落凄人腸。我來訪神女，問訊楚王年。江山朝暮還如此，雲雨高唐何渺綿。蓮花兩兩競葱蒨，玉筍森森遞隱見。山之阿兮若有人，君王枕席還能薦。蔓草識羅裙，繁霜歇歌扇。鸞巘疑吹鳳史簫，帽峰猶帶楚王弁。君不見閬風紲馬思九州，瑶池秩女多懷憂。楚天之雨未足疑，有女如雲非我仇。陽臺洛浦艷，玉臉楚宫羞。可憐歡樂意未已，覺來猶憶夢時語。湘水魂過峽水湄，高邱寂寂哀無女。

銅雀臺

問訊漳河水，猶將鄴下迴。不知銅雀樹，何處覓蒿萊。白馬諸王盡，黄初七子哀。歌帷人事改，羅網入氛埃。

平陽留别亢水陽鄉丈按，亢思謙，字水陽。

江天摇落後，人事向來非。監澤魚蝦冷，空村煙火微。襄陵堪對酒，楚客欲沾衣。選勝河汾郭，平陽古帝畿。

登白雲樓和諸省丈兼紀懷

俠客哀時故縱歌，極天寰宇帶山河。三春古北黄華戍，五月征南瘴海波。鄉夢關山音信杳，朔風雲鳥羽書多。材官燕趙荆吴劍，目盡樓頭奈爾何。

宣風館曉發，次陽明王公扁韻

旅砌霜花印曉痕，楚天孤館憶王孫。宣風到處留芳草，駐馬過時尚有村。日近扶桑炎瘴重，雲深沙磧海塵昏。願應借與平蠻劍，掃淨妖氛報國恩。

遊嘉州凌雲寺，同南塘薛判官、延平陳子纘

九頂峰陰翠幾重，諸峰歷歷削芙蓉。岷山氣勢擎蒼漢，井絡牽連接短篷。天近雨花秋杳靄，江浮煙市水空濛。禪心到此真無相，惟有閑雲護短筇。

林懋和

字惟介，閩縣人。嘉靖二十年進士，改庶吉士。授禮部郎中，擢湖廣按察司副使、分司提督學道，遷布政司右參議，進河南右布政使，轉廣東左布政使。有櫟寄集、雙臺詩選。

柳湄詩傳：懋和以庶吉士改禮部，有賢聲，督楚學，所識拔者皆名士。歷布政，丐歸。藏書數萬卷，萬曆間藏書者，首推懋和，次則馬森。諸子百家之學，罔不窮究。卒年八十餘。

夜發中牟，宿韓莊舖

虞淵閟縣景，若木奄餘光。羣動皆晏息，我行殊未央。崎嶇驀前軌，曲折遵微行。深涉慓重壑，高臨駭崇岡。仰觀星漢流，清淺還低昂。輕飈嘯林葉，驚棲互回翔。飢劬愴輿

隸，駿驪亦玄黄。豈不念嚮晦，勞徠職所將。瞿瞿敬爾位，庶幾營四方。

石晷歌

憶昔媧皇煉石補天時，鼎中五色蟠蛟螭。身騎蒼虬上金闕，聯台執斗完天維。精英飛墜崑邱側，休氣榮光射南極。越履溪邊浪得名，仙機天上今難識。良工製作如有神，金椎揮霍聲震轔。初看落落珊瑚碎，乍見團團明月新。崢嶸三尺中天起，玉柱玲瓏花繞趾。時辰十二長周旋，分明次舍圓規裏。玉衡璇璣久不傳，混天宣夜機猶玄。指南未數奇肱製，測景應知周旦賢。曈曨曙色晞暘谷，爍灼仙葩輝若木。迅曜應悲棄杖勞，流光不爲揮戈復。平明寸晷上扶桑，薄暮分陰徧未央。仙馭雲中輪自急，靈樞石上影難常。雲中仙馭如驚電，石上流光若飛箭。志士空嗟白日傾，佳人長怨朱顔變。白日西傾東復來，朱顔一變何時迴。但惜寸陰同大禹，相期不數士衡材。

萬歲塔災後重修眺覽

按，萬歲塔正德間災，越十六年，經張司馬經、龔祭酒用卿重修。

寶塔因初地，金輪現刧灰。高標一柱觀，圓削九層臺。慧日環空近，慈雲拂牖迴。威音行道處，親見聚沙來。

送湖山林文武義縣博

看花已負上林春，又逐扁舟下潞津。方朔有才終待詔，鄭虔垂老敢辭貧。汀洲細雨蒹葭淨，江岸微風楊柳新。十載同袍此分袂，可堪更屬大家親。

辰溪山行

軺車日日總山行，萬壑千峰紫翠迎。谷口猿聲聽不盡，雨中山色畫難成。獨搴芳草懷人遠，故訝浮雲出岫輕。賦政自慚無寸補，何如巖下學躬耕。

重題朱仙鎮岳廟

痛飲黃龍笑據鞍，翻悲朱鎮路行難。前籌自誤和戎策，怒髮徒衝上將冠。玉帳天聲還寂寞，錢塘王業竟偏安。亦知俎豆英靈在，哀怨園林草露寒。

倭後遊新庵即事按，在福州郡治烏石山。

殢酒經春獨閉門，偶從分衛過祇園。散花丈室逢天女，負郭平田見稻孫。野戍烽煙還極目，夕陽笳吹易消魂。楊枝何處飛甘露，一灑年來戰骨冤。

對山尚書挽章

留都喉舌重朝端，鳳詔恩波羨世翰。郡乘名山珍副墨，講幃舊學識甘盤。風清環堵惟圖籍，日抱絲綸付釣竿。執紼不堪頻霣涕，白楊回首野煙寒。

壽郡伯林旗峰先生瑞壽踰百歲

雁塔聲華紛宇宙，大年誰似使君尊。眼看鳳紀三庚子，指屈龍飛五改元。旗展碧峰當海屋，袖攜黃石種雲根。他年軒後紆清蹕，好上崆峒至道言。

萬衣

字章父，一字淺原，永春州德化縣人。嘉靖二十年進士。歷官河南左布政使。有草禺子集。

柳湄詩傳：鄭氏鈔本閩詩共錄萬衣詩四十四首。

明詩綜載：「萬衣，字章父，潯陽人。」錄其九日蒲圻張魏二省丈見邀七律一首。鄭氏所錄亦有此作。按，嘉靖辛丑進士題名錄有：「羅衣，九江府德化縣人。」據此，則非永春州之德化矣。又按，集中有春日登平遠臺詩，有「島嶼」、「鼇亭」、「蜃樓」等字，則爲福州郡治之九仙山明矣。又有遊武夷值雨而還詩，又有子夜歌、芋原舟中别諸省友七絶。芋原，侯官第一水程名。果九江潯陽人，不曾宦閩，那得有九仙、武夷、芋原等作？題名録「羅衣」乃「萬衣」之誤，又誤以永春州「德化」爲九江府「德化」。福建通志選舉失載，須補。又鄭氏鈔本明詩誤九江府德化縣俞文獻爲永春州德化縣人，今删。

遊西郊白雲觀

晨興攬轡出，馬首絶煙霧。清溪無纖塵，晴雲帶遠樹。笙歌隱青嶂，薜蘿披石門。趺談入玄息，歡樂難具論。起登百尺山，下有千古墳。持杯不肯飲，揶揄泉下君。

壬戌春將赴洪都，登天池宿凌虚閣

平生生長匡山麓，翻飛欲向天池浴。更上凌虚一俯觀，池中湛湛澄冰玉。須臾香霧生紫煙，身入雲霄露沾沃。來從絶巘一振衣，山下羣山眇於粟。夜深忽見佛燈來，鐘磬陰陰隔棼俗。翩翩跨鶴遊天庭，松風爲奏霓裳曲。曉來山霽彩霞生，黄鳥嚶嚶奚所欲。

登海天寺望廬山

隔江尋野寺，萬柳入層樓。九疊雲中見，孤帆天際流。高懷欲得月，遠覽更逢秋。世界空明處，飄然一葉浮。

宿東林吴隱君山居

路轉匡山麓，衝風到隱津。五峰同結社，一姓自成鄰。老去不知歲，年來存此身。東林近栗里，誰是箇中人。

秋日過向五丈，留酌

西浦多蝦菜，盤餐就爾尋。黄花容對酒，白眼許誰吟。莫訝風塵色，都無城市心。世情似秋水，今可滌吾襟。

徐觀瀾

字道本，莆田人。嘉靖十九年舉人。官南京户部郎中。有壽泉集。

蘭陔詩話：道本文筆矯健，詩亦俊爽。嘗於病中自作挽歌云「偶寄人間世，全歸物外鄉」，又云「日御終難挽，夜臺總是家」，可謂達士者矣。

吊邱鳴周寺丞

按，鳴周，秉文字。

西山舊路近何如，臥病三秋祇索居。白社雲深人去後，碧山松冷鶴巢初。樓臺終古懸塵榻，壟樹何年會素車。苔草青青羅雀徑，獨留詞客哭應徐。

葉繼熙

字兆學，閩縣人，繼善、繼美弟。俱見上。嘉靖十九年舉人。官臨桂知縣。卒年八十一。有少洲集、篤慶堂稿。

竹窓雜錄：先輩葉明府繼熙咏傀儡詩云：「鼓拍頻催夜漏長，賞心樂事喜逢場。隨人舉動多牽掛，過眼興亡漫感傷。面目固知非本相，綺羅底事競新粧。矮人不省當筵事，枉把郎當笑郭郎。」

送人之金陵

送君曾憶昔年遊，黍谷蕭條易水流。百二重關連雉堞，三千複道繞龍樓。花間寶騎珊瑚勒，柳外珠簾翡翠鈎。此去正當春色早，醉看紅杏曲江頭。

胡廷順

字貞孚，又字衮美，閩縣人。嘉靖十九年舉人。官臨江府同知。有龍江集。郡志作「潮州府同知」。按，集中有南昌、九江諸作，作「潮州」，誤矣。

不寐

牕梧送冷入衾裯，七尺何堪集百憂。斗粟知無終歲計，敝裘只爲一冬謀。燕山月色闉中夢，漢苑砧聲枕上秋。宦況鄉心共寥落，風塵何苦獨淹留。

方興邦

字懋藩，一字霽村，山曾孫，或云「從孫」。莆田人。嘉靖十九年舉人。上海教諭，歷吏、禮二部司務，遷兵部武庫司主事，終廣西布政司參議。有霽村集。

蘭陔詩話：霽村長歌奇氣縱横，在太白、長吉之間，近體效少陵，亦沉著無弱調。宜宗子相、吴明卿諸公心折之也。按志載：興邦爲吏、禮兩部司務，與廣陵宗臣爲同舍郎，嘗作百花洲歌贈之。

得亨夫書

不見黄生久，干戈淚滿衣。天寒温室樹，秋老故山薇。白日雙魚至，青天獨鳥歸。江湖心欲折，非是厭輕肥。
夙昔趨青瑣，批鱗有諫書。世情難共棄，古道竟何如。武騎功名薄，文園歲月虚。不知風雨後，誰過夕郎廬。

得宗子相書

尺素中宵慰索居，美人南國意何如。江淮殺氣昏牛斗，豺虎烽煙壓羽書。天入蒹葭孤雁盡，秋來風雨五陵疏。朱門鳴瑟誰知己，莫漫逢人賦子虚。

送唐職方荆川奉命視師

海上連營不解兵，君王親遣職方行。鯨鯢濤撼吴天盡，貔虎壇空漢月明。宇宙大名三策在，風雲壯觀百身輕。功成獨倚延陵劍，何處登臨望帝京。

百花洲歌贈宗子相

長鯨噴海波撼空，劃然元氣開鴻濛。大江東走東海東，廣陵秋濤衝白虹。君家百花洲，恍惚似與大江通。君不見昔日揚州全盛時，蕃釐瓊花千萬枝。天摧地缺老君死，蒼莽之間誰識此。帝遣六丁移上紫宫去，東皇不爲艷陽主。夜半化爲雙玉龍，龍鱗散入芳洲樹。芳洲花樹堆紫煙，花底銀河瀉九天。芙蓉十丈藕如船，三江九澤根鈎連。赤如赤城霞，白如白璧鮮。赤霞白璧燿相照，蒼兕咆哮鼉鼊嘯。房櫳綺錯鈎珊瑚，葱蘢八面擎蓬壺。仰天擊缶呼烏烏，鬼門四照胡爲乎。有時雷雨中天起，香風撒雲九萬里。月白煙啼露華泣，一夕染盡江南紫。二十四橋十二樓，至今不敢開桃李。嗟君豈是此花身，淮海維揚一俊人。詩成費盡長安紙，瓊芳破碎如有神。何時淬此雙龍之寶劍，與君脱屣辭紅塵。提攜天吴訴天帝，扶桑珠樹摧爲薪。不然爲君倒曳百花洲，盡使長江之水西北流。天門九重迴龍轡，手抱芙蓉控僊驥。

慈仁寺重别孫四員外

昔年臨此地，杯酒與君期。怨别仍千里，重逢定幾時。岸明殘雪斷，山繞夕陽遲。獨上崑盧望，蒼茫倍有思。

秋夕宴陳錦衣宅，贈李考功子藩

摇落千秋淚，浮沉萬事捐。投珠無狗監，彈劍有龍泉。白滿潘郎鬢，玄嘲揚子篇。當杯空壯觀，肝膽向君前。

懷宗子相

苦憶揚州宗子相，兵戈消息竟何如。百花洲晚魚龍寂，叢桂山空鸛鶴孤。漢殿焚香人獨去，燕臺擊筑歲將徂。長風萬里誰能馭，與爾同探赤水珠。

秋日登天壽山展視陵寢

永安山郭俯清都，步入康陵日未晡。象衛千年朝絳節，龍池九道瀉玄珠。月明露下芙蓉斷，天淨霜飛鸛鶴孤。八駿東巡傷往事，祇今父老泣蒼梧。

林紀

字廷肅，又字粤山，閩縣人。嘉靖十九年舉人。官石城知縣。

徐氏筆精：林粤山紀善畫工詩，官石城令歸，與先君鄰居，論交最密，嘗賦二律詩寄先君於京邸。遺稿散逸盡矣。

寄徐子瞻

花屏一别幾經秋，錦里長懷舊日遊。邨碓溪流春月急，野亭路接古雲幽。虚名自笑身爲累，往事徒驚鬢是愁。吾道看君高誼在，暮煙回首思悠悠。

自憐野性生來僻，愛住溪山斷俗氛。林下一笻穿鳥出，沙邊半舫與鷗分。野僧久别詩還寄，鄰老頻過酒又醺。日送征鴻度天碧，悠悠巖際有歸雲。

舟行

青山秀色落湖陰，雲樹依微出暮林。寂寞水扉閑釣艇，一川煙雨緑蕪深。

黄懋賓

字君暘，一字七山，希濩子，見上。鳴喬父，起雒祖，俱見下。莆田人。嘉靖中諸生。以子鳴喬贈袁州知府。有寤言室集。

蘭陔詩話：七山築吟舫成，自題云：「西山辰水，浪跡百年，莊生云，天地貧我；素琴濁酒，寤言一室，坡老曰，風月閑人。」固放曠之士也。

遊燕子磯

金陵一望大江開，丹嶂高臨江上臺。梵閣雲收春樹出，漢祠潮長暮帆回。含煙江郭時笳吹，落日人家半草萊。不識黿鼉排山力，滿天風雨一舟來。

康　憲

字章甫，長汀人。嘉靖十九年舉人。禮部司務，歷官江西按察司僉事。

霹靂巖

著意觀空翻礙眼，無心處世即逃名。峰頭雲去元歸寂，松頂風來自有聲。玉洞本從天斧削，仙胎豈假鼎爐成。生平不作風波惡，中夜何勞問守庚。按，長汀縣南三里南山之隈有霹靂巖。宋元祐間，白晝迅雷一聲，劃開巖洞，中有丹竈、丹井。明嘉靖中，汀守徐中行、臬帥宗臣飲酒賦詩於此。王世懋詩所謂「千秋霹靂開丹竈，四面芙蓉出化城」，即指其地。

全閩明詩傳 卷二十四 嘉靖朝六

侯官 郭柏蒼 楊浚 録

盧岐嶷

字希稷，一字璧山，遂孫，穎、碩父，長泰人。嘉靖二十三年進士。授歸安令，遷户部主事，改兵部主事，歷郎中，以公事落判寧州，陞廣信府同知，擢江西按察僉事，改雲南參議，陞貴州按察使。有吹劍集。

柳湄詩傳：岐嶷初尹歸安，以減徭役、精聽斷聞。改兵部郎，詰戎政，飭武學，同安林希元爲撰盛德碑。後爲萋菲所中，外謫。久之，僉江西臬，有戰功，轉雲南參議，卒以謗歸。嗜學好士，有金膏瓊液、鈎玄類纂等書，所著吹劍集，汪道昆爲之序。子穎舉人，碩進士。

送覺吾張上舍歸漳州

宦海情懷淡，鄉閭夢想長。園青多橘樸，海市半漁商。門巷桄榔大，杯盤茗葉香。親知如有問，二頃勝爲郎。

文昌臺和韻

騷客相逢總好奇，卻將春色泛花枝。庾公且盡登樓興，益部新傳樂職詩。疏淡星河疑夜曙，悲闐鼓角起秋思。詔書指日徵黄霸，清夢隨君到鳳池。

邱秉文

字鳴周，又字州峰，山孫，茂槤子，莆田人。嘉靖二十三年進士。授永嘉縣，補長興，擢刑部主事，遷光禄寺丞，有州峰集。

蘭陔詩話：州峰在刑曹時，楊椒山以劾嚴嵩繫獄，嵩諭西曹郎折辱之，爭希指求媚。州峰獨時具槖饘於楊，遇楊病，輒佯爲己病，合藥與之。後爲嚴世蕃所劾，罷歸，日以吟詠爲樂。

誦吴明卿給舍贈别黄亨夫詩，悵然有懷

起草名方籍，搴蘭衆已疑。竄身鸚鵡賦，塌翼鳳凰池。宣室徒延竚，台州豈量移。刀頭時把視，腸斷楚江湄。

攬鏡

少年負跌蕩，嘲笑歷公卿。俠氣秦庭劍，雄心漢闕纓。顔延非不遇，李廣竟何成。肝膽尚堪照，何妨白髮明。

病中走筆訊鄭員外

吾衰不覺甚，君病亦經旬。賢聖愁中物，風煙夢裏人。北牕時隱几，東海罷垂綸。何處饒芝术，相攜訪隱淪。

懷方君敬員外

爾從扶侍下荆門，明月千山響夜猿。秋盡蒼梧悲帝子，春來芳草怨王孫。望中北海樽常滿，牀上南華帙幾翻。司馬祇今消渴甚，誰憐詞賦滯文園。

曉發芋原簡亨夫給事

螺江初日向波明，雲白山青遠樹平。滄海乘槎吾道在，中流擊楫壯心驚。十年去國愁戎馬，萬里懷人采杜蘅。聞道清時多放逐，武陵樵客不勝情。

林懋舉

字直卿，懷安人。嘉靖二十三年進士。授鳳陽推官，入爲南京工科給事中，陞山東參政，轉廣東按察使，晉右布政，轉廣西左布政使。有心泉集。

柳湄詩傳：按，嘉靖甲辰進士題名，林懋舉，懷安人，郡志作「閩縣」，誤。又按，懋舉乃閩縣尚書林泮季弟瀛之曾孫，事蹟詳通志。

壁間覽翁雨川題，倚韻賦此，兼贈雨川

時事江河趨，榮名等瓦礫。所以賢聖徒，耦耕託沮溺。不才誤世庸，日奉干戈役。復值炎氛餘，進退靡所適。百里稀村煙，千山斷鳥跡。羸質邇衰年，銜感心如炙。豈無惡木陰，吾儕不敢息。欲上掛冠書，永與軒冕隔。庶可坐談玄，亦可理舊籍。覽君行路篇，爲贈繞朝策。聖君多聰聽，轉瞬還遷客。昔我在吴門，謝君慰勞劇。今作同病人，蒼按，以赴任愆期，爲言者所摘，當改調，故云。相憐復何益。試看五丈原，何如三生石。

送鄧世南表弟歸閩按，世南，鄧遷字。

君不見鄧禹挾劍初入關，南陽布衣誰爲顔。定鼎數語當上意，光垂帶礪聲班班。又不見鄧林竹杖誰棄之，蘢嵸轇軋如枯枝。一朝煙霧空中起，化作蛟螭君始知。得意寧須致身早，眼前窮達奚足道。貞士從來嘆後時，王孫何處無芳草。呼兒酌酒送君行，故園兵甲尚縱横。長林麋鹿寸心是，遲回瞻戀非初盟。爲予傳語謝諸舅，萬里風濤成白首。陽關柳樹近若何，月下樽前相思否。

别友人還鄉

輶軒不可挽，柳色滿前津。遠地故人少，窮荒白髪新。行看湘水暮，坐對楚山春。有酒不能御，爲君倍愴神。

惠州夜泊

移舟對星斗，坐久一涔然。汀樹晚來寂，漁家深處眠。燈摇風入幌，檣定月歸船。赢得此時興，方知静者便。

惠陽曉發

官舍俯江城，時聞鼓角鳴。孤燈殘雨夢，萬籟早秋聲。海氣分炎溽，嵐光報曉晴。暮年更羈滯，凄絶不勝情。

聞俞虛江總戎被遣感作按，俞大猷，字虛江。

十年雙劍在，百戰一身存。逮詔時共愕，沉冤豈可論。何須憐國士，誰爲叩天閽。不信看鑱臂，依然帶血痕。

瀔日書懷

雲淡風微月滿沙，城頭隱隱動悲笳。自慚白髮殉邊祿，何用黄金買歲華。石作洞天千梵刼，煙籠春樹幾人家。相看喜有王孫第，短篷横籥駐落霞。

送張龍山吏部陞河南憲副

遥看持節下中州，熠熠風霜護綵斿。萬里賓朋梁苑夕，九關龍虎宋宫秋。張公論諍迴天地，吏部文章映斗牛。尊酒豈消今日淚，不知何處更登樓。

嘉禾城邊感作，時倭寇新刦，人跡悄然

狹邪衢巷杳難分，哀角寒城不忍聞。黯黯悲風鳴敗壘，淒淒寒雨灑荒墳。畫樑有燕來秋社，朱户無人鎖夕曛。悔禍天心應已定，未知誰是霍將軍。

鐵岡驛阻雨

無端風雨疾如飛，獨客維舟倚石磯。水勢遠從藍口落，潮聲遥向海門歸。孤村避寇炊煙少，古驛依山草色稀。萬里羈心逢此夕，勞歌應憶故山薇。

舟次清溪驛中迓黄六橋不至

溯流兼值石尤風，桂楫懸知滯水東。千里鄉關雙淚裏，一春心緒片帆中。名因臺省交憐重，詩以江山並助工。舊業卻隨鼙鼓盡，歸將攬勝耀諸公。

巡肇慶見師生有感

數年青瑣竊華裾，此日承恩更憶予。海内斯文慚作主，嶺南聲教舊同車。傳經曾上天人策，抗疏誰陳義利書。幾把封章成往事，濂溪且結講堂居。

立春是日聞遼東之報

暮年時節愛芳春，柳眼纔舒草色勻。禄食未能酬壯志，滄洲元只屬閑身。梅花浥雪娟娟淨，菜甲堆盤種種新。四海兵戈漸消滅，遼陽何事又煙塵。

魏文焲

字德章，一字南臺，汝達祖，侯官人，福清籍。嘉靖二十三年進士。授户部主事，遷兵部郎，擢雷州府，遷四川按察司副使，歷廣東右參政，晉廣西按察使。有石室私鈔。

柳湄詩傳：文焲，郡志選舉、列傳誤福清，應從題名錄。文焲初爲兵部郎，任蜀龍州，所至有政聲，以母老乞終養歸。杜門屏跡，耑意著述，讀書於福州郡治烏石山之鱗次臺，後移先賢石室，因述朱文公「石室清隱」志，著石室私鈔。卒年八十餘。

匡廬天池寺眺望

鴻造肇名山，巨靈運神擘。廬阜振奇拔，彩錯森畫戟。勢接南斗懸，影落明湖碧。紛披輕雲開，去天不盈尺。聯綿控九疑，沿洄瞰七澤。緬邈洪厓子，精鍊留窟宅。中有青蓮池，恍疑瀛海闢。靈根出瑶華，石髓流丹液。我昔夢遊之，兹焉恣心適。手攜猢猻藤，足躡謝公屐。深巖半銜日，鳥道斷行跡。欣逢五老迎，笑揖披霞客。雙劍倚蒼旻，飛瀑灑青壁。黛色淨林巒，煙容變朝夕。名花簇奇姿，古樹盤怪石。泠泠松壑鳴，杳杳人寰隔。香風吹我裳，遐舉凌九陌。宴坐愜幽懷，賞翫豈有斁。玄覽懷遠公，勝事謝往昔。媿我繫世纓，悞逐風塵役。凌晨別松關，回首片雲白。

鎮江阻風，同年申紫厓太守見招

羈棲值時燠，連日滯孤舟。稍厭行役倦，悄然兹淹留。幸接故人歡，晤言結綢繆。層城薄清漢，俯抱大江流。中有雙玉闕，宛若瀛海洲。曠遠得佳境，兼之芳序秋。濬雲斂碧水，新月上銀鈎。籟靜話未已，燭殘情彌幽。明旦望前路，煙波去悠悠。

遊武夷

躡步上昇真，長揖紫霞客。兹山多靈異，想像銀臺闢。瑶草吐金光，慧泉注丹液。仙翁挾茅龍，棄世如遺跡。回首謝所親，尚留赤玉舄。我欲往從之，茫茫水雲白。誤與軒冕期，學道恐無益。

登妙峰按，在侯官西洪塘。

周覽遍寰宇，兹峰信高妙。群山如逐鹿，合沓成奔峭。翼翼龍鳳翔，於焉結精要。彩錯獻多姿，寂歷含衆竅。躡屐恣幽尋，振衣窮遊眺。巖花幽自開，嶺猿坐相嘯。風摇江影明，雨淨青山貌。緬矣懷康樂，興生臨海嶠。自慚凡近語，難與古同調。

送人歸閩

淒淒廣陽樹，瑟瑟玉京秋。每送遊人去，時添作客愁。月明金鎖渡，雲滿越王樓。惜别重搔首，憐余尚滯留。

鉛山雨夕

孤城聊駐蓋，急雨落殘梅。萬壑分春溜，千峰送晚雷。坐深延短燭，吟罷引深杯。過嶺閩山出，何須更客懷。

王雲竹邀同康礪峰賞菊

十載江湖侶，今同鄉國遊。籬花方爛熳，樽酒共淹留。勳業黄粱夢，行藏白髮秋。未須惜沉醉，身世一浮鷗。

棘闈夜坐

據此，則曾充考試官。

鎖院沉沉玉漏長，捲簾獨坐下天香。風傳鼓角人俱寂，月度河梁夜未央。閣上青藜懸太乙，空中瑞氣閃文昌。九重衮冕方前席，會看夔龍集建章。

旅次寄懷戴龍臺

沙合橋邊草閣幽，按，沙合，閩縣臺江橋名。道人長此對沙鷗。清潭月落龍初醒，曲徑松陰鶴自留。謝脁青山千嶂雨，陶潛黄菊滿籬秋。憐余空滯江南客，惆悵暮雲一倚樓。

送馮少洲兵憲之陜右

才高當宁著賢聲，分陜西馳出帝京。曉色離亭津樹合，夕陽駐馬夏雲生。城臨渭水縈秦塞，險絶潼關列漢旌。遥識軍麾清朔漠，摩崖千載識威名。

林愛民

字惟牧，一字子之，況子，福寧州人。嘉靖二十三年進士。授户部主事，進郎中，擢廣東按察司僉事。有肖雲集。

柳湄詩傳：愛民，孝義林況之子，授户部主事，尋榷税九江。例：救溺貨者，重賞之。愛民令「救人者倍賞」。嘉靖二十九年，俺答入寇京師，愛民以馳供芻料進郎中。時羽士方有寵，歲費香金十七萬，以兵事故，不時給。權璫欲發老庫給之，愛民曰：「老庫備非常，誰敢發者。」以積忤謫興國州州同，按，愛民有獄夜詩，則曾下獄可知。移嘉興通判。屬縣桐鄉舊無城，愛民倡築，工成而寇至。調保定，復爲户部郎中，擢廣東按察司僉事，以採珠忤巡按，罷歸。

久旱夜得大雨

萬田泉源藉深谷，半月秋陽恣蒸酷。婦子乘凉日頓足，坐觀無術媿民牧。傾盆一雨水平麓，何啻雨珠百千斛。僮僕笑我胡秉燭，喜雨之詩我未續。明朝試馭郊省轂，滿地黄雲歲應熟。

獄　夜

圜土夜如年，鉦聲雜柝喧。蝨饑沿柱走，鼠黠傍人眠。月淡虚疏牖，霜高凛薄氈。誰知有此日，獄吏費周旋。

晉　祠

暈宇祠唐叔，螭碑記剪桐。山明懸甕狀，水衍溉田功。澗急添秋雨，亭虚滿夕風。式瞻歐范刻，應與此祠終。

再入按，此乃復爲户部郎中時作也。

再入已遲暮，同官盡少年。鵷班列我後，燕飲序人前。羸馬比閭借，官銜舊吏傳。固知乖俗調，敢復改朱絃。

黯淡灘

心與灘俱險，舟如鬼跳迴。按，鬼跳，南平灘名。風篙排石戟，雪櫂碾晴雷。龍閣空中暗，慈航木末開。劍津看咫尺，神物漫相猜。

遊廬山歸

匡廬高拔紫雲隈，今古乾坤幾刦灰。錦繡澗分甘露水，香爐煙接講經臺。虬蟠寶樹千秋翠，鼇頂金蓮百丈開。回首層山出萬疊，夜談應訝落三台。

鷄鳴塔

六月天風萬木摇，獨登危塔俯青霄。禁垣花柳明雙闕，墟墓荆榛杳六朝。粉堞灣隨湖水曲，滄江冷破暮煙消。從來孤客傷臨眺，况值新春有柳條。

靈山元日

兒時劇喜年華到，老去偏驚節序催。百事回頭如意少，平生笑口幾回開。炎荒桃柳催臘鼓，瘴俗檳榔伴客杯。明發蠻江有行役，樓船摇破彩雲堆。

寧德之城陷於倭，倭巢於章灣、雲淡二三年矣，莫之敢勦也。壬戌仲秋，戚、戴二參戎提兵自浙掃其巢，馘其俘，民不勝悦也。捷至，口占志喜並謝

棨戟遥看入海徼，沈年氛祲一時消。茅開白鶴通行旅，月滿金鼇跨釣橋。露布飛聞慰閶闔，神機何幸見嫖姚。監軍况復聯韓范，西賊從今膽應消。

陳全之

又名朝鎣，字粹仲，一字津南，煒孫，璽子，俱見上。閩縣人。嘉靖二十三年進士。歷官山西右參政，卒年六十九。有征南、夢宜山人諸集。

竹窓雜録：嘉靖丁巳，朝廷詔下採木。時陳津南先生全之爲荆州守，奉命入蜀。自作山中太守

歌：「荆州太守陳津南，出建隼旗乘左驂。舍車策蹇入山谷，道穿鳥背覓杉楠。來時正是三月三，迎人語燕聲呢喃。凌危上俯千崖碧，履險下矙百花含。野猫洞口亂石巃，蒙密交加天蔚藍。山精野魈向人語，樵童牧豎時共談。登高若與星斗參，黝谷禹穴不可探。雲迷竹徑窺紅日，霧繞征衣滴翠嵐。挪木鱗次若荷擔，截橋架壑爲厢函。前呼後應資人力，左推右挽皆丁男。我愿皇天憫愚憨，風雲雷雨走彪虓。盤巖邁澗水澎湃，千流萬派漲溪潭。蔽日連雲飛巨筏，造作廈室垂耽耽。蒼筤老子出茅庵，青山如幢水泓涵。帝居山河賀燕雀，芙蓉溪上薰風酣。」

柳湄詩傳：郡志「全之字粹伯」。通志「全之名朝鍌，以字行」。按，嘉靖甲辰進士題名録載「陳全之閩縣人」。福州郡治烏石山題名亦作「陳全之」。又按全之授禮部主事，歷員外郎，出知荆州，以山西參政致仕歸。晚號夢宜山人，耕讀於義溪之蒼筤山，墓在閩縣東南大田驛西石官山。

清江和杜韻

山深日長似太古，縱横虎豹伏林莽，獸蹄鳥跡難比數。殊方不可久留人，一夜思君涕如雨。

種柳辭

前年種柳河之滸，共言疎密可成陰。去年種柳河之曲，幾株白榆間新竹。屈指種柳已四年，柳不豐條榆未錢。或云皇天悋甘澤，又諉地兮閟醴泉。我今沃土仍再培，指點成行次第栽。爲語行人勿攀折，春風隨柳到蘆臺。

西莊次韻

徑遶川如畫，天晴花更新。雲移山作伴，江近月隨人。駐馬因尋草，流花即是津。相將同一笑，疑入武陵春。

再登資勝閣有懷辛震莊

客心日夜憶滄洲，高閣重登騁望眸。山色乍陰雲在野，岸容將肅氣侵樓。三千世界虛生白，十二闌干翠欲浮。遥想玉人何處櫂，白蘋紅蓼滿江秋。

入巫山懷李璧山寅丈

曉入巫山曙色分，征衣抖擻溼寒雲。穿林流水杳無路，隔葉鳴鶬若不聞。歧道每從荆棘長，人情似與虎狼群。施州李適知音否，杯酒燈花擬共君。

再入桃花鋪

峽上巉巖矗野煙，桃花何處覓漁船。忽然雷電迷蹊逕，晴雨無時是楚天。

羅一鷟

字應周，閩縣人。嘉靖二十三年進士。歷雷州知府，廣西按察司副使。

烏石山志：鄰霄臺下有行書徑一尺，題曰：「隆慶六年長至後，桂林殷從儉偕郡人羅一鷟、陳全之、張邦彦到此。」旁小字：「督工官黄朝産刻石。」按，殷從儉，隆慶初爲福建巡撫御史，羅一鷟、陳全之、張邦彦與殷皆嘉靖甲辰進士。明進士題名録、福州府志皆作「羅一鷟」，何以題石紀遊獨作「一鷟」，其間定曾更名。志未詳耳。

古别離

爲郎展征衣，淚滴衣痕濕。未行先計歸，翻恐行期及。臨别黯無言，相顧徒於悒。

劉鵠翔

字宇卿，閩縣人，世揚子，見上。鶴翔弟。嘉靖二十二年舉人。蘄州學正，歷常州府同知，轉靖江府長史。有南崿集。

柳湄詩傳：郡志文苑傳：「劉鶴翔，世揚子，工詩、古文、詞。」而不及鵠翔。鵠翔，舊志有傳。

留别陳六水山

遊萍難復繫，衰柳不堪攀。却帶新安月，言歸丁戊山。交深形跡外，心切去留間。何日回仙馭，相從問大還。

過旌川舊治留别汪明府

地主棲雲壑，山童掃藥欄。花源一徑入，樹杪亂流寒。漏促歌頻换，星移夜向闌。朱弦多苦調，不惜爲君彈。

南湖泛舟登草亭小聚

南湖煙景近如何，秋日扁舟試一過。綠樹斜分江郭小，遠山青入楚雲多。松篁影裏傳觴詠，鷗鷺叢中起棹歌。延賞卻妨歸騎促，夕陽湖影共婆娑。

亢思謙

字子益，又字水陽，閩縣人，山西臨汾籍。嘉靖二十六年進士。以傳臚改庶吉士，歷官翰林院編修、四川左布政使。

康陵陪祀

康陵佳氣護崔嵬，望斷鸞輿去不回。雲鎖寢門金盌閉，月高山路翠華來。竹梧掩泣秋垂露，松柏悲號晝捲雷。惆悵龍髯攀不得，小臣長抱鼎湖哀。

林㸂

字貞恒，一字對山，瀚孫，庭機子，俱見上。世吉父，見下。閩縣人。嘉靖二十六年進士。改庶吉士，歷官翰林修撰、洗馬、侍講、國子祭酒、吏部侍郎、翰林學士、南京禮部尚書，贈太子少保，謚「文恪」。有林學士集。

柳湄詩傳：㸂，嘉靖四十三年順天鄉試正考官，素以直道自矢，與時宰不合，遷南京禮部尚書，即告歸。死，又未得易名之典，論者惜之。其集草前燬於火，至萬曆十七年監察御史鄧錬按閩，始搜刻之。爲詩六卷，爲文十六卷，門人王穉登序焉，稱其「璞玉渾金，疏越黄流，無詞人藻繪刻鏤之習」。

夏日苑中即事

薰風扇長夏，玄圃肅幽深。萋萋瑶草繁，藹藹珍木陰。遊魚戲曲沼，好鳥吟喬林。幸依清禁闥，遥聞虞絃音。

送三兄守左州

芳郊愁遠送，煙柳正垂堤。别酒燕臺北，征途象郡西。春帆湘草緑，候館嶺猿啼。借問南飛翼，何年卻並棲。

閩中三公

閩書：林燫作閩三公詩，一爲開府張公岳，一爲太宰李公默，一爲司馬張公經。

開府元凱倫，特達廟廊器。代工感熙明，濟世懷深志。直道諒難容，險阻方歷試。長驅百萬師，深入不毛地。鬼方難已夷，魏闕戀空積。霧雨晦遐陬，前軍大星墜。青編勳業崇，赤縣經綸秘。千歲峴山碑，行道空垂淚。開府張公岳

太宰風塵表，盛名自弱冠。揮麈吐清言，登壇弄柔翰。振羽覽德輝，高舉凌霄漢。既懷人倫識，復負經濟幹。蛾眉不見容，貝錦紛爲患。凄凉梁獄書，惻愴東門嘆。咨事有遺

規，皇猷無共贊。精忠諒若存，耿耿南箕煥。太宰李公默

司馬文武才，磊落萬夫望。平生覽穰苴，笑談在帷帳。雲擾亂江東，據鞍一何壯。未寒息壤盟，已速中山謗。哀哉誰爲明，功高不相讓。鶴唳寧復聞，弓藏空惆悵。三軍氣暗噌，雜虜戈相向。千秋麟閣勳，終記青冥上。司馬張公經

送峨嵋宋山人

長安賣卜峨嵋仙，三杯醉後語常顛。自矜異術解奇中，往往長揖王公前。平生得錢付酒家，囊中藥物惟丹砂。今秋别我忽何適，西指鄉關憶梁益。成都若遇嚴君平，應笑揚雲疲執戟。

送二兄謫平樂貳守

暫會仍分手，離魂黯欲銷。如何適萬里，况乃傍三苗。中土風煙隔，征途雪霰飄。願將盤錯意，持報聖明朝。

遊金山

鷲嶺如湧出，中流眼界寬。地形標巨鎮，天意障狂瀾。樓閣淩空起，山川入鏡看。憑高遷客淚，西北是長安。

憶歸

一官真懶道，無補愧明時。客舍病多日，故園歸未期。素衣渾盡染，玄鬢欲成絲。不及鴟夷子，扁舟隨所之。

送亢太史册封淮藩按，即亢思謙。

淮王城抱大江灣，詞客南遊幾日還。桐葉遠將三殿去，桂枝應頌八公攀。迢迢楚水迴畫舫，曲曲閩溪入故山。若遇舊遊相問訊，夢魂長夜繞鄉關。

送林憲副督學之楚

梧桐初落洞庭波，萬里星槎下潞河。草色不堪歧路別，猿聲何處暮帆過。楚材門擁青雲士，郢調篇裁白雪歌。借問鳳凰池上客，幾時南陌共鳴珂。

送汪、張二內翰册封河南、山東

關城伏雨近秋晴，習習涼風送客程。芸閣校書名已達，桐圭將命使何榮。梁園月傍荒臺迴，岱嶽雲連古時平。金馬翩翩分轍去，吟鞭隨處好題名。

鄭東白

字叔曉，一字少棠，弼子，莆田人。嘉靖二十六年進士。歷官廣東按察司僉事。志稱其孝友、工詩。

寒食行

寒食杜陵花灼灼，西風一夜楊花落。郊原芳草自青青，暮雨瀟瀟春寂寞。北邙山下多古墳，重泉慟哭不相聞。有酒澆土誰能飲，山前山後空白雲。白雲歲歲青山度，鏡裏朱顏嗟非故。糟邱百丈君可登，夸父追日徒自誤。

楓橋夜泊

蒹葭侵暮色，江上往來頻。殘月有孤雁，寒燈無一人。煙波萬里棹，貧病百年身。中夜聞漁父，滄洲結比鄰。

陳　言

字宜昌，一字石溪，經邦父，翰臣祖，俱見下。莆田人。嘉靖二十六年進士。官南京刑部郎中。以子經邦贈吏部左侍郎。有怡老堂稿。

蘭陔詩話：嘉靖中莆有兩陳言。一石溪郎中，一豐山布衣。石溪登第後，豐山自稱「蒲氓」以別之。豐山集句，真火龍黼黻之手。石溪湛深經術，詩雖讓能豐山，亦自莊重不佻。

柳湄詩傳：言不喜矯飾，大吏索賄不得，乞改教職，得湖州，遷國子博士，轉禮部主事，太宰李默被讒死，言坐鄉故，謫郴州同知，移守泰州，拜南京刑部員外，晉郎中，無何，免歸。著尚書講義、石溪儷語。

弔賈傅

去國遠宸扉，席前再召稀。有君終不遇，於世迺相違。叩闕年方少，投荒道豈非。浮湘亦有賦，千載重歔欷。

過清江渡

楓葉蘆花兩岸秋，夕陽歸鳥亂鄉愁。寺僧報客鳴清磬，野鶴隨人上小舟。萬里浮雲天際樹，一江涼雨水邊樓。雁聲忽送秋聲至，霜雪明朝白滿頭。

鄭　銘

字警吾，閩縣人。嘉靖二十六年進士。授太平知縣，擢户部主事，歷郎中，出知温州府，罷官。郡人肖像祀之，卒年七十九。有得閒堂草。

秋日集陳雙山一笑亭按，雙山，元珂字。一笑亭，在福州郡治烏石山。

宿好在林泉，幽深别有天。因懷孺子榻，來就孟公筵。菊酒傳三逕，松風入五絃。秋懷已摇落，相對各華顛。

初夏馬用昭邀飲平遠臺按，用昭，馬熒字。

杖履承芳讌，登高入翠微。鳥依簾幙喚，花傍酒盃飛。世事眼中變，人情亂後非。醇醪胡不醉，一醉共忘歸。

同陳仲聲游妙空庵按，仲聲，元珂字。

秋盡烏山霜葉紅，招攜同上翠微中。搜奇不厭探幽壑，聽偈還應叩梵宫。島嶼遠銜滄海日，鼓鐘低度隔溪風。老來杖履隨城市，空有高懷憶嶽嵩。

贈大行謝繹梅

殊方錫爵重才賢，帝命輝煌寵謝玄。諭蜀相如恢漢德，尋源博望極堯天。旌旗遥拂扶桑日，劍佩行衝瘴海煙。歸到彤庭應有獻，匡時擬上馭戎篇。

林炳章

字名世，一字懷蘭，希範孫，莆田人。嘉靖二十五年舉人。官大理寺正，有寵榮堂稿。志載：「歷國子學正、大理評事，遷長沙府同知。」

冬日駕部汪龍藪招遊朱亭

出郭無多路，林皋愜勝遊。垂楊將拂地，新漲自移舟。天意寒猶薄，山光翠欲流。不須尋方外，即此是丹邱。

偶感

平生壯志已蹉跎，暗數行年四十過。流落兒儕千里至，艱難衣食一身多。黄巾未滅家何在，白髮無媒鬢已皤。齏糲且憑升斗禄，休將彈鋏向人歌。

鄭鑰

字道啓，閩縣人。嘉靖二十五年舉人。官監察御史。有翠竹軒稿。

結客少年場

駿馬錦鞍韉，寶刀金鞘裝。自矜俠氣盛，結客少年場。一諾千金重，一劍萬夫當。死友爲聶政，心知是孟嘗。貧交滿四座，珠履亦成行。飲宴每及夜，嬌歌雜笙簧。避席起爲壽，屬意金與張。出言一不合，彼此輒參商。衆星何燦爛，孤月照流黄。堪歎題門者，翟公意何長。

渡四溪

亂石礙流急，孤邨隔水斜。幾人耕峻坂，一犬吠平沙。煙霧飛來濕，茅茨到處遮。山川疑古洞，想見武陵花。

和王户曹閒中述懷

開簾放鶴消閒晝，待漏聽鷄憶昔年。蝴蝶夢回春草外，雁鴻書斷薊雲邊。日移樹影催金斝，風送泉聲韻玉絃。聞説青箱譜舊事，令人傾耳夜忘眠。

答贈王公儀山居

得謝簪裾便是仙，春秋杖履日翩翩。衣冠江左承華胄，淨社城西擬白蓮。金谷杯盤新蔬筍，錢塘花柳舊風煙。知君素悟風人旨，不讓錢劉著祖鞭。

陳所有

字彦仲，志作「彦克」。一字四樓，應之子，莆田人。嘉靖二十五年舉人。授合浦知縣。有秉燭堂集。蘭陔詩話：四樓草書有劍拔弩張之勢，高自矜許。孫御史愼嘗薦之，疏中有「詩唐字晉，尤徵曠世之才」語。四樓感遇詩云：「翁公許我鐘王筆，孫公稱我高岑詩。薦書一入金鑾殿，從此琅玕價不賤。」翁公乃兵部尚書餘姚翁大立也。後作令合浦，直指慕其名，出素縑索書，四樓竟不署名，惟署別號，忤直指意，遂賦歸。志載：「所有年七十餘，遊金山、西湖諸勝，多所題詠。」其詩如「山館草香初帶雨，河橋柳綠曉含煙」、「簫聲遠近滄波裏，樹色微茫細雨中」、「一聲孤篴空中月，幾點明霞江上山」、「芝草自生幽洞裏，梅花多在小橋南」，皆佳句也。

登黄鶴樓

九疑山遠紫煙平，秋半風濤日夜聲。唱晚漁舟夏口渡，隔江燈火漢陽城。懷人千里雲鴻斷，作客三湘雪鬢生。此地不堪頻極目，月明何處又吹笙。

九日陳刺史招飲歸來園

爲愛杜陵秋興豪，北郊池館接東皋。古松月上泉聲冷，虛檻風來笛韻高。湖海壯懷消馬勒，山林清夢落魚舠。重陽佳節休教負，醉領黄花插二毛。

鸚鵡洲

江草萋萋江水平，隴山歸去似無情。緑衣紅嘴能言語，不向曹瞞説禰生。

吊錢娥

千頃怒濤塹便東，錢娥事業總成空。精魂化作杜鵑樹，一度春啼一度紅。莆田古多斥鹵，潮汐衝漫。宋治平元年，錢氏女攜黄金如斗來，築陂於將軍巖前，甫成，溪流横溢，陂壞，錢氏赴水死焉。林從世復築陂於温泉水口，亦壞。熙寧八年侯官長者李宏應詔至，與神僧馮智日插竹定基在錢、林二陂上下間，陂成，百世賴之。

傅夏器

字廷璜，一字錦泉，南安人。嘉靖二十九年會元。官吏部郎中。有錦泉集。

柳湄詩傳：南安傅夏器、同安許獬，皆以制義稱名。原錦泉集，萬曆間經族人重刻，與原刻略有異同。

春日送友

霽色來高檻，初陽伴綺霞。芳情臨水涣，遠思對雲誇。歸路過吴爽，晴山入蜀遐。一觴不盡意，别緒到君家。

夏日有述

景色雨餘變，盈盈川谷新。榴花生暮豔，筀筍起朝筠。百物時相與，吾生自有真。不空杯中酒，軒冕笑車塵。

送吴自湖守揚州

維揚寥廓盪江臯，君去盛年試割刀。司寇秩宗兼受玦，長天秋水欲爭豪。無雙亭樹迎車至，九萬里風看鶴高。二十四橋人望處，頌聲應可繼謳騷。

楊村阻風

山容江氣已成秋，一櫂夷猶歲月遒。薄宦不堪悲老大，孤琴聊以伴淹留。玄雲際海開蜃宇，白浪翻空起玉樓。視險如夷萬慮息，明朝仍挂片帆遊。

積雨哀王粲

弔古登樓景物悲，寒風吹雨暮帆遲。西京烽火何堪億，南國湖山未有期。積水平原看浩浩，連雲野樹動離離。無才枉歷人間世，潦倒他鄉但有詩。

過虎丘弔古

吴宫沉醉越西施，甲楯孤棲渾不疑。忍嘯秋風嘗膽夜，螳螂有恨向黄池。

田　楊

晉江人。嘉靖二十九年進士。以傳臚授禮部郎，歷官廣東布政司右參議。

柳湄詩傳：嘉靖至明季，泉州得傳臚者凡六人：嘉靖二十九年晉江田楊，萬曆二十年南安洪啓睿，二十三年晉江賴克俊，二十九年同安許獬，崇禎七年晉江李焻，十三年晉江蔡肱明。

同余副使登蜀岡

形勝全於眼底收，前王興替幾千秋。江從西至趨吴楚，山向南來入女牛。春色已隨雙鬢改，宦情時傍兩京休。明朝又勸離亭酒，辛苦相思易白頭。

全閩明詩傳　卷二十五　嘉靖朝七

郭柏蒼　輯
侯官　楊浚　錄

翁夢鯉

字希登，一字雨川，莆田人。嘉靖二十九年進士。授金華縣，擢户部主事，謫潮州通判，遷惠州同知，以平倭功陞廣東海防僉事，以勞卒於官。有户部稿、使吴稿、謫居稿。

井陘

嘗聞井陘口，征騎不成列。今朝匹馬過，連山餘積雪。石路蟠龍蛇，天風吹栗冽。悲笳高且哀，行客同愁絶。忽憶漢家將，曾此樹勳烈。近塞起黄塵，耿耿懷前哲。

行路難贈友

君不見城東桃李花，丹跗緑萼競春華。昨日猶看顔色好，今朝飛去落誰家。又不見南山松栢樹，挺生絶頂淩烟霧。歲晚不隨群木凋，良工送作明堂具。子今濩落二十年，書劍遨遊兩京路。白衣空惹洛陽塵，黄金誰買長門賦。歸去壺山無舊田，不肯人前説愁苦。莫羨衛霍乘軒車，莫輕王孫出徒步。尺蠖之屈以求伸，人生窮達應有數。丈夫會須遇知己，豈必長爲儒冠誤。

汝南道中

年光初動洛陽城，東風吹起長河霧。遊人獨從潁上歸，野色茫茫汝南暮。欲雪不雪入春雨，非煙如煙隔村樹。悵望故山安在哉，朝朝策馬非歸路。

芋原旅泊

秋序入江村，風吹萬木喧。孤舟維水驛，疏雨過山門。客況衹如此，羈心誰與論。長安何處在，愁極亦開樽。

江行漫興

微才投海徼，旅興寄江湄。山到東吳秀，春歸上巳遲。漁樵俱勝地，城郭俯清漪。王事勤勞甚，楊花那足悲。

盱江覽勝樓

宦情已如此，飄泊盱江邊。山氣寒生雨，江光暝起煙。萬家春樹裏，獨客亂山前。終日皇皇者，登樓一惘然。與□本異同。

過杞縣

蕭條書劍別澶州，羸馬遲遲過雍邱。河洛不刊神禹跡，江湖獨抱杞人憂。天南兵火連千里，塞上風塵暗九秋。回首長安雲泱漭，主恩惟有寸心酬。

過建安志感

昨日西家花滿煙，山蜂水蝶共紛然。今來風雨凄凉甚，獨有垂楊噪晚蟬。

丁自申

字明嶽，一字槐江，日近父，啓濬祖，見下。晉江人，德化籍。嘉靖二十九年進士。授南京工部主事，歷郎中，擢順慶知府。他書作「梧州府」。有三陵稿。

舟中人日

碌碌已人日，春風又客槎。金陵臘酒盡，寶應綵燈賒。水靜天如在，沙移岸亦斜。東方占可信，欣喜屬吾家。

早行

肩輿伊札出蓬蒿，風雪瀟瀟上鬢毛。鷄唱孤村幾淚下，身登絶𪩘覺天高。聲名不欲人爭羡，江海胡爲我獨勞。敢共明時爭吏治，一年依舊一青袍。

方叔猷

字君謨，良節孫，見上。熏熙子，攸躋兄，見下。莆田人。嘉靖二十八年舉人。官饒州通判。有碭山存稿。

淮南意

路自桃源入，舟從楚水游。孤帆含細雨，雙郭近南州。落日吴門暮，歸魂漢苑秋。淮陰年少子，馳馬陌東頭。

雨中棹鄱陽湖

臘盡洪都雙槳鳴，春深一棹更芝城。横江雷送千門雨，廬嶽煙消五老晴。槎泛擬從牛渚渡，帆危似向劍門行。中流欻有潛虬怒，膚寸雲生薄太清。

方攸躋

字君敬，一字篆石，良節孫，叔猷弟，俱見上。沆父，見下。莆田人。嘉靖二十九年進士，官南京户部主事，遷員外郎。有草堂、陳巖二集，又與子沆合刻有橋梓集。

干越懷古

干越亭何在，長卿名獨傳。青山數行淚，曠代五言篇。以我終流竄，如君未棄捐。懷人安可即，惆悵暮雲前。

瀑布泉與君白、士元二公對酌

明河忽倒流，物色醉堪收。但得臨川趣，何須策石遊。琪花寒滿樹，海氣晚依樓。欹枕翻成夢，天風到十洲。

春日，文獻、景武過予小集

阿咸聯袂至，市北有新醪。人事抽簪過，風塵倚劍高。深盃回夜色，急雨動春濤。刻燭詩方就，寒光映彩毫。

過徐橋候館懷孺子

橋荒那可問，孺子跡堪尋。世事還陵谷，賢心獨古今。寒煙横莽斷，野渡帶沙深。一榻寥寥事，千秋見素心。

秋日偕諸子登清凉亭

黄金宫闕鬱蒼蒼，梁館陳樓已渺茫。智井殘花悲墜露，臺城蔓草對斜陽。徑盤覺路經聲遠，竹映空門簟色凉。幸值清時同宴集，不須倚檻嘆興亡。

九月十日登初陽臺

杯酒重陽興未闌，荒臺夕照更憑欄。雲低大壑千山合，雁落平原草木寒。白髮幾回逢一笑，黄花何意醉相看。振衣欲上高岡望，烽火邊庭恐未殘。

朱天球

字君玉，漳浦人。嘉靖二十九年進士。授南京工部主事，歷南京太僕少卿。萬曆初復起爲廣東按察副使，南太常少卿，太僕、大理二寺卿，南京刑部右侍郎，工部左侍郎，都御史，南京工部尚書，卒年八十三，贈少保。有湛園詩集。

登白雲石室

石室天邊開，登陟高無極。御風若飛昇，吸露欲絶食。瞑目忘人我，澄心滅空色。前遊不記年，獨有山靈識。

陳元琰

字仲文，元珂弟，見上。懷安人。嘉靖二十九年進士。官楚雄知府。有仙臨集。

東　園

官舍似郊村，况復開東園。值退豁孤志，忻見花木繁。俯眄魚弄藻，静聞鳥高喧。百物皆自適，幽人獨無言。宴坐悟奔走，偃息思軒轅。豪華易以代，寂寞乃長存。圓曦沉滄海，弦月上鹿門。百年林居者，寂寂謝寒温。

春郊

東郊春色早，南國歲華新。草滿芳無地，花開豔有神。風光慚逆旅，雲物愴遊人。幾郡看梅柳，年年此帝臣。

和四柯韻

乍合驚時變，清談覺事幽。人空中夜念，世短一生愁。綠樹初過夏，吟蛩已送秋。吾儕懷運會，俱是抱先憂。

東鄉早行

驅車出東鄉，星稀夜未央。鷄啼猶宿靄，馬嚏已朝光。過水難分色，隨山不辨方。田園高臥者，寧識宦情忙。

郭應聘

字君賓，一字華溪，湍子，見上。良翰父，見下。莆田人。嘉靖二十九年進士。授户部主事，遷員外、郎中，出知南寧府，擢四川兵備副使，陞廣西按察使，轉左、右布政使，晉副都御史、巡撫廣西，入爲户部侍郎，尋加兵部侍郎，再撫廣西，晉右都御史、兩廣總制，召拜南京兵部尚書，贈太子少保，謚「襄靖」。

蘭陔詩話：襄靖平生謙抑，恂恂如儒生，至於握機制勝，似有神授。先後平諸猺，殲巨盗，下堅壘百十餘。自韓襄毅後僅見云。海忠介瑞謂：「郭司馬入粤，地增毛數尺。」識者以爲名言。矢詩不多，忠孝之忱，溢於言表。

聞貳卿之報

戎馬間關豈獨賢，忽聞新命轉忉然。司農叨並諸曹列，宦轍驚非廿載前。萬里弓旌依白日，寸心葵藿自青天。君恩子職應同重，欲向衡陽卜去轅。

陳　柯

字君則，閩縣人。嘉靖二十九年進士。以户部郎出爲杭州府，擢江西副使，以戰功陞布政司參政，尋告歸。有陳氏遺編。

送崔山人歸長興兼答徐子與年丈

松桂空山人寂寥，雙魚書寄思忉忉。偶因送客臨官道，却爲懷人立野橋。姚嶺美材皆竹箭，晝谿春色憶蘭苕。建安七子今重見，上應星文是斗杓。

迴波引和答陳雙山、傅丁戊

洛浦仙妃乘白雲，行厨長自供元君。三千弱水黄昏後，來到人間夜未分。

送傅山人遠遊

朝過嵩邱暮九疑，新銜天上白雲司。只容痛飲中山酒，醒看仙人一局棋。

王應時

字茂宏，褒來孫，肇玄孫，侯官人。郡志選舉誤「永福」。嘉靖二十九年進士。歷官雲南按察使。通志作「江西布政司右參政」。有育泉庵稿。

烏石山志：王應時晚年退居福州郡治烏石山西南麓之中使園，名曰西園，營池館。與族人應山、應鐘，郡人曹學佺、徐𤇆，爲文酒之會。墓在閩縣南高蓋山。

十月望同諸弟步月

夜深少塵喧，霜白月逾皎。連袂話同心，不覺歸途杳。迎風聞遠笛，繞樹驚飛鳥。緬懷秉燭遊，千載知多少。

奉别風泉叔赴采石、彭城訪葉椿石、鄭龍津二丈

天涯殘臘裏，雨雪早春時。一見纔歡笑，千山又别離。孤帆揚子渡，懸水吕梁祠。行到途窮處，空懷阮籍悲。

夏日水亭

春去愁無限，幽齋夏轉清。青山排闥入，碧草繞池生。藻動看魚躍，風來識鳥聲。守玄甘寂寞，不是學逃名。

戊辰除夜次鄧雲巖韻

纔見明河落，誰傳白雪來。烟雲生篳户，歌吹出瑶臺。齒長看雙鬢，時深愧淺才。新年新句好，懷抱爲君開。

午日龍江觀競渡

青簾白舫醉江頭，山色依然似去秋。樂事尚餘三楚俗，息爭能得幾人休。將軍海上無傳箭，游女風前半倚樓。潦倒不知歸路遠，村燈漁火滿沙洲。

林應標

字廷魁，侯官人。嘉靖二十八年舉人。官澄邁知縣，卒年四十一。

遊西湖

春城花月夜，雙槳盪平湖。竺寺三明滅，高峰兩有無。荷香深院曲，梅影小山孤。爲買蘇堤醉，青絲繫玉壺。

贈戚元敬總戎

新調玉馬賜彤弓，南北曾收百戰功。雲捲旌旗滄海淨，月寒鈴柝戍樓空。勳名高勒燕山石，鐃曲橫吹朔漠風。此日梅關迎建旆，舳艫金鼓下江東。

林源清

字河靈，鏁子，通志誤「靈鏁子」。侯官人。嘉靖二十八年舉人。

無　題

臺館蕭條別路長，珠簾空掩對垂楊。驚波夜散鴛鴦侶，急雨秋傷菡萏房。月影偏煩新夢想，淚痕猶漬舊衣裳。東風習習吹庭樹，不爲人間理斷腸。

鄭元韶

字善夫，一字志夔，字九成，侯官人。嘉靖二十八年舉人。知善化縣，遷松江府同知，湖廣僉事銜。有九石稿。

江南通志：元韶，嘉靖中任松江同知。會巡撫林潤奏請履畝均糧，元韶以才望擢按察司僉事，賜敕專理。偏歷阡陌，畫經界，繪形板籍，書其步積之數。乃量腴瘠，分上中下以定賦，復請以五年一編徭役。著爲令。自是民户一年力役，得五載休息焉。

柳湄詩傳：元韶，世稱九石先生。初官全州學正，甘露降於學宫，所造士舒應龍、蔣遵箴、王昭德，皆當代名臣。擢善化令，攝松江、上海，陞刑部郎，歷湖廣僉事。告歸，足不履公庭。嘗爲鄉人塞石門峽。生於正德丁丑，萬曆丁酉年八十一卒。

歸田，人以始衰之年致政爲奇，詠謝

才識迂疏無足奇，未諳詭遇豈逢時。一生吴會蒙天厚，五十邱園養晦遲。赢得親朋談往事，閑尋山水咏新詩。呼兒掃淨先人宅，焦麥園蔬老自怡。

舟泊濂江拜宋陳丞相、張將軍祠

繫艇臺前月影孤，巍祠蕭颯跨江湖。生平我亦欽君子，死節人多頌丈夫。莫可奈何天欲絶，不將疏計日匡扶。千年史載勤王檄，誰問青城事有無。

蔡景榕

字未詳，寧德人。嘉靖中歲貢生，官隨州訓導。

長溪瑣語：諸生蔡景榕能詩。嘉靖辛酉五月，倭破縣城，擄歸至海西道薩摩州麑塢郡，髡其首爲奴，困苦備極。閱兩月，賣與肥前州商。八月，隨往松源山南林寺，老僧俊可異而詢之，景榕大書「大明秀才」示之。僧因試以芙蓉詩，景榕援筆立就。俊可乃留寺中，命錄經典及太平記、倭國玉篇等書。逾年求歸，僧議欲妻之且給以田，景榕題雁詩於壁，僧知其意，遂不復强。至癸亥春，乃潛命畜髮。甲子秋有漳州通番船至，懇於僧，得附歸。聞於官，仍復諸生。後以歲薦爲廣文。

題雁

金風蕭瑟碧天秋，淺水平沙亦暫遊。萬里青霄終一去，野鳧無計漫相留。

林應奎

字德燦，一字星野。閩縣人。嘉靖中布衣。

九日客中書懷

九日方巖下，重逢野菊花。傷秋長是客，歸夢半爲家。處處寒蟬急，山山落木斜。孤樓凝睇久，殘照背飛鴉。

懷龍谷舊遊答陳友

谷口蕭蕭黄葉稀，向來心緒不相違。短才只合依蝸舍，小隱終當上釣磯。蘿月夜懸池館在，洞門雲鎖歲時非。遥知久抱山陰趣，何日移舟叩竹扉。

林文鉞

字俊儀，珪曾孫，思承孫，茂達子，俱見上。莆田人。嘉靖中諸生。有豁齋集。

過蘭江次劉五清先生韻

忠魂不可覓，草色暗江蘭。流水一停棹，荒碑再拜看。風清秋葉下，江晚客衣寒。涕淚當年事，相思欲廢餐。

詹洧

字仕潤，德化人。嘉靖間官高要縣丞。

閩書：仕潤與王慎中講學，晚歲造詣有得，有天機流動，有無入不自得之趣。嘗爲予先子作洗心精舍詩，知其有得於道也。

洗心精舍

高人已把塵心洗，精舍乾坤儘廓開。惟有一心含泰宇，更無二念擾靈臺。碧空雲散青天淨，銀漢宵深寶月來。浩浩淵淵神莫測，冰清玉潔絶纖埃。

鄒一麟

字仁卿，閩縣人。嘉靖三十年歲貢生。官虹縣知縣。卒年六十一。

送王夢松分教南陵

長風吹徂暑，別館荷芰香。皓月正當頭，行子辭帝鄉。秣馬去燕趙，振鐸吕山陽。談經諧初志，石室時高翔。嗟余同車轍，胡乃驚亡羊。漫將達士吟，遠慰道路長。再拜三致詞，矯首悲參商。出處各有分，顯晦非可量。神龍三冬蟄，霖雨騰春光。至人知應候，大化無終藏。願言各努力，轉瞬秋風凉。

陳　謹

字德言，閩縣人。嘉靖三十二年廷試第一。授翰林修撰，遷惠州府推官，改南京太僕丞、尚寶丞，轉南京國子司業，遷右春坊中允。有環江集。

徐氏筆精：陳狀元謹早卒，所著詩文稿弗傳。天啓丙寅夏日，偶翻舊帙，得先生手書詩一紙貽先大令者，蠹蝕之餘，字尚可辨，恐日久湮滅，謹識於後。

柳湄詩傳：謹父伯亮，不拾遺金，見郡志孝義傳。子一愚，漳平訓導。志稱謹爲文温潤雅醇，指言時事，不激不阿，自朝謁外，閉户讀書，不輕交接。丁父憂，會家人與營卒相毆，謹衰絰出解，爲亂梃所傷，卒。

送劉均河之成都太守

司計知名舊，分符羡寵榮。早辭丹鳳闕，遥向錦官城。棧閣雲隨帳，花溪月近楹。文翁碑尚在，願以續芳聲。

題金碧巖畫

參差樓閣逼青霄，迢遞雲山入望遥。古道松篁低隱寺，高臺楊柳暗平橋。春晴遊騎嘶芳草，江静扁舟帶晚潮。勝地從來堪徙倚，華簪終日駐鸞鑣。

送沈玉成之湖南僉憲

春風花發囀鶯聲，憲節翩翩出帝京。南國分臺新拜命，西曹執法舊知名。征途舟渡吴江晚，廳事簾開楚岫清。經濟相期原夙昔，離觴在手獨何情。

送黄質齋鴻臚出宰仁化

二月東風嫩柳黄，都門仙客動行裝。聽鐘早待金鑾漏，捧檄新攜墨綬香。潞水春帆懸細雨，嶺南寒谷待朝陽。知君戀闕心長在，雙舄何時入帝鄉。

春郊紀别送徐和州

徐卿銜命出和州，春暮芳郊草色稠。秃柳不堪頻送别，黄鶯何事更相留。日斜驛路盈樽酒，月滿關河一葉舟。此去謾嗟雲水隔，年年雁度歷陽秋。

送林仰山還閩

少年意氣似君稀，長劍陸離出帝畿。旅夢夜懸秋草碧，客心時共暮雲飛。陽關一曲催朝雨，潞水孤帆送落暉。到日倚門應自慰，華堂壽酒舞斑衣。

登羅浮山

悠悠歸棹度東洲，獨上羅浮作勝遊。征旆曉飛千嶂露，振衣涼動一山秋。蓬萊積翠侵禪閣，錦繡生花映石樓。借問仙蹤何處覓，採芝遥指白雲頭。

林　命

字子順，建安人。嘉靖三十二年進士。溧陽、金壇知縣，擢給事中，湖廣參政，晉廣東按察使，謫金華推官，遷南京户部員外郎，致仕。有陽溪堂集。

和陶飲酒詩

喬松得清蔭，籬菊多寒英。日夕嘉樹下，陶然忘物情。一觴澹無與，遥對南山傾。清風颯然至，偶聞幽鳥鳴。此意復誰解，惟有南華生。

秋日登虎邱

徑入山門遠，寺從石背過。河流畫閣滿，野色夕陽多。金氣消應盡，玉顔没可歌。無窮眼中事，一醉任婆娑。

虎邱東軒候月

步上流丹閣，遍凭碧玉欄。樓臺塵外起，花木鏡中看。霽色千峰淨，烟痕萬竹寒。有懷無可語，看月出林端。

陸溪口阻風和杜韻

雨急暗千峽，泉奔吼萬層。知音惟短劍，照夜有孤燈。世味愁來減，詩懷静處增。扶摇應可待，遮莫起鵾鵬。

秋日梅仙閣 按，在建寧郡城外，漢梅福隱處。

結伴訪仙居，傾壺就碧虚。林巒楓葉晚，籬落豆花初。隱吏前賢傳，丹心外戚書。臨風一懷古，延眺更踟蹰。

遊定惠院

獨尋僧舍出東門，紫菊黄橙處處村。秋盡遠山增壑宅，天寒斷岸減潮痕。院中客去禽爭噪，榻上詩成酒更温。不見美人湘水畔，數聲漁笛欲消魂。

自夏口泛舟至魚山望洞庭

兩行沙柳正青青，獨客移舟向洞庭。澤國波濤吞水府，漁家籬落傍江亭。烟消赤壁英雄盡，雲結蒼梧帝子靈。風景茫茫懷渺渺，可堪樓笛月中聽。

自丹陽望京口三山

三山飄渺似蓬瀛，樓閣參差畫不成。江樹連雲天際出，海濤翻雪日邊明。秋風客泛金陵月，夜火人歸鐵甕城。記得昔年遊衍處，側身西望重含情。

暮登永寧寺木末亭

舒王亭子俯禪關，木末依微見北山。野徑樵歸黄葉下，古堂僧定白雲閑。天寒雁嗷青蒼外，烟暝鐘聞杳靄間。下界漸看江月湧，不知身世在塵寰。

六月十日與李使君登黄鶴樓湧月亭乘涼夜坐

淅淅涼風吹不休，盈盈新月更當樓。清虚自覺塵囂隔，寥廓真看宇宙浮。何處疏鐘來水面，前村漁火宿沙頭。翠微夜入蓬瀛境，海外空傳有十洲。

陳　奎

字汝星，鳴鶴兄，益祥父，俱見下。懷安人。嘉靖三十二年進士。知丹陽縣，擢户部員外，出爲真定府，轉廣東參政，陞按察副使。歸，卒年七十八。有文塘集。

柳湄詩傳：奎初授丹陽令，創造城堞。倭寇至，邑賴以全。擢户曹，出守真定，分别教匪不當坐者，縱釋數萬人。轉廣東參政，陞按察使。制府殷某，將大戮潮民以樹威。奎力爭，活數千人。解組家居。三十八年卒，年七十八。郡志列傳稱奎著有嵩山草堂集，郡志選舉誤「俟官」。子益祥，博學有詩名。

新城道中

新城乘早發，日暮尚孤征。去鳥空中没，疏鐘雨外鳴。艱危行色苦，飄泊旅魂驚。爲問郵亭吏，皇都更幾程。

謁閔子祠

芳軌已千載，還餘土一邱。古祠蘋藻絶，荒塚鹿麋遊。汶水清時夢，蘆花細雨秋。行人頻下馬，瞻對暫淹留。

過虞姬墓

艷色空相妬，香魂逐馬蹄。何人爲葬骨，孤塚尚留題。亂草芊芊長，黄雲藹藹低。當年呂天子，園廟久成蹊。

題王石沙祠堂

白簡榮名在，芳祠向水開。竹聲兼鳥聽，湖色雜雲來。抗疏回天力，鐫銘動地哀。春秋薦蘋藻，揮淚釃深杯。

過銅雀臺

豪華昔日稱銅雀，今日經過見古臺。芳草斜陽餘碧瓦，殘烟疏雨半蒼苔。漳河有恨燃燐火，繐帳無情冷刦灰。立馬秋風傷往事，西陵松柏正堪哀。

過淮陰謁韓將軍祠

井陘曾謁將軍廟，此日淮陰拜舊祠。兩地居人供牲俎，千秋詞客賦鴟夷。虚堂寂寂旃檀裊，古木蒼蒼謝豹悲。長信未央何處是，令人長憶大風辭。

小溪驛

征驂日暮駐孤城，旅况蕭蕭一劍横。海内風塵羞鬢髪，山中物色愧弓旌。鄉心細逐梅花落，客夢翻爲梓里行。聽罷鷄聲猶閣枕，竹窓明月漫相迎。

元美邀子與宴集放鶴亭，予以公出不遇

風塵飄泊暫離群，杯酒無從聽論文。緑綺調高魚麗操，素樽香挹鶴亭雲。海吞淮楚聲偏壯，山繞齊梁勢欲分。勝會此生知有幾，不勝惆悵對斜曛。

元夕粤中憶燕京

粤南佳節喜重逢，明月笙歌處處同。百歲年光燈影裏，千門春色爆聲中。馬嘶玉勒朱塵暗，花散銀牀火樹紅。此夜金吾知不禁，五雲長繞建章宫。

方萬有

字如初，一字奎山，在淵子，莆田人。嘉靖三十二年進士。改庶吉士，授工科給事中，謫休寧縣

丞，遷府推官，擢禮部主事。有頤庵藏藁。

蘭陔詩話：頤庵以發趙文華狎客不法狀，忤嚴分宜，謫丞休寧，稍遷清曹，尋以計典中之。林居數十年，遊情篇翰。其詩古體意度閒適，依然漢魏之遺。

留別楊郡伯

兵甲滿天地，客行安所如。登高覽八荒，忽然獨躊躇。欲濟河無梁，涉遠途無車。回首盼鄉國，門巷莽邱墟。十室九無人，荒田孰與鋤。卒歲道途間，中情鬱不舒。夢魂如識路，夜夜返舊廬。

和吴伯升同年湖西草堂詠

卜築從行徑，避人獨閉關。秋深蘭更茁，雲暝鶴初還。夕泛湖中月，朝看雨後山。時緣詩興逼，幽適未全閒。

太平驛晚坐

戎馬何時息，客心猶未閒。飄零幾道路，夢寐尚鄉關。往事浮埃外，新詩落照間。驛亭涼夜月，杯酒與誰看。

遊西江發舟水口驛

已發江湖興，姑違蘿薜情。海風吹宿夢，山雨拂行旌。白髮慚先達，青雲畏後生。宦途今莽莽，終恐愧柴荆。

建陽道中

歲暮凄凄去國心，寒雲積雨沍成陰。壯年閲歷祇琴劍，詞客飄零自古今。醉後雲山隨寤語，亂餘鄉土足沾襟。何時得就遂初願，散髮長爲田野吟。

柴憲使招遊南臺泛舟

青螺江上雨餘天，烏府迎賓刺畫船。峽口潮聲孤塔外，海門山色一樽前。雙橋魚市連星火，十萬人家起暮煙。掃盡倭氛天宇淨，輕帆摇曳看春田。

贈徐子與使君

先朝畫省憶徐卿，詞賦名高重漢京。七子中原齊唱和，千秋天目自崢嶸。談經滿座星辰列，執憲登臺渤海清。不道青雲凡地隔，頻迴車騎訪柴荆。

鄭公寅

字敬甫，閩縣人。嘉靖間歲貢生。官教諭。有鄭廣文集。

寓鹿城避暑張太師水閣

一登臨水閣，欄檻特空明。斜日山當户，微風雲出城。柳迷歌扇影，花隱洞簫聲。誰道平泉上，偏多物外情。

鄭若霖

字可澤，閩縣人，汝美孫，允璋子。俱見上。嘉靖中諸生。有芝谷山人稿。弟若楠，字可材。嘉靖中庠生。亦能詩。

華林寺 按，在福州郡治越王山下。

越麓開幽刹，閒來日日遊。衆峰環寺翠，一水抱門流。日落鐘初動，風高木已秋。清心出塵坱，半偈爲僧留。

黃用中

字通理，閩縣人。嘉靖中諸生。

春日遊靖藩湘溪園應教

春候既熙和，春光漸盈目。風徐花未稀，雨歇草彌綠。王孫有幽況，結宇清溪曲。蒼苔繞芳徑，榮卉羅華屋。竹色靜且深，禽聲斷還續。劇飲緩清歌，歸驂踏新月。覊愁倏已忘，俗累詎能束。

林熺

字貞瑩，閩縣人，瀚孫。見上。嘉靖中庠生。有露華軒稿。

臥雲庵

綠樹亂鳴蟬，空門絶巘前。風光當五月，人境接諸天。過雨驅炎燠，飛花散午烟。慈航如可借，願斷幻生緣。

度風水關

風雨霏霏客路賒，故園回首已天涯。欲將心事憑流水，百折縈洄寄到家。

陳　瓚

字成玉，閩縣人。嘉靖中布衣。

嘲周行可按，續筆精：「友人周行可多鬚，續絃，瓚嘲以詩。」

十分春色海棠開，雲雨漫天暗裏來。可是東君勤愛惜，煙簑乘夜護花臺。

陳　志

字思尚，敘子，莆田人。嘉靖三十二年進士。授監察御史按南京，移江西，遷大理寺丞，進少卿，拜僉都御史，巡撫鄖陽，罷歸。

初夏集鄭士元咫園次韻

別業從來勝，芳筵花作茵。卻憐揚子宅，猶賸武陵春。倚杖雲生岫，開尊鳥近人。自今來往熟，不待報書頻。

夏日湖居同方給諫賦

長夏蓬門日日開，虹橋東砥百泉迴。滄江逸興同青瑣，小閣幽棲半綠苔。菡萏風生清午夢，薜蘿雨過斷塵埃。逢人莫問行藏事，已擬陶公賦去來。

蕭奇勳

字懋建，桂子，莆田人。嘉靖三十二年進士。授浮梁縣，遷蘄州知州，終南京户部員外郎。

西湖舟中懷龍灣、鳳洲二公，昔魯以西湖之作見寄

西湖風物屬吾曹，况值秋宵爽氣高。棹撥中流星籋籋，尊開明月意陶陶。青山有分饒幽興，白髮無情且濁醪。詞客中原俱好在，相思其奈夢魂勞。

鄭　茂

字士元，一字壺陽，敬道子，郊、郟曾祖，俱見下。莆田人。嘉靖三十二年進士，除海鹽知縣，擢兵科右給事中，歷吏科都給事中，陞河南按察使。有咫園詩集。

黄田驛有懷李都運按，黄田驛在水口驛前。

迢遞黄田路，羈棲冷雨侵。雲迷千澗暝，燈落一窓深。縱是離家客，依然未别心。龍津看不遠，劍氣恐消沉。

過草萍驛按，江西玉山縣、浙江常山縣分界。

公道長驅易，行裝向晚停。吟回江雨白，坐對越峰青。萬事皆蕉鹿，吾生亦草萍。勞歌

猶未已，短鋏復衝星。

三閭大夫

洞庭南望夕陽多，杜若陰陰覆汨羅。去國丹心懸日月，懷沙遺恨泣黿鼉。故宫摇落餘三户，詞客凄凉自九歌。投閣子雲空著賦，反騷當日意如何。

林鳳儀

字九成，侯官人。嘉靖三十一年舉人。授河源訓導，遷瀧水知縣。有閬洲集、瀧水集、明農稿。

小草齋詩話：林九成，名鳳儀，舉孝廉，作令歸，落魄不羈，詩興甚豪。嘗浪遊，一故人曰：「知君能詩。」時聞彈棉花聲，因指爲題。九成援筆立就云：「聲聲何處響丁東，想在秦樓燕市中。休道孤弦無曲調，輕彈白雪捲春風。軟隨蜀錦宜宫製，暗度金針趁夜工。縱舊莫令抛擲易，綈袍憐取故人窮。」故人喜，厚贈之。九成復有寄臨安妓詩云：「曾上高峰喚不聞，尺書隨便寄慇懃。夢從建水月中去，袖自錢塘雪裏分。金谷歌聲隨逝水，石榴裠影逐行雲。鶯花久負西湖約，縮地功成再見君。」

柳湄詩傳：通志文苑傳：林鳳儀，字九成。少有逸才，喜擊劍歌詩。嘉靖壬子舉人，授河源訓導，遷瀧水知縣。其治民，不事文法，簡易跌宕，必行其意而已。與人交，洞肺腑。有勢出其上者，恒盛氣狎侮之。卒中吏議，罷歸。家徒四壁，授徒賣藥，好神仙黄白術，肘間常繫秘方。其後丹不成，家益落，而詩益奇放。按，鄭杰原鈔本作「永福人，字姬臣。」兹據小草齋詩話與通志更正。

游仙

地迥天無雲，遥見蓬萊山。仙鶴頂丹砂，翩翩飛往還。我欲騎之遊，去扣仙人關。西風度弱水，唾落滄溟間。長揖麻姑仙，春秋日月閑。丹成傳世人，食之駐頹顔。

閨情

黄金作鞭玉作馬，送君遠戍長城下。君處三秋不耐寒，妾守空閨難爲夜。孤燈照冷牡丹芽，繁霜凍裂鴛鴦瓦。今妾粧束作男兒，平明與姑生别離。

草頭霜

西山有積雪，行人到此肌膚裂。將軍之室煖如春，望門十里面可熱。自古炎凉亦常數，問君趨避緣何故。長安大道車馬多，首陽山荒無行路。權柄從來人艷慕，移山翻海趁好惡。太尉之足官長鬚，北邙亦有崇韜墓。人間大小各相依，豺狼之跡狐狸步。君不見，草青青，有朝露。

武成道中

老去悲爲客，棲棲日暮行。馬頭秋草路，鳥外夕陽城。拂面響落葉，隔河聞磬聲。歸山遲未遂，白髮暗中生。

春望

晴雲閑佇立，一似故園春。幽鳥鳴過院，野花開向人。見山疑舊識，得句當療貧。寬著青衫看，漫漫京洛塵。

山中

山轉林光合，寒暄過雨分。松根流暗水，石隙釁春雲。籬落已成趣，鷗鳧自作群。杯盤我已辦，僧飯午鐘聞。

得家書知戚大將軍勦倭奏凱

天旄零落墮重霄，小范軍機指顧遥。草木皆兵扶赤縣，風雲隨帳護金貂。飽芻戰馬閑嘶月，解甲遊兵戲射鵰。近日捷書消息到，故山親舊遂漁樵。

旅中即事

西風初起燕雛歸，蕩子他鄉憶授衣。秦隴暮雲寒客枕，關河夜雨夢親幃。士聞江左傳劉表，文在中原説陸機。功業無成雙鬢短，衹應回首怨斜暉。

暮宿山寺

無限鳴蟬葉墜山，征衣羸馬月明間。風摇古樹鳥驚起，鐘動空禪門已關。出處機深疏廣老，死生恩重子卿還。武侯戮力將星隕，不得生前半日閑。

沛中即事

青山萬里憶修程，古道無人指驛名。雪後路尋前馬跡，斜陽風送趁墟聲。秦雲半覆咸陽樹，漢水迴經沛國城。長劍十年鋒已鈍，愧無歧路請長纓。

項羽廟

松柏蕭蕭風雨收，敗垣頹瓦自春秋。鴻溝已定中原約，玉玦終乖策士謀。大業冰消憐小忍，霸圖雲散失包羞。行人千載修蘋藻，淚灑西風泣楚猴。

閨情

昨夜梁園風雨收，一番寒信到青樓。蘼蕪草綠王孫怨，荳蔻花殘少婦愁。萬歲日高垂柳院，六宮春散浣花洲。諸姑莫問銷魂淚，灑向長江作水流。

女郎廟

女郎廟前楓葉低，女郎廟裏鷓鴣啼。行人日暮重回首，看盡許多雲隔溪。

李應陽

字希旦，侯官人。嘉靖三十一年舉人。官曲陽知縣。有曉牕集。

寶林寺不寐

古寺傍山城，中宵法界清。曉鐘遲客夢，夜角先蛩聲。聽梵諸天寂，思家百感生。胡爲尚歧路，長策是歸耕。

恒陽歸途有作

百年身世等浮漚，萬里雲霄一敝裘。千古娥眉皆見妬，此身猿臂不封侯。主恩未報空留劍，客舍懷歸獨倚樓。天地風霾昏白日，採蘭歌散楚江秋。

瀛洲亭晚眺

借得東林靜掩扉，獨凭欄檻送斜暉。雲收瘴海晴峰出，雨過空亭暑氣微。山色繞城樗櫟暗，渚田臨水稻粱肥。故鄉天外何須憶，况復春深雁影稀。

送屠田叔轉運擢守辰州

沅陵分竹主恩新，才子當今賀季真。篋裏圖書盈記室，馬前琴劍擁征輪。詩裁白雪宜過郢，藥碾丹砂恰入辰。夾岸蟬聲人漸遠，不堪槐柳滿前津。

舟中阻雪

朔風吹雪楚天昏，日夜維舟欲斷魂。渡水鷗鳧歸蓼岸，隔林烟火閉柴門。江樓破凍誰家笛，野樹開花何處村。流落不堪還歲暮，微官困頓憶丘園。

順德鎮遠樓寫懷

澤國萍蹤此暫留，關山何處是閩州。疎燈對酒勞青眼，芳草愁人易白頭。多病却添司馬賦，思歸愁上仲宣樓。桑弧空負當年志，不敢逢人説薄遊。

郭造卿

字建初，一字海嶽，福清人，萬程子，見上。應寵父，文祥祖。見下。嘉靖中歲貢生。爲少保戚繼光幕客。有海嶽山房存稿。

節錄閩縣陳勳郭海嶽先生詩集序：先生益矻矻著書，蓋曰：「當世之故，不能出吾書。吾身賤而言立，世但用吾書足矣。」故先生之書有以爲者也，其於詩則若其無以爲者也。籍成，具櫝而藏之。

隆萬以來，未有名先生詩。即吾里此業代興，好相甲乙，亦未有舉郭氏詩者。邇者，全集梓而詩始出，品始定，壇坫始尊，操觚者始斂衽也。今海嶽集方垂於世，如天球拱璧，不可復讚。

郡志：郭造卿所爲燕史，無不囊括；縮其半而爲永平志，而世猶不能盡傳也；又縮而爲盧龍塞略二十卷。蓋僅存什一於千百耳。而於塞上故實、山川扼要、甲兵、錢穀、夷虜情形，靡不臚列。一開卷而塞事瞭如指掌，非但有裨掌故，亦籌邊者所宜知也。

韓求仲集：郭建初居盧龍而成燕史，甚辯又甚核甚麗，且以墨瀋餘汁灑爲碣石叢談十卷，皆孤竹國奇佚事也。

柳湄詩傳：葉臺山云：「建初詩，諸體皆工。」蒼按，造卿寇退一律，摹倣少陵聞官軍收復河南河北，可謂得其神理。

登瑞巖

不厭頻登眺，江山勝槩饒。晴嵐浮遠嶼，落日渡橫橋。丹鼎詮誰秘，玄關路不遥。臨風乘逸興，縹緲接松喬。

鄭介夫祠

宋室百僚士，鄭公千古人。一圖匡社稷，兩軸係經綸。衮闕誰堪補，瘡痍豈盡陳。丹心懸北極，白首偃南閩。日月名俱耀，風霜貌獨神。當年憐逐客，異代弔孤臣。座拱雙旌屹，祠環五馬峋。英魂傷寇盜，遺骨哭烽塵。濱海多新壘，殘城少舊鄰。高山誰仰止，肝膽倍酸辛。

寇退郡人回，口占代書

城南烽火近何如，留滯無從訊起居。百里便同千里隔，家書翻比捷書疏。清秋涕淚惟懷土，白髮庭闈正倚閭。欲寫愁心愁不盡，憑君傳語到吾廬。

林玉汝

字宇成，長樂人，廷選子。見上。嘉靖中官生。官惠州府推官。

興田驛按，在崇安縣。

驛亭南下水悠悠，滿目青山滿目秋。最是不堪岑寂處，暝烟寒雨一孤舟。

余鐸

字道鳴，閩縣人。嘉靖中庠生。有閩嵩稿。

送徐子瞻之京按，子瞻，昂字。

潮漲江流平，風驚木葉落。天涯一以望，别思滿雲壑。送君薊北遊，且共江門酌。援琴發清商，知音感離索。鴻鵠已高飛，風塵隨燕雀。何當得相從，比翼翔寥廓。

無量寺懷許元復

齊女城高雲出門，古祠花雨坐黄昏。美人不見傷遲暮，回首南天更斷魂。